姥《うば》玉《たま》みっつ

西條奈加
Saijo Naka

潮出版社

姥《うば》玉《たま》みっつ

装画　山本祥子
装幀　高柳雅人

一

いったい何の因果だろうか。どこをどうして、こんな始末になったのか。

いやいや、理由ならわかっている。すべてはしがらみという厄介な代物のためだ。

身内しかり親類しかり、血縁ばかりでなく、ご近所や友人知人あるいは奉公先であったりもする。人生とは、波のように次から次へと押し寄せる、しがらみの連続だ。

お麓《ろく》は半ば呪《のろ》いたい思いで、つくづくとため息をついた。

しがらみの元は、しがらむ。「柵」と書いてしがらむと読む。からみつける、まといつける、からませる、という意味だ。若い頃、武家に奉公していただけに、そのくらいの学はある。

心得た学もだいぶ錆《さ》びついてしまったが、それでも物語や和歌集なぞは好きだった。

『源氏物語』や『とはずがたり』に胸をときめかせ、この世のどこかで己を待っていてくれるであろう、まだ見ぬ殿方を夢想した。もちろん相手は、身分の高い若さまか、大金持ちの若旦那に限られる。すらりとして、色白の細面であることも欠かせない。遠い過去とはいえ、まったく十代の娘は他愛ない。

甘酸《あまず》っぱい思いなぞ、すっかり干涸《ひから》びてしまったが、自分が身軽になって老い先を考えたとき、昔習った短歌がふと浮かんだ。

現《うつつ》の暮らしはあまりに世知辛く、ものを考える暇《いとま》すらない。過去に置いたまま埃《ほこり》をかぶっていたが、新旧の『古今和歌集』はいまも手許《てもと》に残してある。

紀貫之《きのつらゆき》や在原業平《ありわらのなりひら》を手本にして、歌を詠《よ》みながら静かな余生を送る――。

思いついたとき、残り少ない生が、にわかに輝きを増した。

幸い、静かな余生に打ってつけの仕事も舞い込んだ。名主宅の書役《かきやく》である。

名主はとかく書き物が多い。人別帳を作ったり、町内の揉《も》め事《ごと》を捌《さば》いたり、御上《おかみ》から沙汰《さた》される触書きを住人に伝えたり。それらをいちいち書き留めて、求めに応じて町奉行所に差し出さねばならない。

「ここんとこ翳目《かすみめ》がひどくてね、書き物が難儀でならないんだ。おまえさんは口は辛《から》いが、字だけはきれいで殊のほか読みやすい。ひとつ、頼まれてくれまいか」

「前の方は余計ですがね……跡取りはどうしました？　息子さんに書いてもらえば済む話では？」

「倅《せがれ》の字ときたら……ミミズが紙の上で悶死《もんし》したような体たらくでね。とてもお役所になぞ出せやしない。あれは算は立つんだが、昔から読み書きはさっぱりで」

名主の杢兵衛《もくべえ》はひとしきりぼやいてから、改めて仔細《しさい》を告げた。

給金は下働きの女中と変わらぬ程度だが、名主宅からほど近い『おはぎ長屋』に、店賃《たなちん》いらずで住まわせる。名の由来はぼた餅ではなく、長屋の裏の空き地に、萩《はぎ》が生い茂ることからついたという。

一日中、名主宅に詰める必要もなく、清書のたぐいは長屋で済ませてもらって構わない。口述筆記が必要なときもあるが、三日に一度がせいぜいだという。

お麓にとっては、まことに結構な申し出だった。

これで老後の安泰は約束された。この先はひとり静かに歌を慰めに、名主の書役をつつがなくこなす。ささやかで堅実で、自分には似合いだと、ひとり悦に入った。

しかし芭蕉《ばしょう》のごとく、心ゆくまで閑《しずか》さを味わうはずだった暮らしは、わずか一年で終わりを迎えた。一年半後には、さらに厄介は上積みされて、とうとうこの有様《ありさま》だ。

「きいておくれよ、ひどい話さ。次男の息子が五歳になってね、七五三の祝いによばれるつもりでいたんだよ。十五日に訪ねると文を書いたら、その日は嫁の親の家に行くから来るなというんだ。孫の祝いもできないなんて、あんまりだと思わないかい？」

「あんたの息子の薄情は、いまに始まったことじゃないだろ。そんなことより、あたしの方が一大事なんだよ。今月の手当が、これまでより二分も少ないんだ。あたしは戸田屋《とだや》の大内儀《おおおかみ》だよ。月々十両もらったって、罰は当たらないってのに」

閑さはどこへやら――。すべては目の前にいる、このふたりのせいだ。

お麓の長屋を毎日欠かさず訪ねてきては、心底どうでもいい話を、うだうだくだくだとしゃべり散らす。

このふたり、お菅《すげ》とお修《しゅう》は、子供の頃の仲良しでいわば幼馴染《おさななじみ》だ。

出会ったのは、お麓が八歳のとき。手習所に入って一年後、七歳のお菅と六歳のお修が入門した。つき合いを勘定すると、五十三年にもなるというから恐ろしい。

三人はともに麻布《あざぶ》で育った。江戸の内では田舎地《いなか》にあたり、東には渋谷川《しぶやがわ》が流れる。

この辺りは七割方が大名屋敷《やしき》で、ことに麻布近辺には上屋敷《かみやしき》が多かった。台地と谷が木目込細工のように複雑に交わった土地が麻布であり、高台には大名屋敷が、狭い低地には、ささやかな町屋が肩を寄せ合うようにひしめいていた。

故に麻布は、一本松《いっぽんまつ》坂、暗闇《くらやみ》坂、鳥居《とりい》坂、芋洗《いもあらい》坂と、坂の数には事欠かない。

善福寺《ぜんぷくじ》と多くの末寺が一大寺町を形造り、その南には氷川《ひかわ》明神がある。

善福寺の北の裏手を通るのが一本松坂、氷川明神から宮下《みやした》町へと下るのが暗闇坂。曲がりくねって先が見えない上に、木々で鬱蒼《うっそう》として昼間でも暗いから暗闇坂と呼ばれた。

暗闇坂から宮下町を北へ抜けるとふたたび上り坂となり、これが鳥居坂。宮下町から西の道筋を辿《たど》ると芋洗坂で、坂上の六本木へと至る。

この芋洗坂の手前に、お麓が住まう北日ヶ窪町《きたひがくぼちょう》があった。

名主の杢兵衛は、隣町の南日ヶ窪町に住まい、南北の日ヶ窪町を差配する。

お麓、お菅、お修の三人は、麻布にとってはいわば出戻りである。

手習いを終えると、それぞれの事情《ことわり》で町を出て、何十年ぶりかでまた戻ってきた。

子供の頃はあれほど仲良しで、どこへ行くにも一緒だった。しかし五十年分の手垢《てあか》がついたいまとなっては、まるで異人を相手にするように話すらろくに通じない。

ふたりがいては、書き物仕事すら滞る。たまりかねて、お麓は精一杯やんわりと促した。

「ちょいと、そろそろ帰っちゃくれないかい。筆がさっぱり進みやしない。昼までに届けるよう、名主さんに言われていてね」

残念ながらこの程度では長っ尻を上げようともせず、矛先がこちらに向くだけだ。

「いいよねえ、お麓ちゃんは、まっとうな職があってさ。あたしなんて、茶店のしがない団子婆《ばば》だよ。日がな一日、団子を丸めるだけの子供でもできる仕事だよ。いつ茶店から雇いを止められるか、考えるだけで身が細るよ」

「そりゃ、細いあんたを、ぜひとも拝みたいもんだね」

ころりと丸いお菅に言われても、下手な冗談にしかきこえない。

お麓の閑居に転がり込んできたのは、まずお菅だった。


「きいておくれよ、お麓ちゃん」

ちなみに、これは常套句《じょうとうく》だ。お菅はとかく愚痴っぽい。

「二年前に亭主を亡《な》くしてさ、長男の家に身を寄せたんだがね、息子の嫁ってのが鬼のような女でね。あからさまに厄介者あつかいするんだ」

生涯、独り身を通したお麓にしてみれば他人事《ひとごと》だが、世間では実によくある話だ。嫁姑《しゅうとめ》の折り合いが悪いのは、むしろあたりまえとも言える。

「たしか、息子はふたりいたはずだろ。次男のところに行ってみちゃどうだい?」

「とうに行ったさ。それが次男の嫁ときたら、さらに輪をかけて嫌な女でね。とても辛抱なぞできやしない。そんな頃、甥《おい》っ子から便りが届いてね。お麓ちゃんが、麻布に戻ってきたというじゃないか。それでこうして、出掛けてきたというわけさ」

お菅の甥とやらには、会ったこともない。話の出処は大方、杢兵衛であろう。好々爺然《こうこうやぜん》とした名主の顔を、お麓は恨みがましく思い浮かべた。

「後生だから、泊めておくれよ。二、三日で構わないからさ」
二、三日ならと、うっかり承知したのが運の尽きだった。五日過ぎても十日経《た》っても、お菅は腰を上げようとせず、不毛なぼやきをこぼし続ける。
これはたしかにたまらない。息子の嫁たちに、にわかに同情する気持ちがわいた。

と同時に、お菅がひどく哀れにも思えた。半月を経ても、迎えはおろか、ふたりの息子は顔すら出さない。お菅はいわば、見捨てられたのだ。

お麓は杢兵衛に頼み込み、お菅の住まいと仕事を世話することにした。

幸い善福寺門前町の茶店で、裏方仕事の職を得て、同じ長屋の空き部屋に住まわせる運びとなった。お菅はたいそう有難《ありがた》がってくれたものの、最初のうちだけだった。またぞろ不満の種を見つけ出し、わざわざそれを告げにくる。

お麓の住まいは二間なのに、自分はひと間きり。仕事も日がな一日、茶店の裏手で団子を丸めているだけだと、かつての感謝の気持ちなぞとうに忘れたような言い草だ。

不平を言う暇があるなら、物事を好転させるよう努めるのがお麓のやり方だ。しかしお菅は、自身は一寸《いっすん》たりとも動くことをせず、ただただ終わることのない不平を垂れ流す。

いったいどうしたいのかと、頭を抱えたくなる。

お菅はただ、誰かにきいてほしいのだ。自分の哀れな暮らしぶりを、こんなに頑張っているのに、誰も認めてくれない不公平な現実を。あんたはよくやっている、立派な心掛けだと慰めてもらいたい一心で、延々と訴えているようなものだ。

頭で察することはできても、褒めや慰めをお麓に求めるのはお門違いだ。はいはいと、素直に相槌《あいづち》を打つのも癪《しゃく》にさわり、要らぬ助言をしてしまうのもまたお麓の性分だ。

「雇い止めが心配なら、いっそ自前で商売を始めちゃどうだい？」

「商売なんて、まさか。あたしに何ができるっていうんだい」

「あんたは手先が器用だし、料理も上手だ。自前で惣菜《そうざい》を作って、売ればいいじゃないか。振り売りなら、店も要らないしさ。茶店の雇われよりは稼げると思うがね」

「とんでもない、この歳《とし》になって棒手振《ぼてふ》りなんてご免だよ」

「何も天秤棒《てんびんぼう》を担《かつ》げとは言ってやしないよ。この辺りの長屋にも独り者はたんといるからさ、お得意さんになってもらって、毎日届けりゃ済む話じゃないか」

熱心に勧めても、のらりくらりとかわされる。お菅には、いまの不満だらけの状況を変えるつもりなぞまったくないのだ。お麓には到底考え難《がた》い。

お菅は昼過ぎに茶店の仕事を終えると、判で押したようにお麓の長屋を訪ねてくる。

おかげで午後の貴重なひと時は奪われて、仕事は捗《はかど》らず、短歌は上の句すら仕上がらない。ついに堪忍《かんにん》が切れて、「いい加減にしておくれ！」と怒鳴りつけたこともある。

お菅にはこたえたようで、傷ついた風情《ふぜい》をあからさまにして、しょんぼりと肩を落として帰っていった。寝覚めの悪いことこの上ない。二日のあいだ顔を見せず、大いに気が揉《も》めたが、三日目には何事もなかったように訪ねてきて、また同じ愚痴をくり返す。

同じ長屋に住んでいるだけに、避けようがない。書き物が溜《た》まって、いよいよ切羽詰まると、家の戸口を閉めてつっかい棒をかって凌《しの》ぐことにした。ほとほと障子戸を叩《たた》かれても、返事すらしない。月に二、三度のことだから、お萓も慣れてきて、

「なんだい、またかい。あまり根を詰め過ぎちゃいけないよ」

なぞと声をかけて帰っていく。半年かけて、ようやくお萓との関わりようが定まった頃に、まるで降ってわいたように現れたのがお修である。

「あらまあ、ふたりともすっかり老《ふ》け込《こ》んじまって。歳がいったらよけいに手をかけないと。せめてへちま水くらい使ってごらんな」

とりたてて美人ではないが、たしかに手入れは行き届いている。歳のわりには派手が過ぎるが、身につけている着物や帯も、上物だとひと目でわかった。

懐《なつ》かしさより先に、突然の来訪に合点《がてん》がいかなかった。

「ええっと、お修ちゃん、どうしてここが？」

「あたしが文を送ったんだよ。お麓ちゃんとここにいるから、一度訪ねて来いってね」

お萓が笑顔で告げて、まるで自分の家のように幼友達を招じ入れる。

お修は若い頃は水茶屋に、薹《とう》が立ってからは料理屋の仲居を務めていたが、三十路《みそじ》半ばに運をつかみ、湯島の金物問屋、戸田屋の後妻に収まった。

何不自由ない暮らしのはずが、お修はびっくりなことを言い出した。

「ふたりが同じ長屋に住んでいるとはね。あたしも今日から、ここに住まわせてもらうよ」

お麓は二の句が継げなかった。

二

「そりゃあいいね！　お修ちゃんがここに越してくれれば、また昔の仲良し三人組がそろうじゃないか」

能天気なお菅は、諸手《もろて》を上げて賛成する。しかしお麓にしてみれば、悪夢以外の何物でもない。頭から血の気が引いていき、くらくらした。

「お修ちゃんは、戸田屋の大内儀《おおおかみ》なんだろ？　こんな裏長屋に収まる理由が、どこにあるっていうのさ」

口が利《き》けるようになると、お麓は勢い込んでお修にたずねた。

「そりゃ、なさぬ仲の娘のためさ。後妻ってのは気苦労が多くてねえ。あたしだって精一杯努めたんだよ、あの子の母親になろうってね。なのにあの子ときたら可愛《かわい》げがなくて、とりつく島もない。あたしの母は、亡《な》くなったおっかさんだけです、とこうさ」

まあ、それはそうだろう、とお麓はついうなずいていた。

離縁も死別も世間では茶飯事で、後添いと子供の関わりは一筋縄ではいくまい。おまけにお修の風情《ふぜい》ときたら、母親にも大店《おおだな》の内儀にもそぐわない。

まるで羽を広げた丹頂鶴が、盛んに鳴いてでもいるようだ。頭の赤い烏帽子《えぼし》は目にうるさく、羽音も声もかしましい。

丹頂は渡り鳥で、冬になると江戸の田舎地で時折見かける。千住宿《せんじゅしゅく》に近い将軍さまのお鷹場《たかば》にはたいそうな数が飛来するそうだが、お麓が見たのは向島《むこうじま》の田んぼだった。

田んぼで餌をついばんでいた、白い小鷺《こさぎ》の群れの真ん中に、ふいに丹頂が降り立った。威嚇でもするように盛んに鳴き立て、白鷺《しらさぎ》の群れは退散した。

あのときの丹頂はお修さながらで、小鷺が戸田屋の娘に思えてくる。

「つんけんして可愛げのない娘なんだがね、亭主になった男は、さらに愛想《あいそ》がなくて。婿養子の立場だってのに、大内儀のあたしに向かって指図がやかましいんだ」

「まるでうちの嫁みたいだね」と、お菅が相の手を入れる。

「口を開けば金のことばかり。嫌だね、みみっちい男は。吝嗇《けち》な男くらい、見苦しいものはないよ。あたしの買物に、贅《ぜい》が過ぎるといちいち文句をつけるんだ。仮にも戸田屋の大内儀だよ、野暮ったい格好なぞ、できやしないじゃないか」

「どこの世間でも、義理の娘や息子は冷たいねえ。うちの息子の嫁ときたら……」

隙あらば、自前の愚痴を挟むお菅に往生しながらも、半時ばかりをかけて、どうにかお修の顚《てん》末《まつ》のあらましをつかむことができた。

お修は料理屋の仲居をしていた頃に、戸田屋の主人と出会い、後添いに入ったという。水茶屋上がりのお修を、戸田屋の主人がどうして妾《めかけ》ではなく妻の座に据えたのか。それがまず不思議でならなかったが、お修は惚気《のろけ》るように当時のことを語った。

「あの頃、富さんはね、いたく気落ちしていたんだよ。お母さんと内儀さんを相次いで亡くして、同じ頃に親類から縄付きが出たり、手代に金をもち逃げされたりと、不幸が次々と舞い込んでね、商いもうまくいっていなかった」

戸田屋の先代は、富右衛門《とみえもん》という。お修が働いていた料理屋『富士吉《ふじよし》』は、寛永寺《かんえいじ》のお膝元たる上野町《うえのまち》にあり、ある晩、富右衛門が、ふらりとひとりで立ち寄った。

「家に帰るのが、何やら億劫《おっくう》でね。通りがかった折に、何となく足が引かれた。たぶん、店の名のためだろうね。あたしの実の名も、富士吉というんだ。店を託されたときに、いまの名を継いだがね」

お修の目からすると、しょぼくれて冴《さ》えない中年男だった。お修は三十半ば、富右衛門は四十をひとつふたつ過ぎていた。身なりも地味で、大店の主人にはとても見えない。お修が富右衛門の座敷《ざしき》についたのも、たまたまであったという。

「あたしゃ湿っぽいのが苦手でねえ、不幸をつらつらとあげつらうのも、正直、癇《かん》に障《さわ》った。料理屋にふらりと立ち寄れる身分なのに、いったい何が不足なのかと、つい説教が出ちまった。あたしなんて十五の歳《とし》から働き詰めなのに、こんな結構な膳をいただいたことなど一度もないってね」

富右衛門は、ひどくびっくりした顔をして、お修の説教を大人しく拝聴した。しまったと後悔したのは、客が帰ってからだ。紙に包まれた心づけは、並の客の三倍だった。

これほど気前のいい客なら、愚痴でも不幸自慢でもつき合うべきだった。逃した魚は大きいとたいそう悔やんだが、富右衛門は三日後にまたやってきて、同じ仲居を所望した。

「いったい、どこが気に入られたんだい？」

「叱られたことが、嬉《うれ》しかったんだとさ。本音をぶつけられたことなぞ、ここ何年もついぞなかったと」

上に立つ者は、周りからは大事にされるが、そのぶん孤独も抱えている。お修の歯に衣着せぬ物言いは、富右衛門には耳新しくきこえたのだろう。足繁《あししげ》く富士吉に通うようになり、一年ほど後に、一緒になってくれまいかと乞《こ》われたという。

「うらやましいねえ。まるで絵に描いたような、玉のこしじゃないか」

お菅がため息をつき、お修も得意を隠そうともしない。

「ただね、戸田屋に入ってからは、あたしも苦労したんだよ。ひとり娘はちっとも懐《なつ》かないし、親戚連中はうるさいし、奉公人にまで胡乱《うろん》な目を向けられてさ」

それでも富右衛門が存命のうちは、お修の地位は盤石だった。しかし三年前に旦那を亡くしてから、明らかに旗色が悪くなった。敵方の大将は娘ではなく、戸田屋の当代たる娘婿だった。

「あの婿ときたら、まったく癪《しゃく》に障る。二言目には辛抱だの倹約だの、御上《おかみ》以上に小うるさいんだ。挙句の果てに、あたしを戸田屋から追い出そうとする始末さ。隠居家を仕度するから、お義《か》母《あ》さんはお移りくださいと、とすまし顔で言われたときには、頭ん中が煮えくりかえったよ！」

婿の顔を思い出したのか、鼻息を荒くして拳を握る。

「考えようによっちゃ、悪い話じゃないと思うがね。なさぬ仲の娘夫婦と角突き合わせているよりも、離れて暮らした方が互いに安穏とできるだろ」

口を挟んだお麓を、じろりと睨《にら》む。

「あたしが我慢ならないのは、隠居家じゃあなく手当の方さ。月々たったの一両二分なんだよ」

「一両二分！」

と、聞き手のふたりが声をそろえる。お修とは逆の意味で驚いたのだ。

一両二分といえば、女ひとりには結構な額だ。お麓の月々の掛かりは、その半分ほどだが、特に不自由はない。大店の隠居手当としては、ごくごくまっとうと言えよう。

「それだけありゃ、十分じゃないか。どこに不足があるのかね」

「なに言ってんだい！　一両二分じゃ、着物一枚仕立てたら使い果たしちまうよ」

「一両二分の着物なんて、袖を通したことすらないけどねえ」と、小さな声でお萱はぼやく。

「せめて二両と婿に粘ったら、隠居家の掛かりや、おつき女中の給金が嵩《かさ》むから、これ以上は出せないと抜かすんだ！」

仮にも大内儀の立場であろうに、阿漕《あこぎ》丸出しの物言いだ。これでは義理の娘夫婦も、さぞかし往生したに違いない。

「ちょうどそんなとき、お萱ちゃんから便りをもらってね。おかげで妙案を思いついた」

話の落着が見えてきて、お麓はげんなりと肩を落とした。

「あたしも一緒にここに住めば、隠居家も女中も要らないだろ？　それでどうかと婿に談判して、ようやく二両を承知させたんだ」

「そりゃ、打ってつけの思案だねえ。お修ちゃんが来てくれれば楽しくなるよ」

お萱は早くも歓迎の素振りだが、お麓は最後まで抗《あらが》った。

「こんなちんけな長屋じゃ、戸田屋の大内儀には相応《ふさわ》しくないよ。安いとはいえ、店賃《たなちん》だってかかるしさ」

「たしかに窮屈だけれど、着物を我慢するくらいなら、ボロ長屋で手を打つよ」

「おつき女中だって欠かせないだろ？　三度の飯や、掃除や洗濯はどうするのさ」

「それくらい、あたしが手伝うよ。何なら賄いは、あたしが務めようか。ひとり分もふたり分も変わらないからね」

お萱のお人好《ひとよ》しが、いまはひたすら恨めしい。そうだ、とお萱が手を打った。

「どうせなら三人分を拵《こしら》えて、一緒に膳を囲もうよ。その方がきっと楽しいよ！」

ぐんぐん広がるお萱の思案を止めるのが精一杯で、お修の引っ越しを阻《はば》むことができなかった。

どうかそれだけは勘弁してくださいと、お麓は善福寺にも氷川《ひかわ》明神にも祈ったが、神仏ですらもお修の強引には太刀打ちできなかった。

それからほどなくお修は越してきて、おはぎ長屋ではもっとも店賃の嵩む二階屋に収まった。

昼と晩は辛《かろ》うじて死守したものの、朝餉《あさげ》だけは三人そろって取る慣いだ。

そしてお修もまた、昼を過ぎると判で押したように、お麓の家を訪ねてくる。ふたりになったことで、騒がしさも厄介も三倍になった。

「何だって毎日毎日、うちに集まるのさ。ふたりでしゃべり散らせばいいじゃないか」

「お麓ちゃんだけ仲間外れにするなんて、できやしないよ」

「そうつんけんしないで、今日は太鼓屋の味噌《みそ》せんべいを買ってきたからさ」

子供でもあるまいに、何が悲しくて三人の婆《ばば》がつるまねばならぬのか。

お麓の安穏な老後は、見事に泡となって消えた。


陰暦十一月——、霜月《しもつき》の名のとおり初霜が降りた。

江戸の冬には木枯らしがつきものだが、今年はことさら風がきつい。二日前から強まった風は、夜中になるといっそう勢いを増し、一晩中、悲しい声で吠《ほ》え続ける。家の戸障子が外れんばかりに揺さぶられ、お麓はそのたびに目を覚ました。

風は空が白むまで吹き荒れていたが、二日ぶりの日の出に遠慮するように、今朝になってようやく収まった。

「やれやれ、これでようやく稼ぎに出られそうだよ」

味噌汁《みそしる》をよそいながら、お菅がほっとした笑顔を見せる。

お菅が働く茶店は、葭簀《よしず》張りの掛茶屋だけに、風の強い日は葭簀を外して店を休む。

「あたしも家に籠もりきりで飽いちまったよ。これで裾を気にせず買物に行けると思うと、本当にやれやれだよ」

暇なふたりを相手にするのが、どんなに難儀だったか。やれやれはこっちの台詞《せりふ》だと、椀《わん》を受けとりながら胸の中で呟《つぶや》いた。

それでも湯気の立つ味噌汁をひと口すると、気持ちが和んだ。

出汁《だし》は煮干し、具は大根と油揚げ。小松菜の煮浸しに、一丁を三等分した湯豆腐まで添えてある。

お修の家は二階屋だけに土間も相応に広く、台所も使いやすい。

道に面した表店を除くと、二階屋はめずらしく、おはぎ長屋には二軒しかない。ここはひと昔前、一階を住まいに、二階を仕事場にしたいと申し出たさる表具師《ひょうぐし》が、当時の名主であった杢兵衛の父親の許しを得て建てた家だった。当の表具師はその後出世して、どこぞの大名家の抱えになったそうで、験《げん》が良いとも伝えられる。

いまはその二階屋を二軒長屋に造り替え、その片方にお修が収まったというわけだ。

お菅は朝餉の支度を整えて、材はお修の手当で賄い、後片付けをお麓が引き受ける。

朝から三婆で顔をそろえるのは、未《いま》だに面倒が先に立つのだが、少なくとも朝餉の景色はぐんと良くなった。以前は飯と汁だけは拵えたものの、納豆があればいい方で、漬物だけで済ませていた。汁ひとつをとっても、お菅の料理は明らかに味がよく、手間を惜しまぬだけに惣菜《そうざい》の彩《いろど》りも増えた。

「あたしも今日こそは、落ち着いて書き物仕事ができそうだ……なにせこのところ、うるさくて敵《かな》わなかったからね」

「ああ、そうだね、風の音は気に障るからねえ」

こぼした嫌味も、お菅にはまったく通じない。

食事が済むと、お菅はそのまま仕事先に出掛けていき、一方のお修は二階に上がり仕度にかかった。近所に買物に行くときでさえ、念入りに化粧を施して着付けにも隙がない。

半時はたっぷりかかり、慣れっこであるだけに、お麓は後片付けを済ませて家に戻った。

小机の前に座って、ほっと息をつく。ゆっくりとていねいに、墨を磨《す》った。

お麓は墨の匂いが好きだった。墨とは本来、臭いものだときいた。煤《すす》と膠《にかわ》を混ぜて捏《こ》ね固めたものが墨であり、膠は煮皮、つまりは獣や魚の骨や皮などの煮汁が固まったものだけに、においがきつい。そのため墨には、必ず香料が加えられる。

白檀《びゃくだん》、龍脳、梅花などで、やや燻《いぶ》したように香るその匂いをお麓は好んだ。

墨が磨り上がり、筆に含ませた折だった。いましがた出掛けたはずのお菅が、血相を変えてとび込んできた。

「お麓ちゃん、大変なんだ！　すぐに来ておくれよ！」

ふり向いた拍子に筆をとり落とし、畳に黒い染《し》みが滲《にじ》んだ。

三

「いったい、どうしたっていうんだね」

「裏の萩《はぎ》ノ原《はら》で、人を見つけて！」

「知り合いかい？」

「違うよ、見たこともない女さ」

「だいたい、何だってあんな場所に。善福寺とは、逆の方角じゃないか」

「子供に呼ばれたんだよ。いや、呼ばれたわけじゃない、袖を引っ張られたんだ」

「……朝っぱらから、怪談じゃあなかろうね？」

眉間をすぼめて訝《いぶか》しむ。お菅はもとより、筋道立てた説きようが苦手なのだ。

仕方なく、お麓はいまの話から、肝心なところだけをつまみ出した。

「その女と子供は、親子かい？」

「たぶん……いや、きっとそうだよ」

「きっと、って何だい。あやふやが過ぎるじゃないか」

「仕方ないだろ、それどころじゃなかったんだから」

「仮に親子としてだ。あそこに母と娘がいたってだけで、何がどう大変なんだい」

「だから、母親が、萩ノ原に倒れていたんだよ！」

「何だって！　そいつを先にお言いな」

おはぎ長屋の裏手は、細長い空地になっている。幅は半町分ほどだが、奥行きは二、三町分にもなろう。空地の左右は、どちらもお大名の上屋敷《かみやしき》であり、双方の屋敷の長い築地塀《ついじべい》の隙間が、萩ノ原と呼ばれるこの空地というわけだ。反対側に抜けると、小さな寺の裏手に出て、桜田《さくらだ》町に至る。桜田町への近道ではあるが、通る者などまずいない。

名のとおり、萩ばかりの原であり、おはぎ長屋の名もそこからついた。

夏から秋にかけては、豆の花に似た薄紫の花をつけるが、人の背丈よりも高い葉叢《はむら》が前を塞《ふさ》ぐほどにわさわさと生い茂るから、風情《ふぜい》とはほど遠い。冬場のいまは葉がすべて枯れ、地面から伸びた何百本もの細い茎《くき》だけが寒そうに肩を寄せ合っていた。春になると、その枯れ木のような茎から新芽が吹く。

葉が落ちているから見通しはきくものの、茎に邪魔されて歩きづらいことこの上ない。両手でかき分けるたびに、相手も文句をつけるように、脛《すね》や腰を容赦なく叩《たた》く。

細長い原の中程に達して、立ち枯れた萩の中に、ふいに赤い茎がにょきりと立った。思わず足を止めたが、よく見ると赤い着物の子供だった。

それまで屈《かが》んでいたのに、足音に気づいて立ち上がったようだ。

「遅くなって、すまなかったね。もう心配は要らないよ。お母さんは、きっと助けてあげるからね」と、お菅が子供に向かって声をかける。

背丈を見るかぎり、十歳には至っていない。顔つきがしっかりしているから、八、九歳くらいか。子供の足許《あしもと》に、母親らしき女が、横向きに倒れていた。

身なりからすると、おそらく職人か商人の女房《にょうぼう》だろう。

藍で刷《は》いたように顔色は青白く、唇も色を失っている。熱があるのか、額にうっすらと汗が浮かび、肩は苦しそうに上下していた。

子供をひとまず脇にどかせて、お菅は女の前に屈《かが》み込《こ》んだ。背を撫《な》でながら声をかける。

「ちょいとあんた、しっかりおし！　あたしの声がきこえるかい？」

女がうっすらと目を開いて、顎をかすかに上下させた。

お麓の背筋に、たちまち冷たいものが走った。女がどうこうという話ではない。この始末の危うさに、遅まきながら気づいたからだ。

「お菅ちゃん、下がって！　その女から離れて！」

「お麓ちゃん？　急にどうしたんだい」

肩越しにふり返り、お菅はきょとんとする。その顔に唾をとばす勢いで、お麓は訴えた。

「もしかしたら、流行病《はやりやまい》かもしれないじゃないか。今年は悪い風邪が流行《はや》っているというし、そのたぐいかもしれない。うつされでもしたら、えらいことだよ」

「だからって、こんなところに放っておけないじゃないか」

「まさかその女を、長屋に入れるつもりかい？　そんな真似《まね》、させやしないよ。行きずりの、見知らぬ女じゃないか。倒れようが死のうが、知ったこっちゃ……」

「お麓ちゃん！」

らしくないお菅の声で、我に返った。

「頼むから、それ以上はやめとくれ……子供の前じゃないか」

言われて初めて、己の失言に気づいた。子供はお麓をふり向きもせず、お菅の脇から心配そうに母親を見詰めている。自分が薄情者と罵られたようで、かっとからだが熱くなる。

「あんたこそ、目をお覚ましな。あたしゃ、間違ったことなぞ言っちゃいないよ！」

お人好《ひとよ》しのお菅は、まるで頓着していないが、行き倒れを拾うのは非常に危ういことだ。見つけたらすぐに番屋に届けるようにと、御上《おかみ》からは達されて、町によっては、無暗《むやみ》に介抱するなと名主が命じることもある。大人としては常識の範疇《はんちゅう》だ。

「ましてやあたしらは、いい歳《とし》だ。風邪ひとつ拾っただけで、参っちまうかもしれないんだよ」

「いい歳だからこそだよ、お麓ちゃん」

あたりまえを説いたつもりが、いつになくお菅は強情だ。お麓に向き直って、まるで説教のようにこんこんと説く。

「己の身になって、考えておくれな。あたしらだって、いつどこでこんなふうになるか、わかりゃしないじゃないか。もし道端《みちばた》で倒れて、そのまま打《う》っ遣《ちゃ》っておかれたら、どんなに情けない思いをするか。お麓ちゃんだって、わかるだろ？」

「道に倒れるなんて、あたしはそんな迂闊《うかつ》な真似はしやしないよ」

「そりゃ、お麓ちゃんはね。でも、あたしなら、やりかねないだろ？」

これには何も返せない。一本取られた心地がする。

「情けは人の為《ため》ならずさ。人への親切は、めぐりめぐって返ってくる。そういうものさね」

達観したような菩薩《ぼさつ》顔に、よけいに腹が立つ。きれい事で渡っていけるほど、世間は甘くない。何事にも用心が肝要で、お菅のやりようは単なる向う見ずだ。

口で負けるつもりもなく、言い返そうとしたが、おおい、と背中から男の声がした。

おはぎ長屋を預かる大家と、戸板を抱えた四、五人の男たちだった。

「遅いじゃないか、大家さん、何をもたもたしていたんだね」

「十分に急いださ。ひとっ走りして、名主さんに伺いを立てていたんだよ」

お麓の文句に顔をしかめる。多恵蔵《たえぞう》は、おはぎ長屋の大家で、名主の杢兵衛に雇われている。

ここに駆けつける前に、お麓は大家にいち早く知らせておいた。

日常の悶着《もんちゃく》は、たいていのことなら大家の裁量で捌《さば》くのだが、長引いたりもつれたり、あるいは大家の手限《てぎり》では難しい場合には、名主に知らせて判じてもらう。行き倒れもまた、このたぐいにあたる。

去年、五十路《いそじ》にかかった多恵蔵は、そこそこ面倒見がよく、そこそこ意気地に欠ける。まあ大家としては及第だろう。

「まさかこの親子を、長屋に入れるつもりじゃなかろうね？」

男たちが抱えた戸板を、じろりと一瞥《いちべつ》する。いずれも長屋の若い者たちだ。

「この寒空の下、女子供を放っておくわけにもいかないじゃないか。ひとまず長屋に運んで事情《はなし》をきいて、それから番屋に届けるよ。旦那もおっつけ来なさるだろうよ」

「運ぶって、どこに？　大家さん家かい？」

「うちはほら、あたしの親父《おやじ》と女房のお袋と、寝たきりの年寄りをふたりも抱えているからねえ。これ以上、床を増やすわけにもいかないよ。できれば誰かに……」

ちらりと、お麓を見る。終《しま》いまで言わせず、急いで断りを入れた。

「あたしゃご免だよ。病をうつされでもしたら、どうするつもりだい！　こんな年寄りに押しつけるなんて、あたしに彼岸へ渡れってことかい？」

「お麓さんはあたしより、よほどぴんぴんしていると思うがね」

多恵蔵は、苦笑いを返す。お菅といい大家といい、どうしてこうもお人好しなのか。人が好いとは、裏を返せば、考えなしで騙《だま》されやすいということだ。

「大家さん、悪いことは言わない。このまま番屋に連れていこう。御上のご定法どおりに計らうのがいちばんさ。そもそも、あたしたちには関わりない」

「しかしねえ、男所帯の番屋に女子供を預けるってのもなあ。ほら、情けは人の為ならずっていうじゃないか」

一日に二度も同じ文句を吐かれると、本気で頭にくる。こめかみの辺りが、ぶちぶちっと二、三本切れそうになった。そのときお菅が、声をあげた。

「ふたりとも、静かにしておくれな。きこえないじゃないか」

女の前に膝をついたお菅は、その口許《くちもと》に耳を寄せる。うん、うん、と何度かうなずいてから、ええっ、と大げさに叫ぶ。多恵蔵が、お菅にたずねた。

「何て言ってるんだい？　その親子、何か訳ありなのかい？」

「ひどい話さ。酒癖の悪い亭主に殴る蹴るされて、娘にも手をあげようとしたから、我慢できずに家を出てきたって。実家《さと》が遠いから頼る当てもなく、目ぼしい知り合いもいないそうだ。何日も軒下や空地で凌《しの》いでいたなんて、可哀想《かわいそう》な話じゃないか」

「本当かい？　何やら芝居じみた話だねえ」

「まだ疑うのかい。だったら、お麓ちゃんが、その目で確かめればいいさ」

「確かめるって、何を？」

「熱が出たのは、病なんぞじゃなく、逃げるときに拵《こしら》えた傷のためだそうだ」

さすがに驚いて、大家と顔を見合わせる。女の傷を、男が改めるのも具合が悪い。任せるとの含みか、大家はお麓に向かってうなずいた。お萓の横にしゃがみ込む。

「傷は、どこに？」

「……右足の、裏です……路地から逃げるとき、釘《くぎ》か何かを踏んだようで……夜だったから、見えなくて……」

お萓とともに、女の足の横に座り直す。ふたりの陰になり、大家や男たちからは見えないはずだ。着物の裾をまくったとき、思わず息を呑《の》んだ。

右足の足首から下が、紫色に腫《は》れ上がっていた。下駄《げた》すら履《は》けなくなっていたのだろう、素足のままで、足裏を覗《のぞ》くと膿《う》んだ赤黒い穴があいていた。

「こんな足で、何日も子供を連れて、逃げまわっていたのかい……」

お萓の目に、たちまち涙が盛り上がる。お麓は大家をふり向いて怒鳴った。

「早く医者を！　久安《きゅうあん》先生を呼んどくれ！」

「でも、久安先生は本道のお医者だから、金瘡《きんそう》を見てもらえるかどうか」

本道とは内科のことで、外科は金瘡医とも称する。

「駄目なら、あの先生に口利《くちき》きを頼めばいいだろ！　ぼやぼやしないで、とっととお行き！」

多恵蔵があたふたと、長屋の方角に駆け戻る。

「あんたたちは、この人を運んどくれ。この萩ノ原じゃ、戸板はかえって厄介だ。おぶっていった方が早い。誰か背中を貸しとくれ」

男ふたりが女を抱え上げ、いちばん体格のいい男の背に乗せた。

「で、どこに運ぶんだい？」

背負った者に問われて、お麓がこたえに詰まる。間髪を入れず、お萱が名乗り出た。

「あたしの家に運んどくれ。あたしが面倒を見るからさ」

「あんたんとこは、ひと間きりじゃないか。昼間はいいとして、晩はどうすんだい？　三人川の字になっても、ぎゅうぎゅう詰めだよ」

「晩はお麓ちゃんのところに、厄介になるよ」

それは嫌だ。お萱の鼾《いびき》が甚だうるさいことを、承知していたからだ。もうひとつ、別の気掛かりもある。

「晩のうちに、具合が悪くなるかもしれないよ。病人てのは、そういうもんだろ？」

「ああ、たしかに。晩の付き添いが、この子ひとりじゃ心許《こころもと》ないね。いっそ、お修ちゃんに頼もうか？　二階屋だから広々と……は、してないね」

お修は長屋に越してくるとき、びっくりするほどの大荷物を運び込んだ。箪笥《たんす》や衣桁《いこう》、屏風《びょうぶ》に大きな長火鉢。道具だけで壁が埋まるほどだったが、とりわけ多かったのが、衣装でぱんぱんになった行李《こうり》である。十は軽く超えていて、中から出てきた着物や帯で、二階はすでに足の踏み場もない。

　はあぁ、とお麓は大きなため息を吐いた。腹を括《くく》るためのため息だ。

「その人は、うちに運んどくれ。ひとまずうちで、面倒を見るよ」

四

「まったく、医者はまだ来ないのかい。何をぐずぐずしてるんだい」

　萩ノ原で倒れていた母親は、ひとまずお麓の家に運び込まれた。六畳に四畳半のささやかな住まいだが、このおはぎ長屋ではましな方だ。

　もっとも多い間取りは、お菅が暮らす九尺二間で、四畳半に台所と押入、土間を合わせて、ほぼ六畳間と同じ広さとなる。もっと狭い三畳や、少し広い六畳もあり、しめて二十二軒で長屋をなしていた。

　お麓の家はちょうど、九尺二間の奥に、六畳間を据えた格好で、この奥の間に床をのべて、母親を横たえた。枕元には、娘とお菅が張りついている。

　お麓は大家の多恵蔵とともに、手前の四畳半で医者の到着を待っていたが、そもそも待つのは何より苦手だ。ついつい大家への風当たりが強くなる。

「久安先生には、ちゃんと話をつけてきたんだろうね」

「あたしがこの足で行って、この口で伝えてきたんだよ、間違いないさ。もっとも先生は奥で診立てをしていなさったから、おかみさんに言伝《ことづて》したがね」

久安は四十がらみの医者で、宮下町に町医の看板をあげている。医師には免許というものがなく、その気になれば誰でも医師を名乗ることができる。怪しげな町医も多かったが、久安は腕も評判もまずまず、多恵蔵の家の病人を往診するために、月に一、二度、おはぎ長屋に通っていて住人とも顔馴染《かおなじ》みだった。

「ところで……久安先生への、薬礼《やくれい》はどうするね？」

「そりゃあ、大家さんに何とかしてもらうしか」

「うちは親ふたりで手一杯だと言ったろう。一度や二度なら身銭を切るがね、長く床に就かれたらとてもとても」

大家はともかく、裏長屋住まいの者には、そもそも医者なぞ分不相応だ。医者に払う薬礼は高額で、手が届かない。薬種問屋に行って病や傷のようすを説き、相応の薬を買うのがせいぜいで、それすら覚束《おぼつか》ない者も多い。

「ここはお麓さんにも、合力してもらわないと」

「あたしゃいわば、家の半分を貸してやったんだ、家賃をとりたいくらいだよ」

頑としてはねつけると、大家からため息が返る。

「仕方ない、いざとなったら名主さんに頼んでみるか」

「そうだね、それがいい。店子《たなこ》の面倒は、名主と大家の領分だからね」

「もうひとつ、気掛かりがあるんだが……」

と、多恵蔵は、開け放された障子越しに、奥の間をちらりと見遣《みや》る。

「亭主に無体を働かれて逃げてきたと、経緯《いきさつ》は呑《の》み込《こ》めたが、肝心の名や住まいはきいちゃいない。番屋に届けるにしても、何もわからず仕舞いじゃあ……あの子に質《ただ》すしかないかねえ」

こちらに背を向けているから、子供の顔は見えない。色の褪《あ》せた赤い着物に、銀杏髷《いちょうまげ》を結っている。女の子は七歳くらいまでは男子と同じ芥子坊主《けしぼうず》だが、その頃から髪を伸ばし、伸びたら後ろでまとめて銀杏髷にする慣いだった。

頼りない背中が、いまはいっそう小さく見える。母親を心配する子供に、あれこれたずねるのは、お麓とて気が引ける。代わりに、子供の向かい側にいたお菅が、こちらの視線に気づいて腰を上げる。

「どうだい、ようすは？」と、多恵蔵がたずねる。

「熱が上がる一方でさ、苦しそうで見ちゃいられないよ。あの子も可哀《かわい》そうに、おっかさんの枕辺から動こうとしない。久安先生は、まだなのかい？」

おっつけ来なさるだろうがと、大家がこたえる。

「お麓ちゃん、少しのあいだ、あの親子を頼めるかい？」

「あたしが？　冗談じゃない、世話を引き受けるとは言っちゃいないよ」

「ほんのわずかなあいだだよ。きっと朝飯も食べちゃいないだろうからね、あの子に握り飯でも拵《こしら》えてこようと思ってさ。少しのあいだ、あの親子を頼んだよ」

お菅が出ていくと、多恵蔵が、ぽん、と手を打った。

「ちょうどいい、お麓さんからあの子にきいておくれな。ひとまず、名と住まいだけでいいからさ」

「どうしてあたしが！　大家のあんたから、たずねるのが筋だろうに」

「女は女同士って、いうじゃないか、頼むよ」

片手で拝み手をされたが、五十歳もの開きがあっては、同士というには遠すぎる。子供はふり返りもせず、しきりに促され、しぶしぶ奥の間に入って、子供のとなりに腰を落とした。お菅の言ったとおり最前よりも加減は悪く、膝に置いた両手を握りしめて、苦しそうな母親を覗《のぞ》き込《こ》んでいる。

こんな折に、子供にあれこれたずねるのは、お麓には荷が重い。やはりお菅に頼もうと腰を浮かせたとき、子供のお腹《なか》が、ぐう、と大きく鳴った。

「なんだ、腹が減ったのかい。いま、飯を仕度してるから、もう少し待っといで」

何やらほっとしたが、鳴った腹に、子供が目を落とす。お麓はそれを、女の子らしい恥じらいと解釈した。

「腹が減れば、腹が鳴る。あたりまえのことさ」

びっくりしたように、子供がお麓をふり向き、初めて間近で顔を見た。

切れ長の一重の目に、すんなりとした鼻に小さな口許《くちもと》。雛人形《ひなにんぎょう》を思わせる、整った顔立ちだった。肌も白く、銀杏に結った髪は艶《つや》やかだ。このまま大人になれば、当世風の美人となろう。

その面立ちは、粗末な着物とはどこかちぐはぐで、また、母親とはちっとも似ていない。

つい、不躾《ぶしつけ》な視線になり、怪訝《けげん》が顔に出ていたのか、厭《いと》うように子供は顔を戻した。

「名は、なんていうんだい？　歳《とし》はいくつ？」

精一杯、穏やかに問うたが、返事はない。

「名無しの権兵衛《ごんべえ》じゃ、呼びようがないからさ、教えておくれ。おっかさんの名もね。それと、住まいはどこなんだい？」

子供の肩と背がこわばり、小さく首を横にふる。拒まれて、はっとした。

「もしや、家に知らせが行くのが、怖いのかい？」

こくりと、小さく首をふる。乱暴者の父親から、逃げてきたのだ。この娘が何より恐れるのは、父親の元に帰されることだ。母親がこんなことになってすら、身許《みもと》を明かそうとしない。その哀れが、胸を衝《つ》いた。

「わかったよ、無理強いはしない。いまはおっかさんの傍《そば》に、ついてておやり」

こくりと、うなずく。その折に、お菅が皿を手に戻ってきた。

「お腹すいたろう？　さあさ、食べとくれ」

皿の上には、胡麻《ごま》をまぶしたお握りがふたつと、漬物が載っている。しかし娘は、手をつけようとしない。困った顔で、お麓とお菅を交互に見る。

「お食べな、腹がすいていたんだろう？」

「もしや、遠慮してるのかい？　子供なんだから、よけいな気遣いは要らないよ」

ほら、とお菅は、子供の手をとって、握り飯をもたせる。娘はお握りをじっと見て、ゆっくりと口にはこぶ。丸いお結びの端を、小さくかじった。お菅の握り飯は、塩加減が絶妙だ。お麓も前に、食べたことがある。胡麻も軽く煎ってあり、香ばしい。

「どうだい、美味《うま》いかい？」

この問いは、お菅の決まり文句だ。味は申し分ないのだが、毎回、美味いと強要されるのは、ちょっと鬱陶《うっとう》しい。子供は行儀よく、口の中のものを喉《のど》の奥に収めてから、顔を上げてこくりとうなずいた。顔は正直に満足を伝えており、お菅は目尻を下げた。

食べるのが遅い子供のようで、えらく暇《いとま》がかかったものの、皿の上のものを平らげる。それから何故《なぜ》か、両手を広げて視線を落とす。指先には、飯や胡麻がこびりついている。お菅が気づいたように、声を上げた。

「ああ、手を拭《ぬぐ》いたいんだね。ちょっと待っておいで、いま濡《ぬ》れ手拭いを……」

世話好きなお菅は、すぐに腰を浮かせたが、その態度がお麓には気に入らない。

「手なら、井戸端《いどばた》で洗ってくればいいだろ。小さな子でもあるまいし」

「お麓ちゃん、そんな言い方をせずとも」

「それに、飯を馳走《ちそう》になったんだ。ありがとうくらい、言っても罰は当たらないよ。さっきから、一言も口を利《き》かないじゃないか」

そういえば、とお菅が浮かせた腰を落とし、子供を繁々《しげしげ》とながめる。

「あたしゃ、この子の声を、一度もきいちゃいないよ。お麓ちゃんは？　あたしがいないあいだ、何かしゃべったかい？」

「いや、あたしも一度も……」

思い返すと、お菅の言うとおりだ。子供は、ただの一度も声を発していない。首を縦にふるか横にふるか、そのふたつだけで通していた。

『呼ばれたわけじゃない、袖を引っ張られたんだ』

お菅の言いようを思い出す。母の危急を告げたときすら、この子は声をあげなかった。

「あんた、もしかして……声が、出ないのかい？」

子供はゆっくりと、首を縦にふった。


「こいつは参ったねえ、母親が治ってくれないと、仔細《しさい》がまったくきけやしない」

家の外に据えた床几《しょうぎ》に腰かけて、多恵蔵は煙とため息を吐き出した。

医者の久安が到着し、診立てを行うあいだ、ひとまずお菅に任せてふたりは一服していた。煙草《たばこ》代を惜しんで滅多に吸わないが、もらい煙草に限ってお麓もつき合う。多恵蔵の煙草入れから刻《きざ》み煙草を拝借し、粗末な煙管《きせる》に詰めた。火入れに煙管の先を突っ込んで、火をつける。

「亭主から、命からがら逃げてきたんだ。きいたところで、語ってくれるかどうか」

「これじゃあ、番屋に届けようがないよ、参ったねえ」

と、多恵蔵がくり返す。お麓は応える代わりに煙を吐いた。

大家という役目柄もあろうが、多恵蔵は何かと、先々を気に病む性分だ。しきりに案じ事を口にする。言えばよけいに心配が増えるだけだと、お麓には思える。

「もしも、もしもだよ。母親があのまま、寝ついちまうなんてことに……ふた月も三月《みつき》も、ここに居候《いそうろう》されることにでもなったら」

「それっぱかりは、ご免だよ。熱が引いたら、さっさと去《い》んでもらわないと」

「でも、傷の具合がひどいんだろう？　このまま足が利かなくなったら、どうするね？」

「どうするって、あたしらにはどうしようもないよ。そこまで面倒を見る、義理はないからね」

「そりゃ、そうだけどさ。拾っちまったら、それだけで縁ができちまうからねえ」

大家のぼやきは、妙に心にかかった。

妙な縁を拾わぬよう、面倒を抱えぬよう努めてきた。それがお麓の人生だ。

身内の厄介だけで、十分に手にあまる。この上、他人の事々に首をつっ込んでいたら、倍の人生でも足らなくなる。ことに人との関わりは、煩わしくてならない。

奉公先の人づき合いなら、どうにか凌《しの》げる。自分の仕事をうまくまわすという、わかりやすい芯があり、その周囲をこまめに掃除すれば済むことだ。口うるさい主人は適当にいなし、同輩とはほどよい間合いをとり、厄介な相手とは関わりを避ける。

武家も商家も同じこと。何軒かの奉公先を経て身につけた、ひとつの処世術だ。

そこには一切の情は絡《から》まない。いや、極力絡めない。それがこつだ。

なのにいまになって、幼馴染《おさななじみ》という大きな綿埃《わたぼこり》がふたつもくっついて、さらにそこに、赤い糸《いと》屑《くず》が二本絡まった。細くて短い糸なのに、意外にも頑固に絡まっている。

そんな想像がふと浮かび、払うように頭《かぶり》をふる。

その折に戸障子があいて、医者が出てきた。

「どうですか、久安先生。熱が引くまで、どのくらいかかりそうですか？」

問うた大家に、医者は深刻な顔を向けた。

「わしは金瘡医ではないが、あのような傷を、何度か診たことがある。ああなっては、もう手遅れだ」

「そんな……じゃあ、あの母親は……」

「おそらくは、助からない。もって二、三日といったところだろう」

首の後ろから氷を落とされたように、お麓の背筋が冷たくなった。

「助からないって、そんな……何とかならないんですか、久安先生」

大家の多恵蔵が訴える。眉根の辺りをしかめて、医者は低くこたえた。

「ひとつだけ、手立てがある……右足を切ることだ」

大家が口を開けて固まり、お麓は茫然《ぼうぜん》と医者を見詰めた。

「だが、そんな荒療治を施したところで、命が助かるかどうかはわからない。痛い思いをさせるだけかもしれぬし、若い女子にはあまりに酷《むご》かろう」

よほど腕のいい金瘡医ならあるいは、という程度の儚《はかな》い望みであり、当人のからだと心の苦痛を思えば、とても勧められないと医者は告げた。

「ひとまず、熱冷ましと痛み止めの薬を出すから、後で取りにきなさい」

帰っていく医者の向こう側に、寒々しい冬の曇天が広がっていた。

医者の診立てどおり、母親は二日後の朝に息を引きとった。

五

本当に大事な人を亡くすと、存外涙は出ない。

たぶん、その死を受け入れていないからだ。

もちろん性分もあろう。感情《きもち》を素直に外に出す、たとえばお菅《すげ》やお修《しゅう》なら、亭主の死に際し存分に泣き崩れたろうが、仮に同じ立場になっても、お麓《ろく》はきっとそれができない。現に父や母の葬式でも、泣くことはしなかった。

ただ、子供の場合はどうだろう。やはり気質《たち》や育ちによって違うだろうが、町屋の子供、ましてや女の子なら、動かぬ母親にすがりついて涙にくれてもおかしくない。

しかしお萩《はぎ》は、泣かなかった。お萩とは、とりあえずつけられた子供の名である。

二日二晩《ばん》の苦しみからようやく解放されて、母親は静かに目を閉じていた。

お萩は通夜のあいだ中、ただ黙って母の枕辺に座っていた。周囲の大人たちが慰めやら悔みやらをかけても、ふり返りもしない。口が利けないこの子は、泣き声や叫びすら奪われたのか。あるいは小さな身では受けとめきれない悲しみがはち切れて、空っぽになってしまったのか。抜け殻のような姿はあまりに頼りなく、親を失った子の哀れに満ちていた。

自分も父を亡くしたとき、こんなようすであったのだろうか――。

ふと、そんな思いに駆られた。父が急に倒れ、そのまま逝ったのは、お麓が十八の時だった。すでに子供ではなかったが、まだ大人《おとな》でもなかった。

母や兄のように、声をあげて存分に泣くことができず、情の強《こわ》い娘だと眉をひそめられたが、突然の父の死に呆然として、悲しみが追いつかなかっただけだ。人前では気を張っていたが、葬式を終えてひとりになると、父との思い出が次々とわいて涙があふれた。

この子もきっと、そうに違いない。明日の葬式では、泣くことができるかもしれない。

そう考えていたが、お萩の中に、悲しみとは別の情動があることに、お麓は気づいた。

通夜があけた朝、棺桶が運び込まれ、お麓は子供に声をかけた。

「仏さまを、棺《ひつぎ》に納めるからね。おっかさんと、最後の挨拶をおし」

すでに女たちの手で白い衣を着せて、からだを拭《ぬぐ》って浄《きよ》め、薄化粧を施した。髪もほどいて櫛を入れてあり、美しいとさえ言える死に顔だ。

胸の前で合わせるように置いた手を握り、子供は名残りを惜しむように仏の顔に見入っていたが、つと足の方に視線を移した。白い衣の下からは、無残なまでに形を変え、紫色に腫《は》れあがった右足が突き出していた。多少は色が褪《あ》せたのか、少し青みがかって見えるが、子供には刺激が強過ぎよう。

「そんなにじろじろ見るもんじゃないよ。おっかさんが、気の毒じゃないか」

お麓はわきまえのつもりで声をかけたが、その折に、子供と目が合ってどきりとした。

子供の目の中に、それまでになかった強い光を見たからだ。

これは、怒りだ――。明らかに、怒っている。母親を死に追いやった、父親への憤りか。それとも、自分を残して先だった母への怨《うら》みか。

見極めようとしたが、子供は厭《いと》うように顔を背けた。

憎しみに似た冷たい怒りは、八歳の子供にはそぐわない。何故か胸がざわついた。

母親は桶形の棺に入れられて、蓋が閉じられ、石で釘が打たれる。

その固い音が、まるでお萩がこぼした、音のしない泣き声のようで、長く耳について離れなかった。


「嫌だねえ、若い者の葬式は。気が滅入《めい》って仕方がないよ」

名主の杢兵衛《もくべえ》のぼやきに、多恵蔵《たえぞう》が疲れきったようすでうなずいた。

葬儀の手配に走り回っていたから、無理もない。名主の好意で、ささやかながら葬式を出し、無縁仏として葬《ほうむ》った。寺からの帰り道、杢兵衛は大家とお麓を呼びとめて、南日ヶ窪町の自宅に寄るよう促した。今後のことを、相談するためだ。

「で、あの子は……名は、何と言ったかね？」

「お萩ですよ。おはぎ長屋のお萩」

「そのまんまじゃないか。差し当りの呼び名にしても、もう少し捻《ひね》ったらどうだい」

「文句なら、お菅ちゃんに言ってくださいな」と、名主にしかめ面《つら》を返す。

おはぎ長屋の裏の、萩《はぎ》ノ原《はら》で見つけたから、お萩。

お菅が言い出して、残された子供も、特に異を唱えなかった。もっとも、声が出ないのだから、何を唱えようもない。

「しゃべれないそうだが、耳はどうだね？」

「耳には障《さわ》りはなさそうですね。首をふるだけですが、返しはありますから」

「せめて字が書けたらねえ。歳《とし》はいくつだい？」

「見掛けからすると、八歳くらいですかね」

と、多恵蔵がようやく口を開く。茶菓子の羊羹《ようかん》を、ぺろりと二切れ平らげて、少しは気力が出たのだろう。多恵蔵は酒も飲むが、甘味が何よりの好物だった。

早い者なら、五、六歳から手習いに通うが、七、八歳から始める場合が多い。父親の酒乱や暴力で、家が荒れていたのなら、手習いどころではなかったとしてもうなずける。

「で、肝心のところだが……本当にあの子の面倒を、長屋で見るつもりかい？」

多恵蔵とお麓が、むっつり顔を見合わせる。

「できればそんな厄介は、ご免被《こうむ》りたいというのが本音ですがね」

「お菅ちゃんが、面倒を見ると言ってきかなくて」

はああ、と息を合わせてため息をつく。

お萩と名付けた子供の傍《そば》に、お菅は絶えず寄り添って離れなかった。

ひとり残された子供は、番屋を通して御上《おかみ》の手に託すしかない。葬儀の合間に多恵蔵は、そのように理を説いたが、まったくきく耳をもたない。挙句の果てに、とんでもないことを言い出した。

「お萩は、あたしが引き取ります。ちゃんと面倒を見て、立派な娘に育ててみせます！」

多恵蔵はぎょっとして目を剝《む》いたが、お麓に言わせれば案の定だ。

「お菅さん、その子は孤児《みなしご》じゃないんだよ。身内のもとに帰してやるのが筋ってもんだろうが」

「お萩を父親のもとに帰すなんて、とんでもない！　熊の巣穴に、みすみす兎《うさぎ》を差し出すようなものじゃないか。おっかさんと死に別れたあの子に、そんな無慈悲な真似《まね》ができるものかい！」

ものすごい剣幕で拒みとおし、仇《かたき》を見るような目で大家を睨《にら》んだ。

面倒を見るなぞと殊勝な台詞《せりふ》を吐いているが、お菅ができるのは、飯だの着物だの遊び相手だの、子供の世話に限られる。他の面倒の一切は、誰が担《にな》うというのか。言わずとも知れている。名主と大家、そしてお麓の肩にかかってこよう。

曲がりなりにも親がいる子供を、赤の他人が育てるとなれば、何とも七面倒くさい手続きが必要となる。名主と大家が役所に何度も通い、役人に仔細《しさい》を説き、届書のたぐいを綿密に仕度せねばならない。

さらに養い口がひとり増えるとなれば、茶店の稼ぎではとても足りない。そうなると、お菅が尻をもち込む先は――考えるだけで身震いが出る。

お菅はもとより、そういう性分だ。感情だけで突っ走り、後先なぞ考えない。

可哀想《かわいそう》なこの子を、あたしが守ってあげないと――。頭にあるのはそれだけだ。

犬猫を拾う子供と、何ら変わりない。人ひとりを養い育てるということが、どんなに重い責務となるか。息子ふたりを育てたのだから、三人目も造作ない、と勘違いしているが、亭主の存在があってこそだ。稼ぎも含めて亭主が担っていた事々は、周りがかぶることになる。お菅はそれを、あたりまえだと思っている。

自分にできぬことは、他の誰かがどうにかしてくれる。己《おのれ》でジタバタ足掻《あが》くことをせず、他人に甘え、他人に押しつけることで、安穏と世を渡ってきた。

後悔も、罪の意識もない。それが何よりも腹立たしい。

「言っときますがね、あたしはあの子のことには、一切かかずらうつもりはありませんよ」

名主と大家に、叩《たた》きつけるように宣した。今度はふたりが、顔を見合わせる。

「その口ぶりじゃ、お麓さん。あの子を引きとると、承知したも同じじゃないか」

「そうだよ。お菅さんに諦《あきら》めてもらう手立てを、講じるために集まったんだよ」

相談の趣旨を思い出し、にわかに我に返る。あぶないあぶない。またもやお菅の術中に、はまるところだった。

「何にせよ、あの子の素性がわからないんじゃ、如何《いかん》ともしがたいね」

大人たちがあれこれと手を尽くしてたずねても、名はおろか歳さえつかめない。

名はともかく、年齢なら指を立てればすむ話だ。明かさぬのは、やはり用心だろうか。身許《みもと》が知れて、父のもとに帰されることを恐れているのか。あるいは母親から、きつく達されていたのだろうか。

「素性については、いっそ御上に任しちゃどうです？　こうなったら、腕ずくで番屋に連れていくしか……お菅には騒がれるでしょうが」

「それもまた、外聞が悪いねえ。どのみち孤児の親探しをしてくれるほど、お役人は暇じゃないからね。親が見つかるまでは、長屋に置いとくしかなかろうね」

さっきから一歩もはかどらず、堂々巡りの相談が続く。自《おの》ずと飽いて、考えることをやめた頭に、お萩と名付けた子供の姿が浮かんだ。

一瞬、目の中に浮かんだ怒りを、あの子はどうするつもりか。

父親に、向けようというのか。あるいは、自棄を起こして世間に向けるのか。

いや、男ならまだしも女であり、ましてや子供だ。力に訴えられぬからこそ、賢く立ち回らねばならない。

お麓は結局、他人ではなく、己の稼《かせ》ぎを拠り所にする道を選んだ。どの道を取捨するにせよ、何がしかの後悔はついてまわるが、お麓の性分には合っていた。

あの子は、お萩はこの先、どう己の道を拓いていくのか。

見届けたいとの奇妙な欲が、お麓の中に芽生えていた。

「やれやれ、あたしも焼きがまわったもんだ」と、お麓はゆるりと頭をふった。

「いいかい、お菅さん、あくまでしばらくのあいだだよ。この先ずっと、面倒を見るわけじゃないからね」

多恵蔵が、重ねて念を押す。お萱は満面の笑みで、二重顎をうなずかせた。

「もちろんさ、子供が大きくなるのは、あっという間だからね。十年もすれば、お萩も年頃の娘になりますよ」

「しばらくにしちゃ、十年は長過ぎるよ」と、精一杯の嫌味をこぼす。

葬式から一日経《た》った昨日、多恵蔵は名主とともに町奉行所に足を運んだ。

仔細を説いて伺いを立て、ひとまず子供は「迷子」のあつかいとなり、おはぎ長屋で預かることが御上より許された。

「とはいえ、こうなったからには、くれぐれもよろしく頼むよ。この子に何かあったら、あたしが矢面に立たされるんだからね」

届書に記された預り人は、お萱ではなく多恵蔵である。たいした稼ぎもない独り暮らしの老婆では、預け先には不足だと、御上から必ず横槍《よこやり》が入る。それを見越して、子供の落ち着き先を多恵蔵の家として、さらに世話人として杢兵衛も名を連ねた。

名主と大家がそろえば、たいがいの悶着《もんちゃく》はどうにかなるが、そのぶんふたりの手間は倍増する。この先も何度も、麻布からけっこうな道程《みちのり》となる町奉行所まで通う羽目になろう。

「とりあえず、歳は八歳としておいたが、手習いはどうするね？」

「もちろん、通わせますよ。どこがいいだろうね、お麓ちゃん」

「あたしにきくのは、お門違いだろ。長屋にいる子持ち夫婦にでもきいとくれ」

「あたしらが通っていた、『鳩塾《はとじゅく》』があればよかったのにねえ。先生はすでに草葉の陰だし、塾の看板はそれより前に下ろしちまったからねえ」

「へえ、そうなのかい。まあ、五十年も前の話だからね」

「お麓ちゃんは、鳩先生の墓参りすら行ってないんだろ？　師匠と筆子《ふでこ》は親子同然、一生のつき合いだってのに」

「奉公に出ていたから、暇がなかったんだよ」

仕事を口実に使うのは癖になっていたが、いまを凌《しの》ぐのに精一杯で、昔をふり返り懐《なつ》かしむ余裕がなかったのは本当だ。

筆子は鳩先生と呼んでいたが、本名は波戸庄六《はとしょうろく》という武士だった。姓の波戸をもじって、鳩塾としたのだろう。指南は相応に厳しく、顔もいかめしい。女の子には概《おおむ》ね、怖い先生ととられたが、机から離れると朗らかな一面もあったときく。男の子には、存外慕われていた。

「鳩塾って、どこかできいたな……ああ、そうだ。去年まで、長屋のおりっちゃんが通っていたよ」

「そりゃあ、名が同じだけの、別の塾だろうさ。ちなみに、場所はどこだい？」

「東町だよ。境川屋敷《さかいがわやしき》の向かいでね、屋敷の脇門の真ん前にあるんだよ」

え、とお菅と同時に声が出た。昔の鳩塾と、同じだった。

北日ヶ窪町《きたひがくぼちょう》は、道を挟《はさ》んで東西に分かれている。おはぎ長屋のある方が西町で、東町の裏手には、大名や旗本の屋敷が並ぶ。

境川筑後守《ちくごのかみ》は高位の旗本で、鳩先生こと波戸庄六は、その家に仕えていた。

陪臣《ばいしん》の立場では禄《ろく》も限られていようが、手習い指南は金銭のためというより、一種の名誉職である。よって師匠への礼金である束脩《そくしゅう》も、金額なぞは定められていない。

鳩塾はもともと、近隣の武家の子供のために開かれた。大名や高位の旗本の子息なら、立派な教育を施されようが、少禄の武士や陪臣の子は、父親などから学問を教わることが多く、中には師匠として不足な親もいようし、町場の手習所へ通う場合もある。

鳩先生はそのような子供たちのために、初歩の手習いから、武家の必修たる論語まで手ほどきしていた。その謹厳実直な人柄や、厳しくも行き届いた指導、さらにはしつけの確かさなどが近隣に広まって、町人からも子供を入門させたいとの希望が増えた。鳩先生はこれを承諾し、かくして鳩塾は、町屋の手習所と何ら変わらない、騒々しい学びの舎となった。

お麓たちは毎日、境川屋敷の脇門をながめながら鳩塾に通い指南を受けた。

「もしかしたら、鳩先生の息子さんとか、お身内の方かもしれないね」

「息子というより、孫の代だと思うがね」と、お菅に返す。

「いや、たしか男じゃなく、女師匠だったはずだよ」

「女師匠なら、なおさら結構じゃないか。お萩のことも、気にかけてくださるよ」

お菅はすっかり乗り気になったが、ほどなく頓挫した。

当のお萩が、頑迷に拒んだからだ。

六

「まったく、頑固にもほどがある。どうしてああまで手習いを嫌がるのかね」

「やっぱり口が利《き》けないことを、引け目に感じているのかねえ」

お麓とお菅は、息を合わせて長い溜息《ためいき》を吐く。

お修の家で、朝餉《あさげ》を食した後だった。子供の分の箱膳が増えて、四人分の後片付けをしながら、お萩と名付けた女の子のあつかいを思案する。子供をあえて先に帰したのは、その相談をするためだ。

「引け目があるならなおさら、手習いは大事じゃないか。あの子はこれから、たったひとりで世間を渡っていくんだよ。読み書き算盤《そろばん》は、その足掛かりになる」

「嫁に行くなら、飯炊きやお針の方が役に立ちそうに思うがね」

「そっちは、お菅ちゃんが仕込めばいいだけの話だろ」

お麓が言うと、お菅が困ったように額にしわを寄せる。

「何度か手伝わせてみたんだがね、呆《あき》れるほど何もできなくて。井戸端《いどばた》で菜を洗うよう頼んだら、泥だらけの洗濯物をつけておいた盥《たらい》でじゃぶじゃぶやってたんだ。あんなに仰天したのは久方ぶりだよ」

火吹き竹やはたきを持たせても、使い方がわからないようで、道具を手にぼんやりと突っ立っている。こうやって使うものだと教えても、何ともぎこちなく、火吹き竹に至っては、火種ではなく灰を吹き、大量の灰がもうもうと家中に舞い上がった。

「雑巾の絞り方すら知らないんだ。かえって不憫《ふびん》になっちまったよ」

「お修ちゃんの上をいくとは、なかなかの強者だね」

「ちょいと、人をだしにしないでおくれな」

二階からお修が下りてきて、文句をつける。いつものごとく身仕度と化粧はねんごろで、顔にはたっぷりと白粉《おしろい》を塗り、紅もてらてらと赤い。

「あたしゃ、戸田屋《とだや》の大内儀だからね。炊事や掃除に縁がなくとも、あたりまえだろ」

「戸田屋に入る前は、水茶屋や料理茶屋にいたんだろ。掃除くらい、縁があったんじゃないのかい？」

得意げな顔が癇《かん》にさわり、つい皮肉がお麓の口を衝《つ》いた。

「茶や料理を運んで、客と語らうのがあたしの役目。掃除や洗濯なぞは、下男下女のすることだよ。何より水仕事なぞしたら、手が荒れちまうじゃないか」

歳《とし》をとってからはいっそう油気が抜けて、ことに冬場のこの時期になると、ひびやあかぎれが絶えない。指の節や付け根に小さな切り傷が幾筋も走り、手がふくらんで見えるほどだ。対してお修の手は、歳相応に骨張ってはいても、甲は白くなめらかだ。

「お修ちゃんの手は、本当にきれいでうらやましいよ。あたしなんて、こんなだもの」

恥ずかしそうに、お菅が自分の手の甲をさする。ひどくカチンときて、同時にお修が憎らしくも思えてくる。お修の手がきれいなのは、ひびやあかぎれを他の誰かが肩代わりしているからだ。掃除と洗濯は、長屋の女房《にょうぼう》に駄賃を払って頼んでおり、炊事はお菅に任せきりだ。それを有難《ありがた》いと感謝するどころか、手のきれいを自慢するとは。

「お菅ちゃんが、恥じることなぞ何もないよ。その手はいわば、能無しの手だからね」

「ちょいと、いくら何でもその言い草はひどいじゃないか」

「己のことは何ひとつできない。人に厄介をかけるしか、生きる術がない。能無し以外の、何者でもないだろ」

「誰かさんみたいな、寂しい人生よりよほどましさね。何でも己で片付けて、人を当てにせず、まわりには誰もいない。生きていく甲斐《かい》が、どこにあるのさ？　どれほどご立派だろうと、そんな侘《わび》しい暮らしなぞ、あたしゃ頼まれたってご免だね」

投げた石は、お修の上ではね返り、正確にお麓の泣き所に当たる。腸《はらわた》が煮えくり返り、声すら出ない。無言でしばし睨《にら》み合《あ》った。

「ちょっとちょっと、おやめよ！　つまらないことで、喧嘩《けんか》なぞしないでおくれよ」

「つまらないことだって？　いちばん肝心なことじゃないか」

「そうだよ、お菅ちゃんこそ、腹を立てていいんだよ」

「あたしが？　どうして」

「この女に、飯炊き女中みたいに使われて。悔しくないのかい！」

「飯炊きをさせているのは、あんたも同じじゃないか」

「あたしは頼んでなぞいないよ。朝餉を三人で食べようって、お菅が勝手に決めちまって」

「だって、ひとりで食べるのは味気ないじゃないか」

「それがよけいなお世話なんだよ。あたしはひとりで食べる方が気楽なんだ」

「お麓ちゃんは、迷惑だったのかい……？」

「お菅を泣かせてどうすんだい。あんたこそ、何もわかっちゃいないじゃないか」

口喧嘩を続けながら、しょげたお菅をふたりがかりでなだめる。お菅が機嫌を直した頃には、どちらもぐったりしていた。

「じゃあ、これからもいままでどおり、四人で朝餉をとるってことでいいんだね？」

何故《なぜ》かそういう話でまとまって、にこにこ顔のお菅を前に、反論する気も失《う》せていた。

「くたびれて、喉《のど》が渇《かわ》いちまった。お麓ちゃん、茶を淹《い》れておくれな」

「あたしまで、女中あつかいするつもりかい？」

「そんなつもりはないよ。あんたの淹れた茶が美味《おい》しいって、それだけさ。お茶だけは、お菅もあたしも敵《かな》わないからね」

「白湯《さゆ》があれば上等で、お茶なんて縁がなかったからね。お麓ちゃんはたいしたもんだよ」

裏長屋住まいなら、そんなものだ。茶の淹れ方は奉公先で覚えたが、あくまで主人や客のためであり、使用人にはやはり白湯か、番茶の出涸《でが》らしがせいぜいだった。

もっと貧乏な所帯であれば、白湯ですら手が届かない。湯を沸かすには、薪やら炭やらが入用となり、相応に金がかかるからだ。

お修は身なり以外にはこだわりがなく、この家の茶も決して高級な茶葉ではなく安い番茶だが、それでも十分だ。そして、吝嗇《りんしょく》とは無縁で、気兼ねなく人にふるまうところはお修の長所だった。

「はあぁ、茶の香をかぐだけで、幸せな心地になるねえ」

お菅は鼻をひくひくさせて、香りをたっぷりと楽しんでから茶碗《ちゃわん》を傾ける。

「やっぱりお茶は、お麓にかぎるねえ」

「そりゃあどうも。あたしゃ、駿河《するが》でも宇治でもないがね」

幸せな心地とやらに浸って、互いにゆっくりと茶を喫する。お修が煙草《たばこ》盆を引き寄せて、お麓も相伴にあずかった。お菅だけは煙草はやらない。白い煙が座敷《ざしき》にたゆたう。

「で？　喧嘩の前は、何の話をしていたんだっけ？」

お修に問われて、はたと考える。お菅が、ぽん、と手を打った。

「そうそう、お萩の話だよ。あの子が手習いに行こうとしないから、どうしようって」

ああ、と思い出す。こういうことは、たとえ喧嘩にならずとも、ままあることだ。

女三人寄れば、話の種に欠くことがなく、かわりに思いついた方向にどんどん脱線する。

「行こうとしないのは、用がないからじゃないのかい？　手習いに」

「子供は手習いに通わせるべきだよ。あたしだって息子ふたりを、十歳を過ぎるまでは行かせたんだ。そりゃあ、相応の掛かりは要るよ。先生に払う束脩《そくしゅう》は、心付けとはいえ相場もあるし、筆やら墨やら紙やら手本やら、思った以上に嵩《かさ》むからね。それでも……」

「お菅ちゃん、そういう話じゃないんだよ」

長くなりがちな申しようを、お修は片手でさえぎる。

「あの子には、手習いの用がない。そういう話さ」

「そういうって、どういう話だい？」

「あたしにも、さっぱりわからないね」

お麓とお菅は、合点のいかない顔を見合わせる。その間抜け面に、お修は大いに驚いてみせる。

「あんたたちときたら……あんなにあの子の傍《そば》にいて、何も気づいちゃいないのかい？」

やれやれと、芝居がかった調子で額に手を当てて、大げさなため息をつく。

「あの子はどっからどう見ても、いいとこのお嬢さんじゃないか」

呑《の》み込《こ》むのに、瞬《まばた》き三度分必要だった。それからお菅と同時に、ええっ！　と叫ぶ。

「なに言ってんだい、お修ちゃん。あの子の着物を見たろ？　色が褪《あ》せた着古しで、継ぎさえあたっていたんだよ」

「亡《な》くなった母親も、似たような姿だったよ。それこそどう見ても、貧乏人の親子じゃないか」

「母親の方は、伏せっていたから何とも言えないがね」と、お修が断りを入れる。

病人がいるあいだ、お修は日に一度くらいはようすを覗《のぞ》きにきたが、長居はしなかった。

「ただ、あの子に初めて会ったとき、妙な気がしたんだ。何ていうか、ひどくちぐはぐに映ってね。たぶん、中身と着物がそぐわないためだ。後になってわかったよ」

お修の話をききながら、小さな泡のように、お萩に関する事々を思い出していた。お麓もまた、同じ奇妙《きみょう》をどこかで感じていた。もちろんお修のように、はっきりしたものではない。ただ何となく、おや、と思う時々がたしかにあった。

「間違いないと思えたのは、あの子と一緒に朝餉を食べるようになってからだよ」

お修はコン、と煙管の音をさせ、竹の灰吹《はいふき》に吸がらを落とす。

「生まれ育ちってのは、食べる姿にいちばん現れるからね。これでも茶屋で、嫌というほど他人の食べっぷりを見てきたんだ。どんなに着物が凝っていようとも、食いようが汚い者はお里が知れるし、逆に地味な形《なり》でも、品のいい御仁もいる」

「そういや、お修ちゃんの食べ方はきれいだね。かねがね思っていたんだよ」

「そうそう、昔は食い意地が張っていて、饅頭《まんじゅう》なぞは真っ先にかぶりついて、口のまわりを餡《あん》まみれにしていたろう?」

「昔の話はよしとくれよ。あんたたちと違って、いい思い出なぞさしてないんだから」

臭いものでも嗅いだように、額の真ん中をきつくしかめる。

「まあでも、だからこそ、かね。生まればかりは変えようがないけれど、食べようならどうにかできる。戸田屋に入るときに、本腰を入れて直したんだよ。だってあたしが粗相をしたら、恥をかくのは富さんだろ? 富さんのためなら、何だってできたのさ」

ついでに口調も直せば、なおよかったろうにとも思えたが、言わずにおいた。

単なる惚気《のろけ》ではなく、お修の本気の頑張りが察せられたからだ。

食は欲であり、だからこそ本性が隠しようもなく現れる。日に三度、あたりまえにこなすだけに、修正しようにも案外難しい。また食は、楽しみでもある。毎日の大事な楽しみに、いちいち気を張っていてはくたびれる。それをお修は、富右衛門《とみえもん》のためにやってのけたのだ。お麓にはとても真似《まね》できない。

「あの子は、汁を飲むにも音を立てないし、箸も正しくあつかえる。迷い箸もねぶり箸もしないし、口からこぼすこともない。食べた後の茶碗も、飯の一粒すらついていないじゃないか」

「魚ばかりは、あまりうまくはないがね」と、お菅が断りを入れる。

一度だけ、煮鰈《にがれい》が膳に載ったことがあるのだが、骨にはかなり手こずっていた。子供なら無理もないと、お菅が手伝っていたが、良家の娘ならあらかじめ骨をとり、ほぐし身を与えられていたのではないかと、お修は推測を口にした。

「膳の行儀ばかりじゃない。貧乏人の子が、あんなに色白なわけがないだろ？　きっと家の奥に、大事に仕舞われていたんだよ」

「口が利けないから、外に出さなかったとか……」

「極めつきは、居住まいだよ。あの子は常に、正座を崩すことがないだろ？　あんな真似、そこらの子供にできるものかい」

それまでちょこちょこ口を挟んでいたお菅が黙り込み、お麓も思わずうなずいていた。

「子供ってのはともかく、じっとしていられない性分だからね。長屋の子供らなんて、始終走りまわっているじゃないか」

たしかにと、やんちゃな男の子を育てたお菅も、これには同意する。

しかしお萩は、ここに座っていろと命じれば、半時でも一時でも行儀よく動かない。なまじ声を出さないから、ただ大人しい性質なのだと深くは考えなかった。だが言われてみれば、女の子ということを差っ引いても、子供としては極めて異で、稀《まれ》なことだ。

「いったい、どういうことなんだろう？　もしもあの子が良家の娘なら、どうして貧しい身なりをしていたんだい？」

お菅が、途方に暮れた顔になり、ひとつだけはっきりしているとお修はこたえた。

「あの子は、いや、あの親子は、あたしらを謀《たばか》っていたということさ」

七

あの親子が、自分たちを謀っていた——。

お修に告げられて、しばし返す言葉を失った。そんなはずは、と抗《あらが》う気持ちよりも、ああ、そうだったのか、との得心が、お麓の中に満ちてくる。

「謀るって……騙《だま》してたってことかい？　いったい、どうして！」

お菅にはまだ信じられないのか、おろおろとふたりに訴える。

「そりゃあ、いまとなっては、理由《わけ》を知るのはあの子だけさね」と、お修がこたえる。

「だったら、お萩に確かめないと。いまから呼んでくるよ」

「お待ちよ、お菅ちゃん。あの子にどうやって、口を割らせるつもりだい？　筆談でもさせるつもりかい？　字を習っているなら、できない話じゃないがね」

お麓に問われて、お菅が困ったように黙り込む。

「母親が死んじまったってのに、あの子は未《いま》だに、たったひとりであたしたちを欺き続けている。あたしらを信用してない証《あか》しじゃないか」

自分で放った言葉が、思いのほかお麓を傷つけた。

「そんな悲しいこと、言わないでおくれよ」

お菅にしょんぼりされて、いっそう胸が塞《ふさ》がる。

「ちょいと、ふたりとも入れ込み過ぎじゃないのかい？　そもそも出会ってから、まだ日が浅いんだろ？　信用もへったくれもありゃしないよ」

たしかに、そのとおりだ。お菅は言うにおよばずだが、お麓もいつのまにか肩入れして、ある意味浮かれていた。

見知らぬ親子を家に上げて、思いがけず母親の死に目に立ち会う羽目になった。お麓にとっては降ってわいた災難以外の何物でもなく、それでも残された子供に関わってきたのは、哀れと思えばこそだ。同情を逆手に取られたようで、単純に傷心したのだ。

こんなとき、負けん気こそがお麓の薬となる。

「それでも嘘《うそ》をつかれるのは、いただけないね。だいたい何だって貧乏なふりを？」

「あたしにきかれてもねえ」と、お修は迷惑そうに眉をひそめる。「たとえば……何かの仔細《しさい》で家が没して、急に貧しくなったとか」

「仔細って、何だい？」

「そりゃあ、何でもありさ。家業が潰れたり、火事や鉄砲水だってあるだろ？　で、夫も人が変わって荒れるようになった。だから娘を連れて家を出た、てのはどうだい？」

「どこかで見た、狂言みたいな筋書きだね」

芝居じみてはいるが、一応、筋は通っている。ただ、それだけではしっくりこない。

「だったら、そのとおり明かせばいいじゃないか。現にお萱ちゃんは、そんな父親のもとには帰せないと、はっきり言ってたんだ」

「そうだよ！　そればかりははっきりしているじゃないか！」

急にお萱が声をあげて、お麓がいたくびっくりする。

「きっと、半分は本当だったんだよ。夫の無体が辛《つら》くて逃げ出してきたたと、あたしはこの耳できいたからね。それだけは、嘘がなかったように思うんだ」

お人好《ひとよ》しのお萱のことだ。当てにはならないが、苦しい息の下から訴えた、母親の顔と声は真実味があったと語る。

「だからお萩が芝居をしているとしても、結局、あたしらの見当は間違っちゃいないんじゃないのかね？」

「見当って？」

「あの子もやっぱり、家に帰りたくないんだよ。だってお萩は、ここを出ていこうとしないじゃないか。あたしらを謀っているのも、ここに留まりたいが故さね」

ちょっと悔しいほどに、お萱の説に得心がいった。

「だとしたら、あの子が出自を隠そうとするのもうなずけるね。だって、ほら、褒美《ほうび》目当てに父親のもとに知らせに走る輩《やから》だって、中にはいるかもしれない」

「お修ちゃん、何てことを！　あたしは決して、そんな情けない真似《まね》はしやしないよ」

「わかってるよ。でもね、長屋にはさまざまな者たちが集まっているだろ？　ひとりくらい邪《よこしま》な考えを起こしても、おかしかない」

酒や博打《ばくち》に見境のない者も中にはいて、悪癖にとり憑《つ》かれると、情だの善悪だの、人としてのあたりまえすら容易《たやす》く捨てかねない。

「そこまでは、さすがにうがち過ぎじゃないのかい？　八歳の子供だよ、大人の理や人模様まで察するはずが……」

お麓は自説を打《ぶ》ちながら、ふと、ひやりとした。

察していたとしたら、どうだろう？　理解はまだ覚束《おぼつか》なくとも、用心はしていた。不器用ながら育ちを隠し、芝居を続けているとしたら。

「もしかしたらあの子は、あたしらが思っている以上に、大人なのかもしれないね」

「歳《とし》の見当が、外れているってことかい？」と、お菅がたずねる。

「柄が小さいだけで、もう少し上でもおかしくないって話さ」

「歳もごまかしてるってことかい？　たいしたたまじゃないか」

お修がおかしそうに、笑い皺《じわ》を顔に広げる。

ただ、八歳でも十歳でも大差はない。ひやりとしたのは、別のことだ。

子供のくせに、子供らしからぬ用心深さ。それを培《つちか》ったのは、大人の悪意ではなかろうか？

その考えに至って、寒気がした。

あの小さなからだで、どれほどの憎悪《ぞうお》を受けとめたのか。あの澄んだ目は、どれほどの醜悪《しゅうあく》を映したのか。想像に過ぎないはずが、からだが芯から冷たくなってくる。

「お茶を、もう一杯淹《い》れようか」

思わず箱火鉢に手をかざし、その上に仕掛けていた鉄瓶をとり上げた。急須に湯を満たし、最初より少し濃くなった茶を、三つの湯飲みに注ぐ。

お菅とお修に告げることすら憚《はばか》られた。思い過ごしかもしれず、その方が有難《ありがた》い。

冷え冷えとした考えに耽《ふけ》っているうちに、ふたりの話題はすでに先に行っていた。

「仮に十歳としたら、手習いもほぼ終わっている頃合だろ。いまさら、いろはでもないだろうし」

「お茶とかお花とか習い事をさせたいところだけど、それこそ先立つものがねえ」

お菅のため息に重ねて、お修がとんでもないことを言い出した。

「いっそのこと、あたしらが師匠になるのはどうだい？」

「はあ？」

突飛《とっぴ》が過ぎて、それまでまとわりついていた寒気すらふっとんだ。

「お修ちゃんが、お茶やお花を教えてくれるのかい？」

「嫌だね、その手の師匠が、あたしに務まるわけないじゃないか。あたしにできるのは、着物のえらびようと、買物案内くらいかね」

「あの子をお修ちゃんみたいな、金遣いの荒い着道楽に仕立てるつもりかい？」

「しんねりむっつりな、面白みのない女よりはよほどましさね」

またぞろ言い争いが勃発したが、まあまあとお菅がなだめ先を促す。

「家の奥に仕舞われていたお嬢さまなら、世間もろくに知らないはずだろ？　町案内だって、十分に役に立つさ」

お修の言い分は一理ある。麻布界隈《あざぶかいわい》を一周するだけでも、お萩には目新しいかもしれず、何より気晴らしになりそうだ。

「あんたたちだって、それぞれに得手があるだろ？　それをあの子に伝授してやればいいじゃないか」

「ああ、そうだね！　あたしは料理や掃除の仕方を教えるよ。お萩ときたら、まったくの不調法で、このままじゃ嫁にも行けないからね」

と、お菅もたちまちやる気を見せる。

「そうなると、お麓ちゃんに任せるのは読み書きだね」

「ちょいと、勝手に決めないでおくれよ」

「手習いの師匠としちゃ、打ってつけじゃないか。どうしてもっと早く、思いつかなかったかね」

「これで三人三様、あの子に仕込むことが叶《かな》うってものだね」

ホクホク顔のふたりを前に、げんなりした。お麓を置き去りにして、ふたりのあいだでとんとん拍子に話が進む。

「あたしは茶店の仕事があるからね。少し遅くなったけれど、これから出掛けるよ。今日はひとまず、お修ちゃんに預けていいんだね？」

「構わないよ。まずは身なりをどうにかしないとねえ。まるで雑巾を纏《まと》っているような有様《ありさま》だもの」

「あまり派手にはしないどくれよ。目立つとあの子が嫌がるだろうし」

「心得てるよ。この長屋の子供らと、釣り合うくらいに留《とど》めりゃいいんだろ？　昼前には戻るから、後はお麓に任せるからね」

「お麓ちゃん、頼んだよ。で、あたしは仕事を終えてから、家のあれこれを仕込んであげよう。何から教えてあげようかね。料理……はまだ早いかね」

「あんたたち、浮かれるのはいいけどね、肝心のことはどうするんだい？」

ようやく口を挟む隙を見つけて、お麓が割り込む。

「肝心のことって、何だい？」と、お修がきょとんとする。

「さっきまで、あの子に仔細や理由《わけ》をたずねないとって、息巻いていたじゃないか」

「それはもう、ご破算になったんだろ？」

「いったい、いつ？」

「何となく、流れでさ。そうだよね、お菅ちゃん」

「あたしも、そのつもりだよ。まずはあたしらを、信用してもらうのが先だからね。そのための、三人師匠だろ？」

「そうならそうと、早く言っておくれよ」

いつのまにそういう話がついたのか、お麓にはさっぱり合点《がてん》がいかない。

「あんたは何でも四角四面に考えるから。そのぶん、妙に鈍いところがあるねえ」

「色々と、きちんとしないと済まない性分なんだよ。それもお麓ちゃんの長所だね」

女同士の阿吽《あうん》の呼吸とでもいうのだろうか。なあなあで済ませたり、結論に必ずしもこだわらない。たしかにそういう女らしさは、お麓には甚だしく欠けていた。

「そろそろお萩を連れて、出掛けようかね」

「あたしも茶店に行かないと。お萩のことをよろしく頼むね、お修ちゃん」

ふたりが慌しく出掛けていくと、ぐったりと框《かまち》に座り込む。

「読み書きを教えるといっても、手本すらないじゃないか」

どっこいしょ、と重くなった尻を持ち上げた。


「どうだい、あたしの手際《てぎわ》は。すっかり見違えてしまったろう？」

昼前に戻ってきたお修は、得意満面でお萩を披露する。

白い絣《かすり》模様の入った濃緑の着物に、山吹色の帯。子供にしては渋い色目だが、落ち着いた風情《ふぜい》のお萩にはしっくりくる。髪結いにも行ったようで、きちんと整えて赤い鹿の子を結わえていた。

「悪くないじゃないか。ただ、裏長屋の子供には見えないね」

大店《おおだな》とまではいかないが、ほどほどの商家の娘といった風情だ。

「最初はね、もっと粗末なものを着せてみたんだよ。でも、この子には似合わないし、何よりあたしとの釣り合いが悪いだろ？」

行く先々で、お孫さんですか、とたずねられる羽目になり、最初のうちは遠縁の娘だとごまかしていたのだが、それすら面倒になり、孫で通してしまったという。

「勝手に孫にしちまって、お菅ちゃんに恨まれるよ」

「構やしないさ。お菅ちゃんだってきっと、己の孫だと言い張るだろうからね」

「あんたはたしか、孫なんてとんでもない。一気に老《ふ》け込《こ》むような気がするって、いつか言ってなかったかい？」

「こんな可愛《かわい》い娘なら、悪い気はしないよ。いわばあたしら三人に、孫ができたようなものだろ？　ねえ、お萩？」

子供をふり返り、お麓は目を見張った。口許《くちもと》がたしかに、微笑《ほほえ》んでいたからだ。

お萩の笑顔を見たのは、それが初めてだった。

八

行儀よく座るお萩を前に、お麓は大いに困惑していた。

三人三様でこの子を仕込むことになり、お菅は家事を、お修は町案内をそれぞれ担《にな》い、そしてお麓には手習い指南が課せられた。うっかり引き受けてしまったものの、いったいどこから手をつければいいのか、さっぱりわからない。

ひとまず本の置き場と化していた小机を、お萩にあてがうことにして、自分の仕事机のとなりに据えた。障子戸に面したこの場所は、日差しの弱い冬場の今頃でも読み書きができるのだ。墨と硯《すずり》、筆に紙、算盤《そろばん》もある。道具は辛《かろ》うじて整えたものの、肝心の手本がない。

手本とは、筆子の進み具合によって師匠がえらぶものであり、師匠直々に手本を拵《こしら》えることもままあった。お麓が手習いに通っていたのははるか昔だが、そう大差はなかろう。

しかしお萩が何をどの程度学んだのか、困ったことに未《いま》だに測れない。お麓とて、もちろん努力はした。

「お萩、おまえの歳《とし》なら、いろはくらいは読めるだろうね？」

少し置いて、こくりとうなずく。

「だったら、仮名は書けるんだね？」

今度は、さっきより長く考えて、首を横にふった。

「読めるのに、書けないのかい？　平仮名すらも？」

自《おの》ずと声が険しくなり、怯《おび》えさせたのか何もこたえない。仕方なく、漢字の進み具合に移ることにする。一、二、三は？　東西南北は？　春夏秋冬は？　問いを重ねたが、こたえはいまひとつ覚束《おぼつか》ない。

お萩が首を縦にふったのは、読み書きにおいては、仮名と簡単な漢字の読みだけだった。書くことは一切できないということか。それもまた、妙な話だ。口が利《き》けない身であれば、よけいに筆談は大事になろうし、手習いが進んでいないとも考え難《がた》い。

『あの子はどっからどう見ても、いいとこのお嬢さんじゃないか』

お修の声がよみがえる。お修の見当が当たっているとしたら――。

書けるのに書かない、いや、書けることを、周りの大人に知られたくないのだ。筆談が可能であれば、出自や来し方を、明かさねばならない羽目に陥るからだ。

手習いに行くのを嫌がったのも、そのためだろうか？

「おまえにいったい、何を教えればいいのか、あたしにはわからないよ」

まずはこの子の信用をかち得ることだ。そのための三人指南であったが、のっけからつまずいた気分だ。大きなため息をついたとき、外から訪《と》う声がした。

「お麓さん、いらっしゃいますか。豆勘《まめかん》でございます」

「ああ、あんたかい。どうぞ、入っとくれ」

お麓にとっては馴染《なじ》みの声だ。戸を開けたのは、名のとおり小柄な男だった。背が低いから「豆」と自称しているそうだが、仕事柄、肩や腰には厚みがある。戸口から入る折には、年寄りのように腰を屈《かが》める。というのも背に負った荷が頭より高いために、鴨居《かもい》につかえてしまうからだ。慣れたようすで器用に腰を折り、背中の荷物ごと座敷《ざしき》に腰掛ける。

「かねてご注文の品、見つけましたよ。いやあ、このたびは手間がかかりました」

「手間を言い訳に、貸し賃をぼったくろうって腹かい？　その手には乗らないよ」

「ぼったくりなぞと、とんでもない！　親切真っ当が心意気の、貸本屋でござんすよ」

大方の庶民にとって、本は買うものではなく借りるものである。

貸本店もあるが、より身近なのは行商人だ。前掛けを締めて、自分の頭より高く、何十冊も重ねた本を大風呂敷《おおぶろしき》に包んで背負い、日を決めて得意先のもとに顔を出した。貸本屋ひとりにつき、二百軒近い顧客を持つという。

豆勘は月に二度、おはぎ長屋に通ってくるが、案外目端《めはし》の利く男だ。

ほどいた風呂敷の中には、百に届きそうな数の本が二列に並んで収まっている。そのほとんどは、人気の草双紙《くさぞうし》や読本《よみほん》であったが、お麓はさほど好まない。豆勘はすでに承知していて、和歌集や昔の物語などを見繕い、ときにはお麓の方から注文を出すこともある。

「はい、こちらがお探しの『夫木和歌抄《ふぼくわかしょう》』です」

「どれどれ……巻三十三、雑十五かい。時節柄、冬の巻がよかったんだがね」

「無茶を仰《おっしゃ》らないでくださいましよ。そもそもこの手の本は、書物問屋《しょもつどいや》でお求めになる手合いですから。貸本屋の縄張りではござんせんよ」

不服そうに訴える。豆勘の言い分はもっともで、『万葉集』や『古今和歌集』など有名どころを除けば、歌集のたぐいは貸本屋の領分ではない。

江戸の本屋は概《おおむ》ね、書物問屋と地本問屋《じほんどいや》に大別されて、学術書や教養書など、いわば小難しい書籍のたぐいが書物問屋。地本問屋は洒落本《しゃれぼん》や人情本、草双紙、浮世絵版画など、庶民に広く親しまれる俗本をもっぱらとする。

　貸本屋が品を仕入れるのは地本問屋であり、世間に馴染みのない歌集となれば、書物問屋の範《はん》疇《ちゅう》である。客は医者や学者などに限られて、本はいずれも高額だけに、裏長屋住まいではとても手が出ない。

「やれやれ、夫木抄すら探すに難儀とは、何やら悲しくなっちまうね」

　夫木和歌抄は、和歌をたしなむ者にとっては、十分に名の通った歌集である。

　鎌倉後期に成立した和歌集で、選者はひとりの地方武士ながら、万葉集までさかのぼり、皇家の命による歌集、いわゆる勅撰《ちょくせん》和歌集から漏れた歌を、丹念に拾い上げている。

　千人近い歌人が網羅され、歌の数は、実に一万七千首以上。春夏秋冬と雑の部からなり、雑には動植物や、時候、人事などの題が含まれ、全三十六巻という巨編である。

　なまじ数が多いために散逸が激しく、和歌の玄人《くろうと》でもなければ、なかなか目にする機会がない。豆勘は文句をこぼしながらも、商売人としては気が利く男だ。得意ではない歌集をせっせと運び、お麓の出した難問にも、こうして精一杯応えようとしてくれる。

　初めて手にとる歌集ほど、心わき立つものはない。俗本よりも少々高い貸し賃すらも、払う価値がある。

「では夫木抄と、こちらの二冊を置いて参ります。読み終わった品は、お引き取りしますが」

「ああ、そうだね。ちょいと待っておくれ」

　と、奥の間に戻り、書棚を物色する。豆勘からの貸本はすでに五冊ほどあったが、そのうちの二冊のみ返すことにした。目を通すだけでなく、気に入った歌は書き写して残しておく。その作業が、まだ終わっていないからだ。

お萩は奥の間に、行儀よく座ったままだ。そういえば、と思い出し、子供を手招きした。お萩を脇に立たせて、豆勘に言った。

「もうひとつ、相談事があるんだがね。このくらいの子供の手習手本を、いくつか見繕ってもらえるかい？」

「おや、お孫さんですか？」

「いや、まあ、長屋の馴染みの孫みたいなもんかね。あたしが手習いを見てやることになったんだがね、手本が何もなくってね」

「こんにちは、歳はいくつだね？」

豆勘は人懐《ひとなつ》こい笑みを向けたが、当然のことながら、お萩は何もこたえない。

「すまないね、この子は口が利けないんだ」

さようですか、と心得顔で豆勘がうなずく。お萩をまた奥の間に返してから、手本の相談に移る。

「なるほど、読み書きは仮名と多少の漢字のみと。漢字の手本なら、多く出回っておりますから、いくつか見繕ってみましょう。算術はどうです？　算盤の手引きと、子供向けに書かれた『塵劫《じんこう》記《き》』なぞをお持ちしましょうか？」

豆勘はてきぱきと決めていき、できるだけ早く届けると約束してくれた。

「ただ、手本の場合は、買取の方が安く上がるかと。借りる月日が長引くと、借り賃が嵩《かさ》みますから。使い古しであれば、そう高いものでもありませんし」

「値にもよるけど構わないよ。ただしお代は、大家さんに求めておくれ。あたしには、払う義理はないからね」

容赦なく、大家の多恵蔵に押しつける。お菅やお修は草双紙すら無縁だが、多恵蔵はやはり豆勘の得意先である。苦笑いを浮かべてうなずいた。

貸本屋を見送って奥の間に戻ると、お萩のようすが一変していた。


お麓が物色し、広げっ放しにしていた書棚の前に、お萩は背中を向けて座り込んでいる。

書棚といってもささやかなもので、正方の枡《ます》を縦横二段二列に並べただけの造りだ。お萩はその中の一冊を広げて、熱心に見入っていた。

「これ、お萩、勝手にいじるんじゃないよ。あたしにとっちゃ、大事なものなんだから」

咎《とが》めても、ふり向くことすらしない。何を読んでいるのかと、子供の背後から近づいて、どきりとした。

お萩が夢中で読んでいるのは、『古今和歌集』である。

春夏秋冬に加え、賀、離別、哀傷など題は多岐にわたり、ことに恋の歌が多いことでも知られる。全二十一巻、千百十一首の歌が収められているが、その多くをお麓は諳《そら》んじている。

というのも、この冊子はすべて、お麓自身が書き写したものだからだ。

若い頃、武家に奉公に上がった折に、仕えていた奥方が和歌に秀《ひい》でていた。お麓が歌に親しんだのも、そのおかげである。奥方はお麓に和歌の手ほどきをして、また所蔵していた歌集を写すことも許した。

お麓は忙しい勤めの合間を縫って、何年もかけて千百十一首を写し終えた。奥方は、その熱意と努力を大いに讃《たた》えて、写しに表紙をつけて糸で綴《と》じ、立派な歌集に仕立ててくれた。

開いた場所を一瞥《いちべつ》しただけで、お萩が見入っているのは、巻十の「物名」だと知れた。

最初の五文字が目にとび込んできて、口からするりとその歌がこぼれた。

「うばたまの我が黒髪やかはるらむ　鏡のかげに降れる白雪」

うばたまは烏羽玉と書き、あるいは射干玉《ぬばたま》とも称する。檜扇《ひおうぎ》という花の実で、まるで目の詰まった漆黒の葡萄《ぶどう》のような姿の種子をつける。まん丸で艶《あで》やかな実は、黒さにおいては抜きん出ており、闇夜や黒髪の枕詞《まくらことば》として使われる。

うばたま、ぬばたまを枕詞とした歌は、古今和歌集だけでも五首にのぼり、お麓が声にしたのは、選者のひとりでもある紀貫之《きのつらゆき》の歌だった。

烏《からす》の羽のように黒かった私の黒髪は、いつのまに変わってしまったのか。鏡には降る白雪のような髪が映っている——。

歌の意味をお麓に説いて、ため息をこぼしたのは、当時、初老を迎えていた奥方である。

『嫌ですね、歳をとるにつれ、この歌が嫌いになる。なのにどうしてだか、目にとび込んでくるのです』

奥方の歳に追いついて、お麓にもその心情が理解できた。ひたひたと近づいてくる老いから目を背けようとしても、鏡だけは残酷に現実をつきつけてくる。

この歌には、別の解釈もある。髪に雪が積もり、思いがけず白くなっていたとの驚きを表現した。つまり老いではなく、雪を歌っているとの説だ。

どちらが正しいかは、詠《よ》み人しかわからない。しかし男性の紀貫之が、女性の気持ちを詠んだとするなら、やはり老いの意味ではなかろうか。平安の御世《みよ》においては、豊かな黒髪こそが、美と若さの象徴であったからだ。

徐々に失っていく切なさは、歳を重ねた女にしかわかるまい。お麓やお菅は早々に諦《あきら》めたが、お修は未だに抗《あらが》っている。往生際《おうじょうぎわ》が悪いと揶揄《やゆ》しつつも、どこか雄々しくも見えてくる。老いの背後には、死が佇《たたず》んでいる。聖人とて敵《かな》わない定めから、なりふり構わず逃げ続ける姿は、滑稽ながらも生きる気力にあふれている。

お萩のような子供には、片鱗《へんりん》すら察しようがない。そのはずが、ふり向いたお萩の顔は、まるで別人のように様変わりしていた。

きらきらした瞳が、お麓に注がれる。希望か喜びか期待か、真意まではわからぬものの、この上なく明るい。こんな無邪気な子供らしい顔は、はじめて見た。

驚きと同時に、胸の中に熱いものがあふれてくる。枯れたはずの井戸から、水ではなく湯が吹き上げてくるようだ。

「お萩、おまえ……歌が、好きなのかい」

やや上がりぎみの端整な一重の目尻が、とろけるように下に落ちた。

九

「そうかい、歌好きとは嬉《うれ》しいね。あたしもね、短歌が何よりの慰めなんだよ」

語りながら、お麓《ろく》の顔がついついほころぶ。短歌は長年、愛好しているが、いわゆる歌仲間のたぐいはいない。歌会は町場でも方々で催され、歌好きが集まるときくが、奉公していた頃は暇がなかった。余裕ができたのは、おはぎ長屋に越してきてからだ。

「歌会なら、宮下町の『紀尾川《きおかわ》』でやってるそうだよ。月に二度ほどだったかね。『筑前屋《ちくぜんや》』の旦那が世話役をなすっていてね。よければ口を利《き》いてやるよ」

大家の多恵蔵《たえぞう》から持ち掛けられたが、足を運ぶことはなかった。紀尾川は麻布界隈《あざぶかいわい》では名の知られた高級な料亭であり、筑前屋もまた大店《おおだな》の米問屋だ。どれほど金がかかることかと、まず怖《お》気《け》をふるった。

「歌会の折は、あえて茶と菓子しか出さないときいたよ。短歌の玄人《くろうと》でも、物持ちとは限らないからね。そうしゃちこばらずに、いっぺん顔を出してみちゃどうだい」

多恵蔵はにこやかに勧めたが、お麓は結局行かずじまいだ。お麓の先生は、若い頃に仕えていた奥方だけで、なにせ昔のことだから教えもだいぶ擦り切れている。玄人がいるような場で、うっかり失言しては学のなさが露呈する。それが怖かったからだ。

物言いはずけずけしながらも、気が小さく臆病だ。愚にもつかない自尊心に囚《とら》われて、恥を極端に恐れている。この歳《とし》になれば、恥も外聞もない。せめて短い老い先くらい、正直に生きればいいものを――お菅《すげ》やお修《しゅう》のように。

頭ではわかっていたが、長年培《つちか》った性分は、おいそれと抜けるものではない。

歌仲間も諦めていたが、思いがけずこんな身近で見つけたのだ。たとえ子供でも、嬉しくないはずがない。気が浮き立っていたためか、ふと、悪戯心《いたずらごころ》がわいた。

「たしかに古今和歌集なら、子供でも知っているね。ひとまずは、これを手本にしてみようか。どうだい？」

さりげなく、嘘《うそ》を交えた。子供が古今集に、馴染《なじ》むはずもない。少なくとも町場の手習所なら、教本とすることはない。

しかしお萩《はぎ》は、笑顔で大きくうなずいた。良家の子女だと、自ら認めたようなものだ。

「そうだねえ、好きな歌なぞがあれば書いてみるかい？」

子供の顔が、わずかに曇った。眉間の辺りに、迷いが刻まれる。急いで言い方を変えた。

「この中から好きな歌を見つけて、字もこのとおりに真似《まね》て書けばいいんだよ。これはすべて、あたしが写したものでね」

お萩が驚いたようにお麓を仰ぐ。見開いた目には、尊敬の念が籠っていた。

「最初の頃は、手蹟《て》も下手くそでね。春や夏なんかは、字の手本としてはてんでなっちゃいないがね、そこは大目に見ておくれ。題はどこから始めても構わないが、何がいいかね？」

二十巻の歌集を、お萩の前に重ねた。一冊ずつ手にとって吟味《ぎんみ》する。本のあつかいはていねいで、顔つきは真剣だ。お萩がえらんだのは、あまりに意外な題だった。

「それで、いいのかい？」

お麓を見詰めて、こっくりとうなずく。うずくような痛みが、胸に走った。

お萩が手にしたのは、巻の十六——哀傷歌の題だった。

こんな子供が、こんな哀《かな》しい題をえらぶのか——。子供なら、春や夏といった明るい季節やお目出度《めでた》い賀歌《がのうた》、憧れを抱くであろう恋歌などに惹《ひ》かれて然《しか》るべきなのに、よりによって人の死を悲しみ悼《いた》む哀傷歌とは——。胸が塞《ふさ》がれる思いがする。

母親を亡《な》くして間もないのだから、察しはつく。それでも子供には、大人びた哀悼よりも、無垢《むく》な明るさを求めたい。それもまた大人の、身勝手な押しつけかもしれない。

「わかったよ。じゃあ、そこから心に響く歌を抜き出して、書いてごらん。ひとりでできるかい？　あたしは小半時ほど、出掛けてくるからね」

お萩の机に筆や硯《すずり》を仕度して、家を出た。いたたまれない心地もあったが、亡き人を心ゆくまで悼んでほしいとの、お麓なりの気遣いでもあった。

お菅はまだ茶店から戻っていなかろうが、お修は家にいるはずだ。見当どおり、戸口の前まで来ると、少々耳に障《さわ》るお修の甲高い笑い声がした。

「まあ、嫌だ、糸さんたら！　お世辞ばかり言って」

どうやら客がいるようだ。戸田屋《とだや》から、手代が来たのだろうか。それにしては、えらく声が弾んでいる。口の上手《うま》い物売りを家に上げたのか。妙な壺《つぼ》でも買わされないうちにと、邪魔を承知で戸をたたいた。

「お修ちゃん、いるかい？　ちょいと話があるんだがね」

「ああ、お麓ちゃんかい。どうぞ、入っておくれ」

戸を開けると、案の定、男がひとり。足は土間に置いて、腰だけ座敷《ざしき》に乗せていた。

「お麓ちゃん、間のいいところに！　お茶を淹《い》れておくれな」

「藪《やぶ》から棒に何だい。あたしゃ、女中じゃないんだよ」

「いいじゃないか、お近づきの印に。こちらは糸吉《いときち》さん、今度おはぎ長屋に越してきたんだよ。こっちは同じ長屋のお麓ちゃん、あたしの幼馴染《おさななじみ》でね」

男が立ち上がり、お麓に向かってぺこりと頭を下げた。

「今日からこの長屋にお世話になりやす、糸吉と申しやす。よろしくお引き回しのほどを」

やや浅黒く、精悍《せいかん》な顔つきだ。それでいて笑顔は気さくで、風情《ふぜい》にも屈託がない。

「糸さんたらね、あたしのこと四十代のおっかさんと同じ年恰好《としかっこう》に見えたって。お世辞にしても、言い過ぎだろ？」

鼻白むほどに、お修ははしゃいでいる。なるほど、と上機嫌の理由が呑《の》み込《こ》めた。若い男前で口達者となれば、お修ならころりと参ること請け合いだ。

「糸さんはね、建具師なんだ。まだ、働き先は決まっちゃいないそうだけど」

「決まってない？　だったらどうして、この長屋に？」

お修とは逆に、お麓は警戒が先立つ。問う声が、思わず鋭くなった。

「二年の渡り修業を終えたばかりで。ひとまず親方の邪魔にならねえよう、麻布に来やした。本当は一本立ちしてえところですが、この土地じゃまだ伝手《つて》がなくて」

歳は二十七歳。建具師の修業を終えて、御礼《おれい》奉公と渡り修業をそれぞれ二年済ませたという。世話になった建具師の親方は神田におり、商売敵《しょうばいがたき》にならぬように麻布をえらんだと、糸吉はそのように来し方を語った。

「建具師なら、宮下町界隈に何軒かあるだろ。職人を使う店もあるから、名主さんに口を利いてもらえばいいよ。お麓ちゃんはこう見えて、名主さんの書役を務めていてね。ね、お麓ちゃん、あんたから頼んでおくれな」

「ひとまず大家を通すのが、筋ってもんじゃないかい？」

つい嫌味めいた口調になったが、さいですね、と糸吉は素直にうなずく。

「そういや、肝心の大家はどうしたんだい？　新入りの挨拶には、付き添うものだろ」

「今日はお身内の加減が悪いとききやして、こうしてひとりで挨拶に来やした。仕事のことは、明日にでも大家さんに頼んでみまさ。じゃあ、あっしはこの辺で」

挨拶まわりの途中だからと、腰を上げた。建具師が出ていくと、お修は娘のように口を尖《とが》らせる。

「お茶の一杯くらい、飲んでいってもいいのにさ。あんたがつんけんするから、出ていっちまっ

「たじゃないか」

「おあいにく。あたしゃ孫みたいな男に、岡惚れする気はないからね。なんだい、色気づいちまって、みっともない」

「何だって？　そりゃ、あんたの方だろ。色男に限って、ことさらすげない素振りをするのは、構ってほしいとねだっているのと同じじゃないか！」

　思いがけず、かっと頭に血が上ったのは、痛いところを突かれたからだ。

「あんたみたいな男好きと、一緒にしないでおくれ！」

「男を無理に遠ざける女も、同じ穴の貉《むじな》なんだよ！」

　言い得て妙、というか、一本とられた気分だ。お修のような女は、頭ではなくからだでものを考える。その生々しさが、お麓には苦手なのだが、本性まで晒《さら》すような嘘偽りのない物言いは、見事なまでに気持ちの真ん中を射抜くのだ。

「男ばかりじゃないさ。あんたは何にせよ、他人に見下されるのが嫌なんだ。つまらない見栄《みえ》にすがって、ちっぽけな体裁にこだわって、どこにも踏み出せない。多少でも己が上に見える場所にしか行きたがらない。そんなだから、あんたはいつまでたっても、ひとりぼっちなんじゃないか！」

　急所に刺さった矢は、大きく胸をえぐる。肺腑《はいふ》までくり抜かれたように、息が苦しくなる。かきむしるように、着物の前を強く握った。

「あたしゃ、責めてるわけじゃないんだよ。これから老いていけば、ますます他人から軽んじられる。いくら厄介になりたくないと望んでも、誰かの手を借りないと今日を凌《しの》ぐことすらできなくなる」

老いの現実は、わかっているつもりだった。しかしこうして打《ぶ》ちまけられると、どうにもやるせなさばかりが募る。言い返す気力すら、失われていくようだ。

言い過ぎたと気づいたのか。はっとお修が、己の口に手を当てた。いまさら気遣われるのも鬱《うっ》陶《とう》しいが、まったくの見当違いだった。

「嫌だ、どうしよう……手前で言って、落ち込んじまったよ。いやだいやだ、歳なぞ取りたかないよ」

お修のこぼした本音は、意外なほどに軽やかで、ふっと笑いが込み上げた。拍子に息が楽になり、いつもの皮肉が口を衝《つ》く。

「あんたの若作りは、精一杯の抗《あらが》いだろ？　さして効き目もなさそうだがね」

「なに言ってんだい。さっきだって糸さんに……」

「だから、世辞を真に受けるんじゃないよ。それと岡惚れするなら、せめて息子くらいの歳に留《とど》めておくれ」

いつもの掛け合いに戻ったところで、お菅が仕事から帰ってきた。こちらもまた、気味が悪いほどの満面の笑みだ。

「ちょいと、きいておくれよ。今日ね、あたしの作る団子が気に入ったって、わざわざあたしのところに礼を言いに来たんだよ。子供の頃、おっかさんが作ってくれた団子にそっくりで、口に入れたとたん涙ぐんじまったって」

「ちなみに、その客ってのは、どんなお人だい？」と、お修が律義《りちぎ》にたずねる。

「実直そうな商家のご主人で、そうだねえ、息子より少し年嵩《としかさ》で、四十路《よそじ》に入ったくらいかね。あたしの手を握って礼を述べるものだから、柄にもなくうろたえちまったよ。死んだ亭主だって、そんなことしたことないのにさ。もう恥ずかしいったらないよ」

「きいてるこっちが恥ずかしいよ」と、お麓が口の中でぼやく。

「あたしときたら、こんなバサバサの髪で、着物も着古しだろ？　お修ちゃんを見習って、少しは磨かないとね。なにせこれからも、茶店に通ってくれるっていうからさ。まさかあたしに贔屓《ひいき》がつくなんて、思ってもみなかったよ」

お菅の幸せそうな独り語りの合間に、聞き手のふたりがささやき合う。

「お菅ちゃんじゃなく、団子の贔屓だろ」

「まあ、孫よりは息子の方が、ましかもしれないね」

「お麓こそ、誰かいないのかい？　お菅ちゃんにも負けてるよ」

「それは聞き捨てならないね」

お麓が茶を淹れて、各々《おのおの》が二杯飲み干しても、お菅の長話はまだ終わらない。そろそろ夕餉《ゆうげ》の仕度をする頃合だと、お麓がようやく口を挟んだ。

「おや、もうそんな刻限かい。じゃあ、米でも研ごうかね。せっかくだから、お萩にも手伝ってもらおうか。家内のことは、あたしが仕込まないとならないからね」

お萩を呼びにいくことにして、お麓はいったん我が家に戻った。お萩、と名を呼んだが、返事はない。奥の座敷に行くと、子供は畳の上で寝入っていた。

「何だい、もう飽きがきちまったのかい？　大人びているとはいえ、他愛ないねえ」

お萩は横を向き、からだを丸めるようにして寝息を立てている。その横顔を覗《のぞ》き込《こ》み、お麓ははっとした。長いまつ毛の先から、幾筋も涙の跡がついている。思えば母親が死んでからも、この子は一度も涙をこぼさなかった。

眠る子供の脇には、紙が一枚。手本を真似た字で、一首の歌が書かれていた。

明日知らぬ我が身と思へど暮れぬ間の

今日は人こそかなしかりけれ

「明日知らぬ我が身だなんて、あんたには早過ぎるよ」

お麓はそっと、小さなからだをかばうように寝衣《しんい》を掛けた。

十

「お麓さんですね。『槇椿木《まきつばき》』へようこそ。さ、お上がりくださいましな」

身なりのいい五十がらみの女が、にこやかに出迎える。押しつけがましい親愛は、お麓が苦手とするたぐいだ。さっそく後悔の念がわいたが、ここで逃げ帰るわけにもいかない。

「私はこの会の世話人で、広春《こうしゅん》と申します。こちらではそれぞれ、歌人の号で呼び合うのが慣わしでしてね」

「おーい、お広《こう》さん、ちょっと頼めるかね」

言った傍《そば》から俗名《ぞくみょう》でお呼びがかかり、広春ことお広はその場を離れる。思わずほっと息をつくと、ため息を拾うように、のんびりとした声がかかった。

「気にしなさんな。こっぱずかしい号なぞ名乗るのは、気取り屋の連中だけさね。あっしらみてえな下々は使いやせんよ」

声の主をふり返ると、柔和な相の年寄りだった。

「あんた、新顔だね。席なぞも特に決まっちゃいないから、よかったらどうぞ」

と、己のとなりを示す。勧められるまま、男の並びに腰を下ろした。

「麓と申します。どうぞよしなにお願いします」

「こいつはご丁寧に、あっしは熊吾郎《くまごろう》でさ」

さっきのお広のような調子では、今日限りで二度と足を向けなかったろうが、同年配の気さくな男のおかげで、尻の座りがだいぶ楽になった。

宮下町は、暗闇《くらやみ》坂を下りた両袖《りょうそで》にあり、裏通りに面した一角に紀尾川はあった。間口はさほど広くはないが奥に長い造りで、二階は廊下の片側がすべて座敷になっていた。六畳間三つ分ほどで、今日は襖《ふすま》をすべて外してある。周囲に家が立て込んではいるものの、通りに面した商家以外は平屋ばかりであるから、窓の障子越しに日が差して明るく、よけいに広々として見えた。

「世話人は、『筑前屋』のご主人と伺いましたが、お広さんはもしかして……」

「いやいや、お内儀《かみ》さんじゃありやせん。筑前屋の旦那が世話役の頭で、他にも幾人か世話人がいてね、そのひとりでさ」

筑前屋は大店《おおだな》の米問屋で、主人の歌好きが高じて、この料亭『紀尾川』で歌会を催している。顔を出してはどうかと勧めてくれたのは、おはぎ長屋の大家、多恵蔵だ。引け目が先立って尻込みしていたが、怖気《おじけ》を払ってここまで来たのは、先日、お修にこっぴどくやり込められた経緯もある。遠慮のない非難は発破となって、お麓の負けじ魂に火をつけた。

だが、何よりの理由は、お萩である。子供ながらに和歌を好み、古今集を愛《め》でる。歌はきっと、年寄りと子供を繋《つな》ぐ架け橋となろうし、傷ついた心を救う良薬ともなり得よう。何も語らないお萩だが、歌を通してなら会話も叶《かな》う。

ひとまず和歌集を読み書きの手本に入れたが、教えるには相応の学が要る。己の力不足がいまさらながら感じられ、つんのめるようにお麓をこの歌会に向かわせた。

「世話人は商家の旦那や内儀だが、先生はまた別にいてね、三人いらっしゃる。お三方の苗字《みょうじ》の頭を繋いで、槙椿木。今日は、椿原一哉《つばはらいっさい》先生がお師匠だ」

席についた師匠は、武家のようだ。身なりは質素ながら、物腰は落ち着いていた。

三人の師のうち、ふたりは武家であり、町人出の歌人もひとりいるという。三人が交替で師匠を務めているが、どの師匠が来るかは、当日になってみないとわからない。

「一哉先生なら、当たりだよ。誰とは言わねえが、蘊蓄《うんちく》ばかりやたらと長い御仁もいてね。一哉先生はいちばんお若いが、詠《よ》みが達者で説きようもわかりやすい」

と、熊吾郎が小声で語る。たしかに四十前と思《おぼ》しき年恰好《としかっこう》で、ほどなく歌会が始まった。世話人の筑前屋が、軽く挨拶をしたが、新参に対しても特に紹介などはせず、お麓としてはかえって気楽だった。月に三度催されるが、然《しか》るべき者の紹介と、当日に百文の歌会料さえ納めれば、出欠も自由だときいていた。

百文は安い鰻飯《うなぎめし》くらいの値であり、お麓には結構痛い出費なのだが、紀尾川なら席料だけで五倍は取られても文句は言えない。師匠への礼金を含めて、足の出た分はすべて筑前屋が賄っているという。

もともとは筑前屋の主人が、自身の趣味のために師を招いたのがきっかけで、どうせならと見知りの短歌好きに声をかけたのが始まりだった。お広のような世話人は、当時からのお仲間のようだ。その裾野がだんだんと広がって、槙椿木の会となった。会は六年目に入り、名を連ねる者は軽く五十人を超す。もっとも毎度すべてが集うわけではなく、月に一度の者もいれば、仕事によっては季節を限って顔を出す者もいる。

今日はざっと数えて、二十二、三人といったところか。

講義を聴くように五人五列で並び、お麓は三列目の右端に席を占めた。師匠が入ってきて上座に就く。短い挨拶を済ませ、さっそく指南に入る。

「本日の題は、挽歌《ばんか》とした。死を悼《いた》み、あるいは病を嘆く歌であり、少々難しいやもしれぬが、歌集においては欠かせぬ部立《ぶだて》でもある」

部立とは、歌の題の分けようである。たとえば万葉集なら、雑歌《ぞうか》・相聞《そうもん》・挽歌の部立で成っていた。情愛を歌った相聞に対して、病苦、葬送、追悼などを詠むのが挽歌、それ以外は雑歌とされる。

「万葉集では挽歌だが、古今和歌集では哀傷と称される。いわゆる辞世の句も含まれる故、誰もが生涯に一度は詠む歌と言えよう」

題が重く、また詠むには難儀でもある。座敷にざわめきと戸惑いが広がり、お麓の胸の内もざわざわと音を立てた。お萩がえらんだ巻が、まさに哀傷であったからだ。

「そうだな、まずは古歌から、教えを乞《こ》うとしようか。万葉集でも古今集でもいい。一首くらいは、挽歌や哀傷歌を存じていよう。まず短冊《たんざく》の裏に、その歌を書いてみよ」

各々《おのおの》が一斉に、短冊と筆をとる。短冊は、百文と引き換えに一枚ずつ渡されたが、筆入れと墨《すみ》壺《つぼ》が一緒になった矢立は、各自で用意するよう達されていた。

「恥ずかしながら、昔の歌には不調法で。かねて手前が作った弔い歌ではいけませんか？」

「構わぬぞ。手本だけではなしに、挽歌を詠むきっかけを、求めるためでもあるからな」

「すいやせん、ひとっつも浮かばねえときは、どうすれば？」

「となりの者の短冊から、拝借せよ」

苦笑しながらそれぞれに一哉が応じ、座に笑いが広がる。熊吾郎が、小声で告げた。

「一哉先生は、こういうところが粋でね。洒落《しゃれ》の利《き》かねえ師匠だと叱られちまうから、問いなんぞかけられねえ」

ある意味、舐《な》められているとも言えるが、武士にしては鷹揚《おうよう》な人柄のようだ。短冊に向かう顔は、総じて明るい。

「短冊には、名を入れねえきまりでね。師匠が平らかに評を下すためってえ建前だが、手蹟《て》を見れば、わかっちまうようにも思うがね」

熊吾郎は助言をくれて、ひょいと短冊を覗《のぞ》き込《こ》む。

「へぇえ、お麓さんの字は達筆だねえ。てえしたもんだ」

それほどでも、と謙遜したが、素直な褒め文句は耳に心地いい。

「そいつは、誰の歌だい？」

「古今集の紀貫之《きのつらゆき》で……」

お萩が抜き出した一首を、自《おの》ずと書き記していた。屈託がそのまま顔に出ていたのだろう。勘違いした熊吾郎が、急いで言葉を継ぐ。

「ああ、すまねえ、余計なことを。何か辛《つら》い思い出があるなら、仕舞っといてくんな。歌ってのは、そのためにあるものだからな」

無用の気遣いながら、歌の効能については納得がいく。怒りや嫉妬《しっと》、苦悶《くもん》や悲哀。口にできない負の感情をぶつけるために、あるいは紛らすために、歌は欠かせぬものだった。

短歌は五七五七七の、三十一字を基本とする。溢《あふ》れんばかりの激情も、三十一字に収めんとすれば、折り合いをつけねばならない。気持ちをそのまま認《したた》めても、不細工な出来になり、己の中の醜《みにく》さと、正面から向き合う羽目になる。

春の題の俳句に、春の字ではなく他の季語を使うように、直接にではなく婉曲《えんきょく》に表現する。

その過程で少しずつ、気持ちの置きどころが整ってくる。

俳句ではなく短歌を好むのは、心や情を折り込めるからだ。俳句は基本、五感が捉えたものを、そのまま写し取るものであり、だからこそ季語が欠かせない。対して短歌は、人の内面がより濃く現れる。文字数の差は、たった十四字。しかし目には見えず外にも出せない、不確かな心模様を表するためには、大事な有余となり得る。

「終えたら世話人に渡してくれ。手本として、いくつか見繕うからな」

二十数枚の短冊が、世話人を通して師匠の手に届く。一哉は一枚ずつ吟味して、五枚をえらび出した。響きの良い声で読み上げて、解説を施す。五首目として最後に読まれたのは、お麓の短冊だった。

明日知らぬ我が身と思へど暮れぬ間の
今日は人こそかなしかりけれ

「古今集、紀貫之だな。明日のことはわからぬ我が身なれど、いまはこうして生きている。それでも今日ばかりは、先に逝《い》った彼の人を思わずにはいられない――この歌で貫之が悼んだのは、同族の紀友則《きのとものり》だ。友則もまた三十六歌仙のひとりで、古今集の撰者《せんじゃ》であった」

お麓もまた、仕えていた奥方から、そんな話をきいたような気もする。

師匠の解説が終わると、待ちかねたように弟子たちから疑問がとぶ。

「先生、暮れぬ間というのは、どこにかかるんですの?」

「暮れぬ間は、直截《ちょくさい》には今日にかかる。日が暮れぬ今日で、まだ死ぬことはない、いまは生きている、との意を喩《たと》えておるのだ」

「この歌は、どれくらい悲しんでいるのかね？　人が死ねば誰だって悲しいが、お袋と嬶《かかあ》じゃ、悲しみようも違ってくるだろ」

「母親とかみさんなんて、またややこしいところをきくんじゃねぇよ」

問いがいくつも重ねられ、相の手じみた掛け合いも交わされる。座はにぎやかで、活気に満ちていた。一見ふざけた問いにも、一哉は律義《りちぎ》にこたえる。

「母や妻を亡《な》くしたほどに深い悲哀ではないが、我が身に置きかえておるからの。心の底から死を悼んでおる、その気持ちは十分に伝わる歌だ」

我が身との言葉が、お麓の中で引っかかった。ざっかけないやりとりに、肩の力が取れたためもあろう、思わず声をあげていた。

「あの……明日知らぬ我が身とは、頼りない己の行く先を嘆いているのかと。あたしは、そう取ったんですが……」

一哉は、首をまわして、お麓の姿を認めた。

「初めて見る顔のようだが、ご新参か？」

はい、とこたえて名を告げる。一哉は、改めてお麓に向かって、丁寧に説く。

「詞書《ことばがき》にて、友則の死に際してと断りがあるからの。我が身は詠《よ》み手《て》、貫之自身だ。同族とはいえ歳《とし》は離れていてな、友則は還暦くらいの歳で亡くなった。このとき貫之は四十前後、それがしと同じくらいか」

歌集において、歌の前に置かれるのが詞書であり、歌の題や詠んだ事情を述べている。

「つまり、若い貫之が、叔父くらいの歳の縁者を悼んだ歌ですか」

「さよう、友則の没年ははっきりせぬが、古今集が仕上がる間際《まぎわ》であったとも言われる。この歌は、共に歌集の出来を見届けられなかった嘆きでもあり、古今集を編むにあたり、貫之は友則を頼りにしていたともとれる」

ふんふんとうなずきながら、熱心に拝聴する。

「紀友則もまた、歌の名手であるからな。百人一首にある、友則の歌は存じておるか？」

「久方の光のどけき春の日に　しづ心なく花の散るらむ」

小倉百人一首の中でも、ことに有名な歌のひとつである。すらすらと口をついた。

「もとより貫之の大事な歌仲間で、歳からすると歌の師と仰いでいたかもしれぬ。失うては、誰しも己が頼りなく思えよう。お麓殿の読みようは、なかなかに穿《うが》っておると思うぞ」

お萩はこのような仔細《しさい》まで、知っていたのだろうか？

本当に問いたかったのは、紀貫之の心境ではなく、この歌をえらんだお萩の思いだった。

「歌の取りようも感じようも、ひとりひとり違って然るべきだと、それがしは考えておる。詠むにおいても同じこと。枕詞《まくらことば》などの決め事はあれど、短歌は俳句のように季語を必ずしも要しない。挽歌というても、そう小難しく考えず、心の赴くままに詠むがよかろう」

やがて短冊は、また世話人の手を経て、お麓のもとに戻ってきた。

表に返し、白紙の短冊をじっと見詰める。

ここからがいわば歌会の本番であり、挽歌に苦心しているのか、座敷の方々から唸《うな》り声やぼやきがきこえる。早々に師に助けを求める者もいて、挽歌とはかけ離れた騒々しさだ。

それでも内からの声に耳を傾けると、しだいに外の音が遠ざかる。

お麓は、筆をとり上げた。

かなしきは先立つ母か遺《のこ》し子か　赤い着物の袖はかわかじ

十一

歳《とし》をとるごとに、時の進みが早まっていくかのようだ。ことに師走《しわす》に入ると、疾走する馬さながらに、お麓の脇を過ぎ去っていく。

ただ不思議なことに、毎日、お萩の手習いにつき合い、歌会に通うようになってから、時の感触が少しばかり変わってきた。進みが遅くなるというよりも、一日の手応えがより確かに感じられ、過ぎ行く日々を目で捉えられる。例えるなら、そんなふうか。

十一月半ばに、初めて歌会に顔を出し、ほぼひと月。師走も半ばにかかったが、このひと月をふり返ると、日々のさまざまが堰《せき》となって、流れゆくだけの時に楔《くさび》を打つ。

特に何か、変わった出来事があったわけではない。お萱やお修はもちろん、お萩にも大きな変化はない。もっともふたりに言わせれば、お萩は着実に成長しているという。

好きな下駄《げた》を自分でえらんだとか、恐ろしく暇《いとま》はかかるが大根の銀杏《いちょうぎ》切りを覚えたとか、ごく些細《ささい》なことだ。逐一ほかのふたりに告げて、己の手柄のように吹聴する。

孫自慢を披露する祖母さながらで、己の孫を誇るならともかく、同じ子供を褒め合うさまは、何とも間が抜けている。


とはいえ、この談議が始まると、お麓も口がむずむずしてくる。

『下駄だの大根だの、みみっちいね。あたしの手習い指南こそ、たいそうなものさね』

ふたりに向かって、長々と講釈したいところだが、あくまで胸の裡《うち》に留《とど》める。

お萩の指南には、たったひとつ、気掛かりが残っていたからだ。

お麓はむろん、払うためにあれこれと手を尽くし、心を配った。しかしどうにも、染《し》みのように残ったまま拭《ぬぐ》えない。

自分にはやはり無理なのか――。本当の意味で、この子の助けにはならないのか――。無力感に、打ちのめされそうになっていた。これればかりは、ふたりに相談するのもはばかられ、物思いを抱えたまま、師走も半月を過ぎてしまった。

しかしその日の午後、お麓は意外な人物とばったり出会った。


買物のために、坂上の六本木町に出向いた帰り道だった。芋洗坂《いもあらいざか》を下りた辺りで、ひとりの武士に追い抜かれた。一瞬見えた横顔に覚えがあって、つい声をかけていた。

「あの、もし、お武家さま。もしや、椿原一哉先生では？」

足を止め、ふり向いた武士が、お麓に目を止める。わずかに間があいたのは、思い出すのに暇がかかったのだろう。ひと月ほど前に一度会ったきりだから、無理もない。

「おお、『槇椿木』の。挽歌《ばんか》の会で、紀貫之の一首をあげておった」

名ではなく、短歌で覚えているあたり、いかにも歌の師匠らしい。

お麓が通う歌会には、三人の師匠がいる。三度通ったが、後の二度は別の師匠だった。

「この辺りに、お住まいか？」

「はい、この坂を下った、北日ヶ窪町《きたひがくぼちょう》です。先生のお住まいも、お近くですか？」

「それがしは、境川家《さかいがわ》の家中でな。屋敷《やしき》内の御長屋に住んでおる」

「境川さまの……さようでしたか」

境川屋敷の場所なら、お麓もよく知っている。北日ヶ窪町は、芋洗坂から伸びる道を挟んで、東西に分かれている。お麓は西町だが、境川屋敷は東町の裏手にあたる。

境川筑後守《ちくごのかみ》は大身の旗本だが、いまの役職などはわからない。この辺りには、毛利《もうり》や京極《きょうごく》をはじめ、大名や旗本の屋敷が多く、境川家もそのひとつに過ぎない。そして庶民が関心を寄せるのは、自分たちの暮らしに直ちに影響しかねないお役に限られ、老中首座や町奉行くらいか。

ただ境川屋敷だけは、お麓にとっては手習所の思い出に繋がり、一哉が境川家の家臣とは初耳だ。つい、一哉に打ち明けていた。

「境川さまのお屋敷の真ん前に、手習所がございましてね。あたしもひと頃通っておりました。といっても子供時分、大昔の話ですが」

「もしや手習所の名は、『鳩塾《はとじゅく》』では？」

「そのとおりです！　ご存じなんですか？」

「鳩塾を開いた波戸《はと》庄六《しょうろく》は、おれの祖父だ」

妙なところで、縁があるものだ。これにはお麓も目を丸くする。しかし椿原と波戸では苗字《みょうじ》が違う。椿原は歌人としての号であり、本名は波戸なのだろうか。お麓の疑問を表情で察したのか、一哉は事情を説いた。

「おれの父は、庄六の次男でな。同じ家中の椿原家に、婿養子に入った。姓が違うのはそのためだ」

なるほど、とうなずく。つまり椿原は母方の苗字で、一哉はその家を継ぎ、父方の祖父が波戸庄六ということだ。椿原家と波戸家は、屋敷内にある同じ長屋に住まっていて、当然、顔を合わせる機会も多かったが、子供の頃の一哉は、実の祖父たる波戸庄六を苦手としていたようだ。それがしではなくおれと称して、思い出話を語る。

「とにかく顔が怖くてな。孫を前にしても、にこりともせぬのだ。椿原の祖父は、初孫のおれに甘かったからな、よけいに怖さが際立《きわだ》った」

ふんふんと、うなずく首の傾きが自《おの》ずと深まる。お菅やお修とともに通っていたのが鳩塾だが、波戸庄六は顔が厳《いか》めしい上に指南も厳しく、三人にとってもとにかく怖い師匠だった。

「そのうち正月の挨拶以外は、波戸家に足を向けなくなった。屋敷内で祖父を見掛けると、一目散に逃げたり、物陰に隠れてやり過ごしておった。だがな、怖いばかりの人ではないと、あることをきっかけに気づいてな」

小一郎《こいちろう》と呼ばれていた七歳のときだと、懐《なつ》かしそうに目を細めた。

親に怒られたのか、友達と喧嘩《けんか》をしたのか、肝心の涙の理由は思い出せない。

小一郎は、松の木の根方で、べそをかいていた。

夕暮れ時で、真っ赤に熟れた日が、境川屋敷を囲む塀の向こうに半分ほど沈んでいたことは、妙によく覚えている。西日の方角から、誰かが近づいてきたからだ。逆光で、最初はわからなかった。傍《そば》に来てようやく、波戸の祖父だと知れた。

厳しい顔に見下ろされ、よけいに涙があふれた。

武士の子が情けない、男子たるもの涙を見せるな——そう叱られるものと思っていた。

しかし波戸庄六は、孫のとなりに腰を下ろして、ぽつりとたずねた。

「悲しいか、小一郎」

洟《はな》をすすりながら、黙ってうなずくことしかできなかった。

「その悲しみは、いま、おまえだけのものだ。世の何人にも、察してはもらえぬ」

急に寂しさがわいた。こんなに悲しいのに、涙が止まらないのに、誰とも分かちあえぬのか——。ひとりぼっちで置き去りにされたような、心細さが募った。さっきよりもさらに、しょんぼりと背中が丸まる。そんな孫に、祖父は意外なことを口にした。

「小一郎、いまの気持ちを、歌にできるか？」

「うた……？」

「五七五七七の短歌だ。おまえの悲しい思いを、そのまま字に嵌《は》めてみろ」

齢《よわい》七歳とはいえ、仮にも武家の子だ。短歌が何たるかは知っている。ただ、自分で拵《こしら》えたことは一度もない。

「まず、五だ。おまえの気持ちを、五字にすると？」

「……悲しいな」

「うむ、良いぞ。では次、浮かんだことを、素直に七字で申してみよ」

「お腹《なか》がすいた」

祖父の口許《くちもと》がぴくりと動いたが、真面目な顔を崩さぬまま先を促す。同じように五七七も、口を衝《つ》くまま言葉にした。これを上から繋《つな》いで、一哉の初めての短歌は出来上がった。

「悲しいな　お腹がすいた夕暮れに　尻は冷たく涙とまらず」

一哉に声にされ、たまらずお麓は笑い出した。

「何とも珍妙な歌であろう？」

「いえ、歌そのものよりも、鳩先生のお姿を浮かべると、もうおかしくてならなくて」

あの厳格な師匠が、真剣に笑いを堪《こら》えるさまは、想像するだに笑いが込み上げる。

「こんな歌でも、祖父は良い歌だと言ってくれた」

「わかります。何というか、子供らしい気持ちと、暮れ時に泣く小さな姿が見えるようで」

決して世辞ではなく、素直な感をそのまま述べた。一哉は、いかにも嬉《うれ》しそうに賛辞を受けた。

「もしや、先生が歌人の道に進まれたのは……」

「さよう、それがきっかけだ。不思議と胸の裡の悲しさが、薄れていてな。以来、泣きたいことや悔しいこと、腹が立ったり不満を覚えたりするごとに、歌にした」

そして歌ができると、波戸の家に携えていき、祖父に見せた。

「推敲《すいこう》を伝授してくれたのも、やはり祖父でな」

歌は心のままに詠《よ》むものだが、推敲もまた欠かせない。推敲とは唐の言葉で、詩文を創する際に、字句をさまざまに練り直すことをいう。世に知られた古歌なぞも、いかにもさりげなくその場で詠んだ風情《ふぜい》でありながら、実は飽きるほど熟考し、何度もくり返し練り上げた一首なのである。

ただ気持ちをぶつけるだけの最初の歌は、いわば自我が丸出しのありさまだ。推敲して整える上で、自我は徐々に客観へと昇華する。客観とは、他者の目で物事を見ようとすることだ。人ひとりの考えは狭く、限りがある。これを大きく広げるのが客観であり、同時に、他者の心に寄り添おうと努めることでもある。

祖父は一昔に、歌のいろはを授けてくれたが、通い始めてわずか一年ほどで亡《な》くなった。

「厳《いか》めしさばかりは最後まで変わらず、祖父というより、おれにとっても師匠だった。ただ祖父の死後、その理由《わけ》を祖母が語ってくれた。要は椿原の家に、遠慮していたようだ」

養子に出した以上は、息子も孫も椿原の跡取りである。たとえ血縁であろうと、馴《な》れ馴れしくすべきではない。波戸庄六はあえて線を引き、己を戒《いまし》めていたという。

「おれが歌を持参して訪ねてくるのを、本当は心待ちにしていたと。最後まで、意地を張り通して逝《い》ってしまった」

怖いばかりであった師の顔が、ひどく懐かしく思い出された。

いま鳩先生がいれば、胸につかえた気掛かりを真っ先に相談していたろう。その孫ときいて、気が弛《ゆる》んだのかもしれない。

「あの、一哉先生……不躾《ぶしつけ》ですが、ひとつご相談がありまして」

「何であろう？」

「母親を亡くした子供がおりまして、長屋の者たちで面倒を見ています。どうやら歌が好きなようで、恥ずかしながらあたしが手ほどきしています」

お萩の経緯を、そのように語った。ふむふむと、一哉は身を入れて耳を傾ける。相変わらず、古今集などから歌を書き写しているに留まるが、ひと月以上が経《た》ったいまも変わらぬことがある。

それがお麓には、ことのほか辛《つら》かった。

「その子が写すのは、挽歌や哀傷なその悲しい歌ばかりで……母親が死んで、まだひと月半も経ておりませんから、無理もないんですが……どうにも可哀相《かわいそう》でならなくて」

「さようか……それは気の毒な」

見せかけばかりではない同情の念が、一哉の表情に浮かんだ。

「このまま続けていいものか、迷っちまいまして。いっそやめさせた方が、あの子のためにはいいかもしれないと」

なるほど、と一哉が顎を引き、しばし考え込む。それから、おもむろに顔を上げた。

「むしろその子にとっては、悲しみを癒《いや》すための、大事な道程《みちのり》ではなかろうか？　いわば遍路のようなものだ」

「お遍路、ですか？」

「さよう、遍路は決して楽な道ではない。苦行に等しい旅だが、行く者は多い。願掛けやお礼参りもあろうが、身内の死や病で旅路につく者も少なくない。まさに挽歌そのものだ。その子もまた、歌を通して、遍路の旅に出ているのではなかろうか」

白装束の旅姿を思い浮かべると、よけいに切なさが募った。たしかにそのとおりかもしれない。お萩は未《いま》だ亡き人を忍び、遍路の旅の最中にいる。

「傍で見守るのは、さぞかし辛かろう。それでも道連れがいるからこそ、難儀な旅も続けられる。もうしばらく、つき合うてあげてはどうか」

涙を堪えたために、返事が声にならなかった。こくりと、ひとつうなずく。

「それほどの思いが、伝わらぬはずがない。誰かが傍にいるのは、歌以上の良薬となり得よう」

顔の回りを妨げていた靄《もや》が、にわかに晴れた気がした。

十二

「ちょいと、これはいったい、どういうことだい？」

朝はだいたい機嫌が悪い。仏頂面《ぶっちょうづら》のお麓に、お修は鬱陶《うっとう》しいほどの笑顔を向ける。

「どうって、朝餉《あさげ》に糸さんを招いただけじゃないか。いつもの顔ぶればかりじゃ、飽きもくるだろ。男前が加わるだけで、ぐっと華やぐじゃないか」

「あたしとしちゃ、朝餉に華やぎなぞご免だね」

「あんたの都合なぞどうでもいいよ。糸さんを呼んだのは、お萩のためでもあるんだから」

「ますますわからないね。どうしてお萩のために、あの男を？」

「お萩がたぶん、糸さんに岡惚《おかぼ》れしているからさ」

「何だってえ！」

お麓の声に驚いて、土間にいた三人がいっせいにふり返る。

お萩に炊事を仕込みながら、お菅が朝餉の仕度をするのはいつものことだが、今日は糸吉も助《すけ》っ人《と》に入っている。水を汲《く》んできたり、竈《かまど》の火を加減したりと、まめまめしい働きぶりで、「やっぱり男手があると助かるねえ」と、お菅もいたくご満悦だ。

糸吉は、ひと月ほど前に長屋に越してきた若い建具師で、目鼻立ちの整った男前だけに、お修はもとより入れ上げていたが、まさかお萩までがのぼせているとは初耳だ。

座敷《ざしき》で仕度を待ちながら、お麓は声を落としてお修にたずねた。

「お萩はほんの八歳だよ。あの男はたぶん、三倍は軽く年上だろ？　岡惚れなんて、滅多なことを言うもんじゃないよ」

「なに言ってんだい、忘れちまったのかい？　あたしたちだってあのくらいの頃、どこぞの若さまに夢中になっていただろ。ほら、鳩塾に通いながら、境川屋敷《やしき》の前でたびたび見掛けた若いお侍だよ」

「覚えちゃいないね。浮かれていたのは、お修だけだろ？」

「よくもそんなことが言えたもんだね。誰が若さまの嫁になるかで、三人で喧嘩《けんか》になったことすらあるじゃないか」

思わず眉間がしかまった。実を言えば、お麓も覚えている。目許《めもと》が涼しく、ことのほか端整な顔立ちで、侍らしく佇《たたず》まいは凜《りん》としていた。口を利《き》いたことすらないが、屋敷前ですれ違ったときは、三人できゃあきゃあと騒いだものだ。

他愛ない夢想に近い憧れだが、若い頃は恋の歌に触れるたびに、存外しつこく思い出した。同様の気持ちを、お萩が抱いたとしても不思議はないが、やはり心配が先に立つ。

「お修の見立て違いじゃないのかい？　とりたてて、変わったようすもないし」

「まったくあんたの目は、節穴だね。ほら、いまも、ちらと糸さんを盗み見たじゃないか。これまでもね、たびたびあったんだよ」

長屋で糸吉と会うたびに、お修は呼びとめて長話を決め込む。たまには家に呼び、菓子なども馳走《ちそう》する。お萩が傍《そば》にいることもままあって、お修はその視線に気づいたという。

「気になってならないようすでね、妙にちらちらと糸さんに目を向けるんだ。そのくせ糸さんが話しかけても、ろくに返しもできなくてね。きっと恥ずかしいんだろうね」

お修に言われて、改めてお萩をながめる。たしかにお萩は、時折、糸吉の方を窺《うかが》っている。気にしているのは明らかだが、何となく腑《ふ》に落ちない。それが何なのか摑《つか》めぬまま、仕度が整って、五人で朝餉の膳を囲む。

「こいつは旨《うま》い！　朝からこんな旨い飯が食えるなんて、あっしにとっちゃ贅《ぜい》の極みでさ」

「そうかい？　飯も汁も、たんと拵《こしら》えたからね。遠慮せず、たっぷり食べとくれね」

お萱が、これ以上ないほど目尻を下げる。自分の飯を褒めてくれる者は、お萱にとってはすべて善人だ。

「ことに、干鱈《ひだら》の味噌汁《みそしる》がたまりませんや。干鱈は前に食べやしたが、塩辛いだけで旨いとは思えなかった。なのにこの鱈は、身がほっくりして出汁《だし》もいい」

「昨日、水を替えながら、ようく塩気を抜いたからね。春菊を入れるのも工夫でね、ちょっとした苦みが利いて、鱈の臭みを消すんだよ」

「蕪菜《かぶらな》の漬物はちょいとぴりりとして、海苔《のり》の佃煮《つくだに》は甘辛い。飯がいくらでも進みまさ」

ほくほく顔のお萱を相手に、糸吉は言葉に違わず、気持ちのいい食べっぷりだ。あっという間に飯椀《めしわん》が空になる。

「お萩、よそっておあげ」と、お萱に言われて、素直にうなずく。

「いや、飯くれえてめえで……」

「やらせてあげておくれな。最近、しゃもじを上手に使えるようになってね。お代わりをよそうのは、この子の仕事になったんだ」

糸吉から茶碗《ちゃわん》を受けとると、お櫃《ひつ》の蓋を開けて、右手にしゃもじを構える。妙に真剣な顔つきで、まるで茶道のお点前《てまえ》でもしているようだ。そのようすが微笑《ほほえ》ましくて、ついつい目が行く。

以前はしゃもじに飯を載せることすら覚つかず、飯粒と悪戦苦闘をくり広げていた。不器用なだけに、呑《の》み込《こ》むまでに暇はかかるものの、案外きっちりした性分らしく、いったん覚えれば仕事はきれいだ。

ふっくら美味《おい》しそうに盛りつけた飯に、当人も満足そうだ。得意そうな顔がおかしくて、口許《くちもと》がゆるむ。すまねえな、と飯椀を受けとった糸吉を、お萩は上目遣いにちらと見る。それから箸をとり、飯を口に運びながら、瞳が左に動いた。

お麓はお萩の向かい側にいて、その表情でふと気づいた。やはり恋や憧れのたぐいではなく、何かを思い出そうとしているようにも見える。どこかで会った、あるいは、誰かに似ている。ただ、どこの誰なのか、どうしても思い出せない——。

「糸さんは、毎日の飯はどうしてるんだい？」

二杯目の飯を頬張る建具師に、お修が話をふった。

「飯だけは朝に炊きやすがね、梅干しと漬物がせいぜいで。昼は飯だけ弁当箱に詰めて、惣菜《そうざい》は振り売りから買って、夜は茶漬けで済ませまさ」

糸吉は、大家の多恵蔵の紹介で、宮下町の大きな建具屋に職を得た。修業を終えたばかりの新入りだけに、ひとまず年の内は腕を試して、本雇いは正月になるという。

「技はまだまだこれからだが、仕事熱心で気性も明るい。親方にも気に入られ、他の職人とも馴《な》染《じ》んでいる。本雇いは、まず間違いなかろうね。顔繫《つな》ぎしたあたしもほっとしたよ」

多恵蔵は機嫌よく、そんな話をしていった。

「糸さんには、この前の煤払《すすはら》いでもたいそう世話になったからね。朝餉くらい、いつでも馳走するよ。何なら毎日だって、構やしないよ」

「いやあ、おれは大食らいでやすから、毎日はさすがに気が引けやす」

「若い者が、遠慮するもんじゃないよ。ご飯は皆で食べた方が、美味しいしね」

お修ばかりかお菅までもが、満面の笑みで応じる。別に糸吉に文句はないが、毎朝となれば互いに面倒だ。だいたいふたりとも、それがどれほどの負担になるか、まるでわかっていない。お修は早起きして、念入りに化粧を施しているし、飯炊きを担《にな》うお菅も同じこと。若い職人の胃袋は、女三人分に匹敵する。量が倍になれば手間も増える。

毎朝となれば、どちらも三日で音を上げること請け合いだ。これも己の役目と心得て、お麓は釘《くぎ》を刺すことにした。

「別に毎朝じゃなくても、いいじゃないか。気が向いた折に、たまに朝餉をともにする。その方が、よほど粋《いき》じゃないのかね」

「さいですね。あっしもそう思いやす」

糸吉は即座に受けて、二杯目の飯を美味そうに平らげた。


お萩は糸吉の、何が気になるのだろう――。

一度じっくりと、たずねてみたかったが、あいにくと師走《しわす》はとかく忙しい。

方々の寺社の境内には歳《とし》の市《いち》が立ち、正月飾りなどを求める客でごった返し、長屋ごとに餅つきも行われる。さらには節分も、陰暦では十二月の暮れにかかることが多く、豆まきにもつき合わされた。

しかし何よりも多忙を極めたのは、名主の書役の仕事である。

「ええっと、葦兵衛《よしべえ》長屋の一件は夫婦喧嘩《げんか》で、分葱《わけぎ》長屋は遺言の悶着《もんちゃく》と。こっちはお虎長屋の……ああっ、これは違うよ、お麓さん。お虎長屋はたしか、次男の勘当だったろう？　次男じゃなく、長男になっているじゃないか」

「お言葉ですけどね、名主さん。間違ったのはあたしじゃなく、名主さんの方ですよ。ほら、この書きつけには、長男とありますからね」

「うわ、本当だ。息子に書かせたときに、行き違いがあったか」

名主の杢兵衛《もくべえ》は、ぴしゃりと己の額を叩《たた》いた。

「参ったなあ、まだ役所に上げる願書や訴状もあるし、町入用《ちょういりよう》も算せねば。そうだ、人別の出入りも、まとめ終わっていなかった」

「たしか人別帳の届けは、六年に一度でしたよね。今年は外れているのでは？」

「江戸の出入りの激しさは、折り紙つきだからね。六年も空けたら、半分以上が替わっちまって浦島太郎《うらしまたろう》だよ。毎年、大家から上がる出入りの仔細《しさい》を、書き留める方が早いんだ」

「だったらせめて、玄関裁きのあれこれは、省いちまったらどうです？　夫婦喧嘩だの遺言だの勘当だの、名主さんのお裁きで丸く収まったんだろ？　いちいち紙に残さずとも良いように思うがね」

「なに言ってるんだい、身内のいざこざほど後を引くものはないからね。またぞろ蒸し返された折に、証《あか》しが入用になるんだよ。とはいえ、どうして暮れの慌しい折に限って、この手の悶着が増えるのかね」

からだがいくつあっても足りないと、名主は悲鳴をあげる。名主がこれほど忙しいとは、お麓も書役を務めるようになって初めて知った。

江戸町名主は、二百数十人いるとされ、ひとり二、三町から十数町を差配する。

古くは幕府に貢献した町人から任ぜられたが、そのような草分名主《くさわけなぬし》は時代を下るごとに姿を消して、やがては町奉行支配による名主が定着した。

町奉行の下に、三名の町年寄がおり、その下に配されるのが名主である。

名主は専業で、兼業は許されない。役料は町々から支払われ、大きな商家の多い土地には、二百両を超える役料を得る名主もいるそうだが、南北日ヶ窪町の二町のみを差配する杢兵衛は、おそらく十両を超えることはあるまい。

年に数両では見合わぬほどに御用繁多であり、名主ひとりではとても捌《さば》ききれない。

そこで名主の下には、月行事《がちぎょうじ》と呼ばれる者たちがいる。土地持ちや家持ちを五人一組に分けて、月ごとに交替で、名主の補佐を務めさせた。つまりは名主の下に、五人の配下がいるのだが、それでも年末となると、猫の手を借りたいほどの忙しさとなる。

「じいさんの代までは、となりの宮下町と三町を見ていてね。いったいどうやって捌いていたのか見当もつかないよ。大方、手が回らなくなって、新たに名主を立てたのだろうね」

名主は世襲であり、差配する町に住まうことを旨《むね》とする。祖父の代までは、住まいは宮下町にあったそうだが、宮下町に新たに名主を立ててから、南日ヶ窪町に移ってきたという。

「いやあ、お麓さんがいて助かったよ。なにせうちの倅《せがれ》は、算は当てにできないからね」

「おとっつぁん、きこえてますよ」

「なんだ、延太郎《のぶたろう》、帰っていたのか。おまえも早く手伝いなさい」

この家の長男の、延太郎が顔を出した。たしかに杢兵衛の言うとおり、延太郎の字は五歳の子供といい勝負だ。しかし決してぼんくらではなく、父が不得手なことを得意とする。

「おとっつぁん、先に座敷を片付けませんか。書いた物を整えて、すべきことを順よくこなす方が早く済みます。町入用の勘定は、すべて私が引き受けますよ」

座敷中に紙が散らかった有様《ありさま》にため息をつき、自ら仕分けにかかる。延太郎は算術と勘定に長《た》け、また物事を筋道立てて始末する。むしろ自慢の息子であった。

「そういや、さっき善福寺《ぜんぷくじ》の前で、手嶋屋《てしまや》の旦那さんに会いましてね、今日の昼過ぎにでも訪ねたいと言付かりました」

「えっ、今日かい？」

何故《なぜ》だか杢兵衛は、気まずそうな視線をお麓に向ける。

「参ったな、もっと先の話だと……いや、決してあんたたちを、ないがしろにしたわけではないんだよ。話を詰めてから、相談するつもりでいたんだ」

「何の話ですか、名主さん。あたしは手嶋屋なんて名は、きいたためしがありませんが」

「手嶋屋というのは、善福寺門前町にある塩問屋なんだがね、そこのご主人が……」

たっぷりと溜めを置いてから、実に言いづらそうに杢兵衛が切り出した。

「手嶋屋の旦那はね、お萩を養女にしたいと申し出ているんだ」

抱えていた巻紙が、どさりと音を立てて、お麓の手から落ちた。

十三

「あなたがお麓《ろく》さんですか、お噂《うわさ》はかねがね。手嶋屋筑左衛門《てしまやちくざえもん》と申します」

上背のある杢兵衛《もくべえ》の前では小柄に見えるが、中肉中背の男だ。商人らしく愛想《あいそ》のいい笑みを浮かべ、お麓に対してもていねいに挨拶する。

手嶋屋は善福寺門前町の塩問屋で、杢兵衛の長男に伝えたとおり、主人は昼を過ぎた頃に名主宅を訪れた。杢兵衛は客間にお麓を同席させ、手嶋屋に引き合わせた。

噂というと、名主が何か吹き込んだのだろうか。じろりと睨《にら》むと、自分ではないと杢兵衛は慌てて首を横にふる。噂の出所は、すぐに知れた。

「お麓さんのことは、お菅《すげ》さんからきいておりますよ」

「お菅ちゃんと、お見知りなんですか？」

「はい。門前の茶屋には、足繁《あししげ》く通っておりますから。お菅さんの作る団子が格別で、すっかり贔屓《ひいき》になりましてね」

ああ、と納得が声に出た。お菅の団子が母の味に似ているとかで、いたく感激した客がいたと、いつぞやお菅が話していた。以来、三日とあかず通ってきて、いまでは茶屋の太客だと、その後の顚末《てんまつ》も逐一きかされていた。

お萩《はぎ》と塩問屋の主人が、どこでどうして繫《つな》がったのか。半ば混乱していたが、種を明かされて合点《がてん》がいった。どうせいつもの調子でべらべらと、お萩について語ったのだろう。

「きけば母親に死なれ、身寄りもない。どんなに心細い思いをしているかと、胸が痛みました。もちろん、お菅さんはじめ長屋の皆さんが、親身になって面倒を見ていることも存じておりますよ。だからこそなおのこと、手前にできることはないかと思案いたしまして」

「それでお萩を、旦那さんの養女にと……」

「さようです。大切にお預かりして、商家の娘にふさわしいだけの行儀作法も仕込みます。ゆくゆくは良い嫁ぎ先を見繕い、手嶋屋の娘として嫁に出すつもりです」

「いい話じゃないか、お麓さん。まさに至れり尽くせり、申し分のない養い先だよ。あの子の幸せを考えるなら、お受けすべきじゃないかね」

李兵衛もしきりに勧める。たしかに申し分ない。だからこそ、何かが引っかかる。

喉越《のどご》しの良い素麺《そうめん》のような、つるつると淀《よど》みのないしゃべりようはどこか嘘《うそ》くさく、鳥の足跡のような三本の笑い皺《じわ》は、まるで糊《のり》で貼りつけたように主人の両の目尻を飾り、細められた目の中が読みとれない。

この主人の本心が見えてこず、探りを入れるつもりで、お麓は慎重に切り出した。

「お萩を養女にとのお話は、お菅ちゃんも承知の上ですか？」

「いえ、まだ明かしてはおりません。まずは名主さんや大家さんに、話を通すのが筋ですから。目鼻がついてから、お話ししようと。お菅さんもきっと、喜んでくださるはずです」

一応、筋道は通っているが、外堀を埋めた上で、物事を運ぼうとする周到さが気に入らない。お萩に誰よりも入れ込んでいるのは、ほかならぬお菅だ。いくら立派な養家だろうと、はいそうですかとあっさり手放すとは思えない。この主人はそれを見越して、お菅やお麓、そしてお修《しゅう》が騒ぎ立てることを危惧して、先手を打ったのではなかろうか。

人がきいたら、考え過ぎだと笑うだろうが、根っからの疑り深《うたぐぶか》い性分は、しきりに用心を促す。

「あの子は口が利《き》けません。立派な商家の娘としては、差し障《さわ》りになるのでは？」

「女子《おなご》ならむしろ長所と言えるかと。口数が多く賢《さか》しい女子より、よほど喜ばれましょう」

こめかみの辺りで、カチンと音がした。弾みでつい、嫌味がこぼれる。

「喜ばれるとは、誰にです？」

「え……？　あ、いや、世の大人は、子供の口達者を好みませんから」

目尻の笑い皺が、たしかに一瞬途切れた。一度瞬《まばた》きすると、もとの顔に戻っていたが、間違いなく隙のない笑みが初めて崩れ、瞳の奥から舌打ちがきこえたような気がした。

疑心はいまや、火事場の半鐘のごとく、頭の中で鳴り響いている。

何とかしなければ——。ここしばらく丸まっていた背筋が、にわかにぴんと張った。武家や商家で奥女中を務めていた頃の物言いが、するりと口を衝《つ》く。

「手嶋屋さま、まことに結構なお話と承りました。ですが、私のような婆《ばば》ひとりでは、判じようもありません。今日はいったんもち帰り、名主・大家両名立会のもと、長屋の皆と相談いたしたく存じます。名主さん、いかがです？」

「え？　あ、ああ、手嶋屋さんさえよければ、あたしは構わないよ」

「……承知しました。良い返しを、心待ちにしておりますよ」

わずかに間があいたものの、手嶋屋はその場は引き下がり、暇《いとま》を告げた。


「あの旦那が、お萩を養女に？　そんなこと寝耳に水だよ。お麓ちゃん、もちろん断ってくれたんだろうね？」

「あの子の親代わりは、あたしらじゃないか！　どこぞの旦那に、かっさらわれてたまるものかね」

たいそうな鼻息で息巻いたふたりに、心の底から安堵《あんど》がわいた。顔には出さず、あえて異を唱える。

「でもねえ、お萩にとっては有難《ありがた》い話じゃないか。羽振りのいい商家が相手じゃ、どうしたってあたしらには分が悪いからね」

「分が悪いって何だい。たじま屋だかこじま屋だか知らないがね、戸田屋《とだや》は構えじゃ負けやしないよ」

「戸田屋が立派でも、あんたは隠居の身だろ。あの子が物持ちの身内になるなんて、まるで夢物語みたいに結構な話さ。裏長屋で年寄りと暮らすより、よほど幸せだと誰だって……」

「お麓ちゃん、なんて情けないことを！　金なんてなくたって構やしない、親の情の方がよほど大事じゃないか！」

「素寒貧《すかんぴん》じゃ暮らしていけない。少しは金も……」

「そういう話じゃないんだよ。あたしらにとって、お萩がどれほど大事かってことさね。お麓ちゃんは、まったくわかってないね」

わかっている――。恨みがましい目を向けるお菅に、胸の裡《うち》でそうこたえた。

わざと世間の理屈を投げてみたが、ふたりはまったく動じなかった。つましい暮らしの引け目も、年寄りらしい遠慮も、子供の、た、め、という分別すらそこにはない。なりふり構わぬお萩への執着は、我儘《わがまま》以外の何物でもない。

お麓ひとりでは、とても太刀打ちできなかった。手嶋屋にではない。世間のあたりまえに、体よく絡《から》めとられていたに違いない。しかし世間体も風潮も、お菅とお修は見事に一蹴してみせた。

恥も外聞もなく己の欲を貫き通すさまは、爽快ですらあった。

「とはいえ、決めるのはお萩だからね。あの子が望むなら、里子に出しても構わない」

「お麓ちゃん！　まだ、そんなことを！」

「そうじゃない！　あの子を母親の死から、解き放ってやりたいんだよ！」

つい本音がとび出した。お菅とお修が、驚いたように口をあける。

「あたしらと一緒にこの長屋にいるかぎり、お萩は悲しい思いから、いつまでも抜けられない。傍《そば》で見ていると、辛《つら》くてならないんだ」

ここにいれば、否応《いやおう》なく母の死をくり返し思い出す。おはぎ長屋を出て新たな土地で暮らせば、悲しい記憶も、日々薄れていくかもしれない。

「なに言ってんだい、母親が死んで、まだひと月半てところだろ？　引きずっていても、あたりまえじゃないか」

「お麓ちゃんも、せっかちだねえ。身内を亡《な》くせば、大人だって潮垂《しおた》れちまう。年端《としは》のいかない子供ならなおさらだよ。一年くらいは仕方ないと思わないと」

「……そういうもんかい？」

当然だと言わんばかりに、そろって大きくうなずく。ずっと携えていた心痛の種であり、歌の師の椿原一哉《つばはらいっさい》にも相談した。お麓にとっての難問を、ふたりはいとも軽やかに解いてみせた。思えばお菅もお修も、ともに三年ほど前に、亭主を亡くしていた。

そもそも何事にも解を得ようとするのは、お麓の悪い癖だ。すっきりしないものを抱え、うじうじ悩み、悔いやら無念やらをだらしなく引きずっていくのが、人の生かもしれない。

情はその最たるものだ。切っても切れず、みっともなくまとわりつき、足に絡まって倒れることすらある。それをふたりは、あたりまえの自然なことだと受け入れている。

その逞《たくま》しさが、お麓にはうらやましく、またふたりがいることが有難くもあった。

「あたしも本当は、手嶋屋にだけは、あの子を渡したくないんだよ」

「どうしてさ？　手嶋屋の旦那さんは、たいそういいお方だよ」

「あんたの目は節穴だね。あんなに油断のできない男に、お萩を任せられるものかい」

「まあ、お麓の勘もたいして当てにはできないけど、お萱よりはましかもしれないね」

「でも、お萩が手嶋屋に行きたいと言ったら、どうしよう」

「いざとなったら、娘夫婦にねじ込んで、戸田屋の養女にしてもらおうかね」

お萩はいま、大家の多恵蔵《たえぞう》の家にいる。李兵衛と多恵蔵から、養子の件をきかされているはずだった。お萩はなんと返事をするのか。急に怖くなってきた。ふと横を見ると、お萱は手を合わせて念仏を唱え、お修は素面《しらふ》ではおれないのか、戸棚から一升徳利《いっしょうとっくり》を引っ張り出した。まるで白洲《しらす》に座らされ、奉行の沙汰《さた》を待つような心持ちだ。

やがてお萩は李兵衛に連れられて、三人が待つお修の家に戻ってきた。

「名主さん、お萩は何て……？」

問う声がかすれた。李兵衛はお萩の肩に手を置いて、苦笑を広げた。

「お萩は、いままでどおり、おはぎ長屋で暮らしたいとさ」

互いのため息が、どよめきのように重なり合う。緊張が一気にほぐれ、気を抜けば倒れそうだ。

お萱は泣きながらお萩を抱きしめ、お修は一升徳利を手に景気をつけた。

「今日はお祝いといこうじゃないか。宮下町辺りの料理屋でどうだい？　名主さんと大家さんもご一緒に、ああ、糸《いと》さんも呼ぼうかね」

その晩の宴会は、否応なく盛り上がり、お麓も心置きなく美味《うま》い酒に酔った。

手嶋屋には名主から断りを入れ、養子話はそこで終わったはずだった。お萱が浮かぬ顔でふたりに相談をもちかけたのは、大晦日《おおみそか》を数日後に控えた年の暮れだった。

「手嶋屋の旦那がさ、未《いま》だに毎日、茶屋に通ってきて、お萩の話を蒸し返すんだ。ほとほと参ったよ」

李兵衛が手嶋屋に赴いて、正式に養子話を断ったのは、あの翌日だった。それから数えると、七日ほどが過ぎている。まずお修が憤慨した。

「しつっこい男だねえ、未だにお萩を諦《あきら》めていないのかい」

「とにかく熱心に、通ってきなさるんだよ。そのたびに、お内儀も楽しみにしていたとか、すでに座敷《ざしき》や着物もしつらえているとか、くどくどときかされて」

お菅がくどくどと言うなら、よほどの長っ尻だ。

「手嶋屋の夫婦には、子供がいないのかい？」と、お修がたずねる。

「いいや、ちゃんと三人の子に恵まれているよ。上下が娘で、真ん中に跡継ぎもいるって」

「実子がいるのに、どうしてそこまで養子にこだわる……逆に、妙じゃないかい？」

「それがね、養子を迎えるのはこれが初めてじゃなく、お萩で四人目になるそうなんだ」

そんなに、とお修が改めて仰天する。お麓もまた初耳だ。

「身寄りのない子を放っておけない。世話をして立派に育て上げることが、生甲斐《いきがい》だって言うんだよ」

それこそたいそう立派な心掛けだ。なのに筑左衛門の笑みが浮かぶと、何故《なぜ》だか寒気がした。

しばし考え込んでいたお修が、顔を上げた。表情はいつになく剣呑《けんのん》だ。

「ひとつ思い出した。お萱が働く茶屋に、お萩を連れていったことがあったろう？　養子話が出たのは、それから間もなくだ。あのとき店に、手嶋屋の旦那がいなかったかい？」

「ああ、そういえば、いたよ！　団子を三十串《くし》も注文して、店の者が包むあいだ腰掛けて待っていた」

お修が気を配っているだけに、外出をする折は、お萩も小ざっぱりとした格好で、まことに愛らしい。その姿を目にした上で、養子話を申し出たとしたら——単なる篤志ではすまない、不気味な影が立ち上ってくる。口に出すことすらおぞましく、三人が黙り込む。

「しばらくは、お萩を表に出さないでおくよ。お萱ちゃんも、気をつけるんだよ」

てきぱきとお修が告げて、お萱も神妙な顔でうなずく。

正体がわからなければ、怖さが増すだけだ。手嶋屋に近い者を、ひとりだけ知っている。

折よく翌日、その男が訪ねてきた。貸本屋の豆勘《まめかん》である。

十四

「え、手嶋屋ですかい？　へい、たしかに存じておりやすが」

お麓が店の名を出すと、貸本屋の豆勘は即座に応じた。

「ただ、あっしは出入りしておりやせん。その隣近所なら二、三軒。善福寺《ぜんぷくじ》門前町には、ご贔屓《ひいき》もそれなりに多いので」

「身寄りのない子を引きとって、世話をしているときいたんだがね」

「ああ、あっしも人伝《ひとづて》にききやした。いまどきめずらしく、徳の高い行いだと……」

美談につき合うつもりはない。間髪を容《い》れず、性急に問い詰めた。

「その養子になった子供たちの先行きは？　手嶋屋に迎えられて、その後は？　子供はどうなったんだい？」

「どうって……」

ふいを食らった豆勘が、ぱちりと瞬《まばた》きした。ほんのわずかだが、躊躇《ためら》う素振りを見せる。

「何か知ってるなら、教えておくれ！　ただとは言わない、これでどうだい？」

ぱん、と畳を叩《たた》くようにして置いたのは、二朱銀《にしゅぎん》だった。銭にすればおよそ八百文。蕎麦《そば》五十杯分の額である。

「え、まさか……こいつは、貸本の代金ですかい？」

「代金は別に払うよ。そのために来たんだろ？」

大晦日《おおみそか》まで、今日を含めてあと三日。半期ごとに掛取りをする商人にとっては、一年でもっとも忙しい時期だ。豆勘もまた、半年分の貸本代を回収するために訪ねてきた。

「吝《しわ》いお麓さんが、どういう風の吹き回しで？」

「吝いは余計だよ。とっととお話しな」

「といっても、あくまで噂《うわさ》のたぐいでやすから」

「構わないよ、たとえ尾鰭《おひれ》がつこうと、火のないところに煙は立たないからね」

豆勘は商売人だ。商売は信用第一、客の信用こそが銭の元だと心得ている。そのぶん口も堅く、出入りする家の内情を、迂闊《うかつ》に広めるなぞもってのほかだ。手嶋屋は客ではないが、やはり用心が働いたのか、畳に置かれた二朱銀を見詰めてお麓に問うた。

「どうして手嶋屋にこだわるのか、伺ってもよろしいですかい？」

「お萩のためさ。お萩を養女にしたいと、あそこの旦那がしつこくってねえ」

これまでの経緯《いきさつ》を、初手から語った。長屋にたびたび出入りしているだけに、豆勘もお萩の事情は承知している。なるほど、とうなずいて、しばし考え込む。

「実は、手嶋屋に出入りしているのは、貸本屋仲間でやしてね。あっしにとっちゃ、弟分でさ。そいつに直《じか》に確かめてみやしょう」

「そうしてくれるなら助かるよ！　何ならその人の分の手間賃は、お修に掛け合うからさ」

「ようがす。お志《こころざし》の分は、きっちり働かせていただきやす」

今夜のうちに仲間に会って、明日改めて出直してくると、豆勘は請け合った。

豆勘が帰ると、お麓はお萩のようすを見に行った。手嶋屋の件が片付くまでは、決して目を離さず、長屋からも出すまいと決めていた。お菅が茶店にいるあいだは、お修かお麓が面倒を見る。いまはお修のところにいるはずだった。

しかしお修の家に行くより前に、姿を見つけた。井戸端から少し外れた場所で、お萩が突っ立っている。その前に屈《かが》み込《こ》んでいるのは、建具師の糸吉《いときち》だった。

お麓からは、ふたりの横顔が見える。何を話しているのだろう？　声をかけようとしたとき、ふいにお萩が、崩れるようにしゃがみ込んだ。

「お萩！　お萩、どうしたい！　あんたっ、お萩に何を！」

「いや、あっしは何も……あっしはただ、お萩坊《ぼう》に……」

糸吉がおろおろしながら、必死に弁明するが、ろくに耳に入らない。お萩の顔を覗《のぞ》き込《こ》むと、紙に藍を垂らしたように真っ青だ。よほど怖い思いをしたのか――。手嶋屋に対して抱いた疑心と同じものが、噴火のように頭に突き上げて脳天を焼いた。

「この子に悪さをしたなら、許さないからね！　いますぐこの長屋から出ていっとくれ！」

怒りに任せ、唾をとばしながら職人を責めたが、後ろから袖を引かれた。ふり向くと、お萩と目が合った。右手でお麓の着物の袖を握りしめ、懸命に首を横にふる。

「何だい、お萩……違うのかい？」

こくりとうなずいて、握っていた左手を開く。黄と黒の縞《しま》模様の、何かが載っている。

「何だい、こりゃ？」

「お手玉、のつもりでさ」と、ばつが悪そうに、糸吉が口を添える。

たしかに言われてみれば、俵型のお手玉だ。布の柄があまりに突飛なために、そうとは見えなかったのだ。

「いつも飯を馳走《ちそう》になって、何かお礼をと。お手玉は昔、妹によくこさえてやって、思い出して作ってみたんでさ。それを渡しただけなんでやすが、こんなことに……」

と、困った顔をお麓に向ける。それからお萩の前に、膝をついてしゃがんだ。糸吉が右手を開くと、同じ柄のお手玉が四つあった。

「こんな色柄じゃ、女の子は喜ばねえか。気に入らなかったなら、すまねえな。また別の布で作り直して……」

お麓の袖を離して、糸吉の開いた手の指先を、きゅっと握った。何度も首を横にふる。それから糸吉の手にある黄と黒の縞の俵を、ひとつひとつ大事そうにとり上げて、自分の左手に移した。

「お萩坊……もらってくれるのかい？」

こっくりとうなずいて、五つのお手玉を両手で胸に抱く。謝意のつもりか、深々と辞儀をした。頭を下げたまま、しばし動かない。

その姿はあまりに厳《おごそ》かで、まるで礼ではなく、詫《わ》びのようだ。見ていると、妙に切なくなる。

「いや、いいっていいって。もらってくれりゃ、こっちも御の字だ」

糸吉は嬉《うれ》しそうに顔をほころばせ、お萩の頭を上げさせる。その折に家の戸口から、お修が顔を覗《のぞ》かせた。

「ちょいと、お萩、水汲《みずく》みにしちゃ遅いじゃないか。心配しちまったよ」

「ああ、すいやせん、おれが引き止めちまって。どれ、おれが運ぼう」

糸吉が気軽に引き受けて、釣瓶《つるべ》を引いて水を汲む。

「何やら騒々しい声もしたが、何かあったのかい？」

「いや、何も。ちょいとした行き違いさ」

お修はちらりとお麓を見遣《みや》ったが、深追いはせず、そうかい、と返す。

糸吉が水桶《みずおけ》を家の内に運び込み、お萩もまた後を追うように家に入った。

「糸さんは、仕事はもう終わったのかえ？　よかったら一服しておいきよ」

「今日は休みでやすが、これからちょいと行くところが。また今度、寄らしてもらいやす」

「じゃあ、仕方ない、お麓で我慢しておこうかね。お茶を淹《い》れておくれな」

「あたしもこれから、名主さんのところに出掛けるよ。お萩のことは、任せたよ」

「何だい、愛想《あいそ》がないね」

若い娘のように口を尖《とが》らせて、お修は顔を引っ込めた。

「とんだ見当違いをして、すまなかったね」

木戸を出るとまず、お麓は詫びを口にした。

「いや、お萩坊を大事になすっているのは知ってまさ。あっしの方こそまごついちまって」と、
糸吉は恥ずかしそうに頭をかく。

「それにしても、奇抜な色柄だったね。あんなお手玉は初めて見たよ」

「あれは干支《えと》に因《ちな》んだんでさ」

「干支？　もしかして……寅《とら》かい？」

「そのとおりで。あっしの妹が、寅歳《どし》でしてね。あの柄のお手玉を気に入って、何度もこさえて
やりやした。昨日、端切屋《はぎれ》で、たまたま似たような布を見つけて、何やら懐《なつ》かしくなりやしてね。

久々に作ってみようかと、そんな気になって」

「あたしも寅だよ」

「へえ！　さいですかい。てことは、うちの妹と三回りほど……」

「数えなくたっていいよ。どうせなら、お萩の干支で拵《こしら》えてやりゃいいじゃないか」

「いや、それも考えやしたがね、未《ひつじ》ときいて戸惑っちまって。未って、どんなもんか知ってやすか？」

「……そういや、知らないね。山羊《やぎ》のことだと、何かで読んだような気も……」

「ヤギって、どんな獣でやすか？」

ふたりそろって、うーんと首を捻《ひね》る。西洋から山羊や羊が入ってくるのは、ずっと後のことで、山羊は九州の離島などに生息したが、江戸では見ない。寅や辰《たつ》は龍虎図などで好んで描かれるだけに、容易に姿が浮かぶのだが、未だけは何とも漠然としている。

「あの子が本当に未歳かどうか、それすらあやふやだがね」

干支として馴染《なじ》みがありながら、形を捉えられない未が、お萩に重なって切なかった。


「お麓さんの心配は、当たっていたかもしれやせん。ちょいと妙な具合でやして」

豆勘は約束どおり、翌日の午後に顔を見せた。いつもは白湯《さゆ》がせいぜいだが、お麓はとっておきの茶を淹れて、豆勘に話を促した。

「たしかに三人ほど、手嶋屋では養子をとっていやす。いずれも身寄りのない子供で、おかげで徳の厚い旦那だと、近所での評判もいい。ただ、逆の噂もちらほらありやして」

「逆って、何だい？」

「引きとった子供を、右から左に売っ払う……いわば里子買いでさ」

背筋に霜柱《しもばしら》が立ったように、冷たいものがからだを突き抜けた。

「現に養子に入った子供は、神隠しみてえに手嶋屋から消えちまう。養いは分家に任せているとの建前でやすが、腑《ふ》には落ちねえ。悪い噂があるのは、そのためでさ」

捨子や迷子を引きとると、当座の養い料として御上《おかみ》から相応の礼金が出る。そして引きとった子供を売れば、二重に金が入る。これが里子買いと呼ばれる悪事である。

「……でも、おかしいじゃないか。礼金と言ったって微々たるものだ。貧乏人には御の字だが、手嶋屋ほどのお店《たな》なら旨味《うまみ》なぞなかろうに」

暮らしに困って里子買いに走る。大方はそのたぐいだが、中には人買いをもっぱらとする図太い悪党もいる。とはいえ塩問屋を営む手嶋屋が、そんな裏稼業《かぎょう》に手を染めるなぞ、どうにも腑に落ちない。たしかにと、熱い茶を喉《のど》に通して、豆勘もうなずいた。

「仮に色街に売ったにせよ、そんな子供じゃ、ひとり数両が関の山。手嶋屋の身代からすると、割に合いやせん」

「色街だって？　じゃあ、引きとった子供ってのは……」

「へい、歳は八歳から十歳と開きはありやすが、すべて女の子でさ」

背筋の霜柱が、氷柱《つらら》に変わった。やはり己の勘は正しかった。道理はつかずとも、手嶋屋の養子話には、何か裏がある。

「手嶋屋で商売しているのは、あんたのお仲間だったね。その人は、何か知っちゃいないのかい？」

「確かめたところ、そいつが出入りしていたのは、半年前まででやした。貸本のご贔屓ってのが、先代のお内儀でしたが、半年前に亡《な》くなりやしてね」

つまりは当代筑左衛門の母親だ。その母親が身罷《みまか》ると、貸本屋は出入無用を告げられた。いまは客ではないために、存外口も軽かったと豆勘が苦笑する。

「亡くなったご隠居さまは、朗らかなお方でやしたが、一度だけ、えらい剣幕で息子を叱っていたそうで。切れぎれにきこえただけですが、『これ以上、養子をとるな。手嶋屋を潰すつもりか』と、きつく息子を諌《いさ》めていたと言うんでさ」

「これ以上ってことは……」

「へい、三人目のときで。結局、ご隠居さまの苦言もきき入れず、手嶋屋は三人目の養子を迎えやした」

今年の二月末頃の話で、かれこれ十月ほど前になるという。

「それともうひとつ、ご隠居さまは、『みずちに食われる』と言ってたそうで」

「みずちって……蛟《みずち》のことかい？」

「わかりやせん。何かの喩《たと》えか戒《いまし》めか、その辺りかと思いやすが。とたんに旦那が、真っ青になったそうで」

「みずち……みずちねえ」お麓は何度も、口の中で呟《つぶや》いた。

十五

「今日という今日は、あの男にガツンと言ってやらないと」

「あたしたちに任しておきな。二度とこの茶店の、敷居《しきい》はまたがせないよ」

茶店の床几《しょうぎ》に陣取って、お麓とお修はすこぶる鼻息が荒い。

「せめて、店先ではやめておくれよ。あの旦那は団子の贔屓《ひいき》客だし、下手をすれば、あたしの方がお払い箱になっちまうよ」

厚かましいくせに意気地のないお菅だけは、やや腰が引けている。

「お萩と団子、どっちが大事なんだい?」と、お麓がじろりと睨《にら》む。

「そりゃあ、お萩に決まっているさ!」

「お萩と団子って、菓子屋の品えらびみたいだね」と、お修が混ぜっ返す。

「しっかりしとくれよ、ふたりとも。今日はけりをつけに来たんだからね」

貸本屋の豆勘から、手嶋屋の養子についてきかされたのは、昨日のことだ。お萩が眠りについてから、お修とお菅に明かすと、ふたりもやはり大いに危惧を抱いた。

「ぐずぐずしちゃあ、いられない。明日の大晦日《おおみそか》で、きっちり片をつけるよ。いいね?」

「ああ、そうしよう。この一件が片付かないと、新年をすっきりと迎えられないからね」

「わかった、あたしも腹を括《くく》るよ。贔屓を逃すのは惜しいけど、これもお萩のためだ」

まるで仇討《かたきうち》にでも行くように決起を誓ったというのに、いざ三人で集まると、どうも緊張感に欠ける。

「にしても、遅いじゃないか。昼九ツにこの茶店で、とお萱ちゃんが書いたんだろ？　文は間違いなく、手嶋屋に届いたんだろうね？」

「ああ、朝のうちにね、ちゃんと糸さんに頼んだよ。糸さんの仕事場からなら、そう遠くはないからね」

「なにせ大晦日だからね、今日は来ないかもしれないよ」

お萱がふたりに三杯目の茶を注いだとき、店に客が訪れた。お萱はふだん客あしらいはしないのだが、若い商人風の男に、いらっしゃいましと声をかける。

「あのう、こちらに、お萱さんという方は？」

「お萱は、あたしですが」

「ああ、さようでしたか。刻限に遅れてすみません。私は手嶋屋の者で、主人の代わりに参りました」

「代わりだってえ？　使いで済むような話じゃないんだよ！　さっさと戻って、主人を連れてきな！」

線が細く、二十歳を過ぎた頃合か。お修に半ば恫喝《どうかつ》されて、おろおろする。

「あいにくと主人は朝早くに出掛けまして、戻りは晩になります。なにせ大晦日で、出先が多く……」

「使用人に任せて、逃げを決め込むつもりかい？　そうはいかないよ！」

「いえ、決してそのような。文が届いたのは、一足違いで父が出掛けた後でしたが、職人から必ずと念を押されまして、父の代わりにご用を承るつもりで参りました」

「父、だって？　それじゃあ、あんたは奉公人じゃなく……」

「はい、息子の吉瀬次郎《きせじろう》と申します」

改めて辞儀をされ、三人が顔を見合わせる。筑左衛門には、三人の実子がいる。上下が娘ときいたから、この吉瀬次郎は真ん中の跡継ぎ息子であろう。

「ちょいと、どうすんだい。肩透かしも甚だしいじゃないか。これじゃあ、子供の使いと変わりゃあしない」

「やっぱり大晦日じゃ、無理があったね。今日はあきらめて、また出直そうよ」

ふり出した刀の切っ先を削《そ》がれた格好で、お修とお萱はすっかりやる気をなくしている。しかしお麓は、別の思惑に至った。

「いや、せっかくお越しいただいたんだ。ここはじっくりと腰を据えて、伺おうじゃないか」

「伺うって、何を？」と、お萱が首を傾《かし》げる。

「養子に関わる、あれやこれやだよ。……少なくともあの父親よりは、よほどあつかいやすそうだ。そう思わないかい？」

「なるほどね、お麓にしちゃ、悪くない思案だ」

にんまりと悪い笑みを浮かべ、お修はころりと態度を変えた。

「すみませんねえ、わざわざお越しいただいて。私は湯島で金物問屋を営んでおります、戸田屋の先代内儀で、修と申します」

堂々と虎の威を借るさまは、いつもなら鼻につくのだが、今日ばかりは褒めてやりたい。初手の相手には、身なりと立場がもっとも効き目がある。どうせなら大店《おおだな》の隠居らしく、地味に品よく装《よそお》ってほしかったが、多くは望むまい。

「私はもともと麻布の出で、亭主を亡《な》くしてからはこちらに住まっております。このふたりは幼《おさな》馴染《なじみ》で、またご近所になりましてね。今日もついてくると言ってきかなくて」

お修はどうあっても、自分のことを隠居とは口にしない。ふたりのことは、まるで添え物のように紹介したが、ここは黙っておくことにした。

「実は旦那さまに、折り入ってお話がありまして。うちの娘を養子にと乞《こ》われているのですが……」

「えっ！　養子ですって？」

こちらが思う以上に、息子は仰天し、ひどく狼狽《ろうばい》した。

「ご存じなかったんですか？」

「まったく……」と口にしてから、急いでとり繕う。「身寄りのない子を引きとるのは、父の道楽ですから……話がまとまってから、私や母に明かすつもりでいたのでしょう」

「てことは、お内儀も知らないのかい？」

と、お麓がきき咎《とが》める。相手の隙を容赦なく突くのは、お麓の得意とするところだ。

「それはおかしいねえ。お内儀も子供に会えることを楽しみにしていると……旦那さんはそう言ったんだろ？　ねえ、お萱ちゃん」

「そうだよ！　座敷《ざしき》や着物をしつらえて、迎える仕度は万端整っているって、たしかにあたしにそう言ったよ」

容易《たやす》く追い詰められて、吉瀬次郎は早くも逃げ腰になる。

「やはり私では、承るに不足があるようです。後日改めて、主人とご相談くださいまし」

態勢を立て直されては、こちらが不利になる。この機を逃してはならない。踵《きびす》を返《かえ》した息子に、お麓はとっておきの一矢《いっし》を放った。

「みずちに食われても、いいのかい？」

肩に矢を受けたように、からだがびくりと弾み、息子がそろりとふり返った。見開いた目には驚きと、強い怯《おび》えが滲《にじ》んでいた。

お麓が頭に描いた蛟《みずち》は、空想の獣である。古くは水ツ霊《ミチ》――。蛇《へび》に似るが四本の脚と角をもち、毒を吐いて人を害すると伝えられる。

吉瀬次郎のようすは、まるで蛟を目のあたりにしたようだ。

「何故《なぜ》、その名を？　あの方を、お見知りなのですか？」

あの方――？　「みずち」というのは喩《たと》えなぞではなく、人の名であったのか――。やくざ者や阿漕《あこぎ》な商人を連想したが、二つ名のたぐいではなく姓名かもしれない。

懸命に知恵をめぐらせる。若い頃は機転が利《き》くと、奥方や主人から重宝された。だいぶ錆《さ》びついてはいたが、歳《とし》を経て培《つちか》った図太さが油代わりとなる。

「あたしらは、縁もゆかりもないがね。手嶋屋との繫《つな》がりは知っているよ。養子話には、みずちさまが関わっているってね」

「本当ですか！　養子を取るのは、あの方のためなのですか？」

かまをかけたつもりが、吉瀬次郎の反応は予想外だった。みずちという者を恐れてはいても、仔細《しさい》は何も知らぬようだ。これ以上の深入りは、藪蛇《やぶへび》になりかねない。ここから先は、本音で語ることにした。

「あたしらは、子供を手許《てもと》に置きたいだけなんだ。養子話は金輪際お断りだと、旦那に伝えておくれ。さもなきゃ世間さまに、何を言いふらすかわからないよ。みずちのことも含めてね」

完全に恫喝だ。それでもお萩の安穏のためなら、手段をえらんではいられない。

「わかりました、帰って父に伝えます……いえ、あきらめるよう、私から説き伏せます」

「説き伏せるって、若旦那にできるのかい？」

「必ず……それが手嶋屋のためですから。跡取りとして、お約束します」

ひ弱な風情《ふぜい》だが、きっぱりと言い切った顔は、意外なほどに頼もしい。辞儀をして息子が去ると、ぱん、と景気よく、お麓の背がたたかれた。

「よくやった、お麓！　今度ばかりは、あんたの手柄だ。これで心置きなく正月が迎えられるってもんさ」

「これでけりがついたなら、あたしもやれやれだよ」

「お菅ちゃんの正月料理がいただけるんだろ？　楽しみだねえ」

「帰ったらさっそく仕上げをするよ。昨日から、下拵《したごしら》えをしているからね。餅や雑煮も手抜かりはないし……そういえば、屠蘇《とそ》や福茶の仕度はできたのかい、お麓ちゃん」

「え？　ああ……屠蘇散も福茶の材も、そろっているよ」

憂いがなくなって、ふたりは年甲斐《としがい》もなくはしゃいでいるが、お麓の胸には一点の染《し》みのように、みずちの名が残っていた。

十六

元日の朝は、まず若水を汲《く》む。一家の主人が自ら井戸で水を汲み、神棚に供える。またこの水で雑煮を作り、福茶を淹《い》れるのが、年の始めのしきたりだった。

若水はお麓が汲んで、お菅はさっそく雑煮を仕立てる。屠蘇はお修、福茶はお麓が受けもち、お萩には餅を炙《あぶ》るよう頼んだ。外に据えた七輪の前に陣取って、真剣な顔で餅を見詰めていたが、最初のふたつは見事に焦がしてしまった。

「どうやら餅がふくれるのが、面白くてならないようでね。あたしが気づいたときには、裏が真っ黒になっていて」

焦げを包丁で削ぎ落としながら、お菅が苦笑する。餅はひとりひとつずつ。次のふたつは上手《うま》く焼けたが、やはり破れた皮から、ぷくりと中身がとび出すさまを、めずらしそうにながめている。

「明けまして、おめでとうございます」

改めて新年の挨拶を交わし、まず福茶を喫した。梅干しに、煎った大豆と粒山椒《つぶさんしょ》を二、三粒、湯呑《ゆの》みに入れて湯を注ぐ。上方では昆布を入れるときいたが、江戸では使わない。

それから雑煮をいただいた。出汁《だし》はすまし、角餅に小松菜、大根、里芋。人参《にんじん》も入っていて、彩《いろど》りも鮮やかだ。

雑煮を終えると、屠蘇を呑む。さまざまな薬種を合わせた屠蘇散は、馴染《なじ》みの医者か薬種屋に頼むもので、おはぎ長屋に通う久安《きゅうあん》から求めた。

ここまでは元旦らしく神妙にしていたが、屠蘇を終えて正月料理の膳が運ばれると、座は一気ににぎやかになった。

「ん！　この黒豆は、旨《うま》いじゃないか！　あたしはどうも、煮過ぎてふやけた豆が苦手でね。このくらい噛《か》み応えのある方が好みだよ」

「あたしは紅白膾《なます》が気に入ったね。小鯛《こだい》と和《あ》えるなんて、粋じゃないか」

お修とお麓は存分に褒めたが、お菅にはまだ足りない。

「煮物は甘すぎやしないかい？　田作《たづくり》の出来はどうだい？　おや、お萩は味噌《みそ》漬け豆腐が好きなのかい。たんとおあがりよ」

重箱に詰められて、おせちと呼ばれるのは後世になってからだ。田作、数の子、黒豆などは、すでに正月料理の定番とされていたが、他の献立は家によってさまざまだ。

「そういえば、お萩にお年玉をあげないと。はい、あたしからは羽子板だよ」

「あたしは塗り箸にしたよ。お萩がこの先も、食うに困らないようにね」

年玉とは、子供に限らず、目上の者から贈られる新年の祝儀《しゅうぎ》である。江戸では銭ではなく、羽子板や扇子、半紙などを贈るのが慣いだった。

「あたしは色々考えて、これにしたよ。手に馴染めばいいんだがね」

最後にお麓が、筆を差し出した。筆屋で吟味《ぎんみ》してえらび抜いた、相応に良い品だ。

お萩はびっくりした顔で、三つの年玉を受けとる。それから、実に嬉《うれ》しそうな笑顔を浮かべ、礼を述べる代わりに、ていねいに辞儀をした。

この子にとって、良い一年でありますように——。お麓は願わずにいられなかった。


元旦の朝餉《あさげ》が済むと、ぱん、とお修が手をたたいた。

「さて、そろそろ出掛けようかね。あんたたちも、仕度をしておくれ」

お麓とお菅は、きょとんと顔を見合わせる。

「出掛けるって、どこに？　初詣かい？」と、お麓がたずねる。

「ああ、そうだね、初詣もついでに済ませちまおうか。湯島天神でね」

「湯島だって？　何だってそんな遠くまで」

麻布と湯島では、千代田のお城をはさんで、ほぼ反対側にあたる。とても歩いていける距離ではない。

「戸田屋に年賀に行くついでだよ。ああ、足なら心配いらないよ。駕籠《かご》を三丁、頼んであるからね」

「三丁ってまさか、あたしらも戸田屋に行くのかい？」

「どうせ暇だろ？　酒や馳走《ちそう》もふんだんにあるし、このところお萩も長屋に籠もりきりだったからね。少し遠出をすりゃ、いい気晴らしになるよ」

手嶋屋から守るために、この十日ほどは、お萩を長屋から出さなかった。特に不満はなさそうだったが、遠出ときいてそそられたようだ。お萩はぱっと顔を上げる。目方はさしてないから、誰かの駕籠に同乗すればいいとお修が説く。

「いや、そんなことよりも、何だってあたしらまでつき合わされるんだい？」

「向こうにはなさぬ仲の娘と、小姑《こじゅうと》みたいな婿がいるんだよ。あたしひとりじゃ、とても太刀打ちできないよ。とはいえ大内儀の立場としちゃ、年始に顔を出さないわけにもいかないだろ？　頼むよ、助けると思って。ね、このとおり」

額の上に拝み手をする姿は、少々芝居がかっているが、お人好《ひとよ》しのお菅は、あっさりと陥落する。

「あたしも息子たちの家は、敷居《しきい》が高いからね。お修ちゃんの気持ちはよくわかるよ」

「そうだろう？　何ならついでに、お菅ちゃんの息子の家にも寄っていこうよ。あたしらと一緒なら、心丈夫だろ？」

「そりゃ嬉《うれ》しいね！　ああ、でも、ろくな着物がないんだよ。戸田屋は大店《おおだな》なんだろ？　みすぼらしい格好じゃ、お修ちゃんに恥をかかせちまう」

「着物なら、あたしのを貸したげるよ。帯も履物《はきもの》も、好きなものを見繕っておくれ」

「いいのかい？　だったら玉子色の地に、霰《あられ》の小紋がいいんだがね。前にお修ちゃんがかけていて、素敵だなあって思ってたんだ」

構わないよ、とお修は鷹揚《おうよう》にうなずく。

「お麓、あんたもどうだい？　ひとりだけ見劣りしちゃ、気の毒だからね」

「あたしは結構。着物を借りるつもりも、戸田屋に行く気もないよ。駕籠は三丁なんだろ？　三人で行ってくればいいじゃないか」

相性の悪い義理の娘や、息子夫婦のあいだに立って、太鼓持ちの真似《まね》をするつもりなぞさらさらない。

「お麓ちゃんひとりだけ、留守居をさせるわけにはいかないよ。そんなの、寂し過ぎるじゃないか」

お菅のこういう考えは、非常に鬱陶《うっとう》しい。他人の中で無駄な気を遣うくらいなら、ひとりでのんびり正月を過ごしたい。偽りのないお麓の本音だが、お菅には通用しない。お麓が行かぬなら、自分もとりやめると言い出す始末だ。

「お麓、今日ばかりは、あたしの顔を立てておくれよ。四人で出掛けるなんて、初めてのことだもの。お萩だって、楽しみだろう？」

「お萩をだしにするのは、卑怯《ひきょう》じゃないか」

「誘われるうちが、花ってもんさ。構ってくれる者がひとりもいないなんて、寂しいじゃないか。年寄りなら、なおさらね」

思いがけず、どきりとさせられた。お修には、こういうところがある。

このふたりとお萩がいなければ、お麓が望んだとおりの正月になったろう。名主と大家に年始の挨拶をして、あとは心ゆくまで和歌集に読みふける。元旦も三が日も松の内も、正月が過ぎて季節が変わっても、お麓の日々は変わらない。

煩わしい、鬱陶しいと苛立《いらだ》ちながらも、それもまた、無味乾燥な日常には彩《いろど》りとなる。

ふと気づくと、お萩が傍《そば》にいた。何か言いたそうな顔で、お麓を見詰める。

「わかったよ、行けばいいんだろ。あたしは家で、仕度をしてくるよ」

お萩の無言の説得には敵《かな》わない。とうとうお麓は音をあげた。


お萩の頭の上に、切り取られた江戸の景色が映り、とぶように過ぎていく。

晴れた空には凧《たこ》がいくつも浮かび、娘たちは羽根つきに興じる。大人たちは年礼まわりに余念がなく、万歳《まんざい》、神楽《かぐら》、春駒《はるごま》などが家々の門口に立ち、芸や音曲を披露する。

駕籠の脇を覆う茣蓙《ござ》には、窓が開いている。そこから顔を覗《のぞ》かせて、お萩は回《まわ》り灯籠《どうろう》でも目にするように、夢中で見入っている。

三人の中でいちばん目方が軽いために、お萩はお麓の駕籠に乗ることになった。開いた窓からは隙間風が入る。窓覆いを閉めておきたいが、こんな顔をされては何も言えない。

「厚い綿入れを着込んできてよかったよ。これ、お萩、端に寄り過ぎると、駕籠からころげ落ちちまうよ」

お萩がこちらをふり向いた。寒風に吹きさらされて頬は真っ赤、瞳は日を含んだようにきらきらと輝いている。あたりまえの子供のような無邪気な顔は、初めて見る。柄にもなく、胸がうずいた。

駕籠は芋洗坂《いもあらいざか》から赤坂の方角に向かい、赤坂御門に入った。どこをどう走っているのか、さっぱり見当がつかなかったが、やがて水道橋を渡った。つまりは外堀と内堀のあいだを、北へ突っ切ったということだ。城に近いこの辺りは武家屋敷《やしき》が多く、道は人が少ないから駕籠を走らせるにはちょうどいい。それでもところどころに町屋が挟まっていて、そのたびにお萩は、楽しげに見入っていた。

水道橋から神田川を渡り、川沿いを少し東に行くと、湯島聖堂が見えてくる。その裏手が神田明神、そのまま不忍池《しのばずのいけ》の方角に行くと、湯島天神があった。

駕籠は湯島聖堂に至る前に、道を北に折れた。湯島聖堂と神田明神に挟まれた道に、ゆるい弧を描きながら、湯島一丁目から六丁目までが続いている。

戸田屋は、湯島五丁目にあった。相応に構えの大きな金物問屋で、店先に立つと、いまさらながら怖気《おじけ》に似た気持ちがわいた。

「ここまで来てなんだけど、こんなにぞろぞろとくっついてっちゃ、迷惑じゃないのかい？」

「大内儀の客なんだから、胸を張ってお入りな。とはいえ、着物が地味だねえ。それじゃあ、おつきの婆《ばあ》やみたいじゃないか」

「ほっといておくれ。あんたらの仲間入りをするつもりはないからね」

お菅の借り物の晴着も、年相応とは言い難《がた》いが、今日のお修は、さらに輪をかけて気合が入っている。梅鉢《うめばち》模様を散らした薄紅の着物と、濃紫《こむらさき》の帯は、この日のために仕立てさせたという。

派手な三人組ととられるくらいなら、おつきの婆やの方がまだましだ。

「これは大内儀、明けましておめでとうございます。本年もどうぞよしなに」

商家の初売りは、二日と相場が決まっているが、年賀の客を迎えるためか、店の表戸は二枚外されて、店内にふたりの手代がいた。お修と年始の挨拶を交わしながら、見慣れない年寄りと子供を、ちらりと見遣《みや》る。

「さあ、三人とも上がっておくれ。遠慮はいらないよ、ここはあたしの家なんだから」

物言いたげな使用人には目もくれず、案内もなしに奥に通る。しょうことなしに、後を追った。

店から続く長い廊下の中程から、楽しげな笑い声が響いてくる。

しかしお修が座敷《ざしき》に顔を出したとたん、ざわめきはぴたりと鳴りを潜めた。

座敷には、五、六人の大人と、同じほどの数の子供がいた。そのすべての視線が、お修に刺さるようだ。さっきまでの華やいだ座が一変して、気まずい空気が流れる。

これが自分なら、とても耐えられない。厚塗りの化粧も派手な衣装も、この身内に気圧《けお》されまいとするためか。そう思えるほどに、お修は平然としていた。

「初右衛門《はつえもん》さん、お千弥《ちや》さん、新年のご挨拶に伺いました」

その場にいたのは、主人夫婦とふたりの子供。そして親戚縁者であるようだ。

「お修さん、そちらの方々は？」

お義母《かあ》さんだの大内儀だの、意地でも呼ぶつもりはないのだろう。義理の娘であるお千弥の声と表情は、硬く強張《こわば》っている。

「あたしの古い馴染《なじ》みでね。一緒に年賀まわりをしてるんだよ」

「その子供は？　どちらかのお孫さんですか」と、主人の初右衛門がたずねる。

「ああ、この子はね、あたしら三人の孫みたいなものさ」

お萩を手招きし、自分の前に立たせる。お修は余念なく、お萩の晴着も注文していた。艶《つや》やかな瑠璃《るり》色に、裾と袖に大きな白い牡丹《ぼたん》をあしらった振袖だ。そこらの子供では着こなせない一品だが、お萩には実によく合って、市松人形かお姫さまのようだ。

座敷にいる子供たちも、相応に晴着を着込んでいるのだが、お萩とくらべるとくすんで見えるほどに、いわば格が違う。

なるほどと、お修の魂胆に気がついた。お萩を見せびらかして、自慢したかったのだ。

あっ、と初右衛門が、ふいに声をあげた。

「暮れに麻布の呉服屋が掛取りにきたのだが、納めた品の中に子供の着物や帯もあった。何かの間違いではないかと疑ったが、あれはもしや……」

「ええ、お萩のための品ですよ。よく似合っているだろう？」

「似合う似合わないの話ではない。あんな高い品を、子供に与えるなんて！　だいたい隠居手当は、ちゃんと決めたはずでしょう。なのに呉服屋や小間物屋から、とんでもない額の掛取りがきて、どんなに泡を食ったことか」

初右衛門は、憤然と言い放つ。見かねてお菅が、横合いから諫《いさ》める。

「子供の前で、喧嘩《けんか》はやめておくれな。ましてやお金のことなんて……」

「金の大事を学ぶのは、商家ではむしろ躾《しつけ》です。口出しは控えていただきたい」

「だけど、せっかくのめでたい正月なのに……」

「いいんだ、お菅。あたしもふたりに話があってね、場所を変えて、奥で話をさせてもらえないかい？」

お修の申し出に、初右衛門は鼻の上に、露骨に皺《しわ》を寄せる。

「金の無心なら、お断りですよ」

「お金の話じゃないんだ。ただ、頼み事があってね。話だけでもきいておくれな」

主人は疑《うたぐ》るように鼻の上に皺を寄せたが、思いがけず内儀のお千弥が応じた。

「いいでしょう、ただし私の方からもお話があります。そちらもきいていただけますか？」

義理の母娘《おやこ》の視線がぶつかって、火花が散った。お修は承知して、三人をふり向いた。

「お菅ちゃん、あたしが戻るまで、お萩を頼むよ。お麓、あんたには、あたしと一緒に来てほしいんだ」

「何だって、あたしが？　いわば身内の話だろ」

「頼むよ、お麓、後生だから」

お菅ほどお人好しではないつもりだが、娘夫婦との間柄は、思った以上にこじれている。何よりお修の表情は、いつになく真剣で、神妙だった。

わかったよ、と応じて、お修に続いて廊下に出た。少し離れた座敷に四人で移り、改めて娘夫婦と向かい合った。

「まずは、そちらの話を伺いましょうか。頼み事というのは何です？　念を押しますが、手当はびた一文、増やすつもりはありませんからね」

金遣いの荒さに辟易《へきえき》しているのだろうが、この婿もあまりにしつこい。お麓は思わず顔をしかめたが、驚いたことに、お修は畳に手をついて娘夫婦に頭を下げた。

「よけいな散財をさせて、すまなかったよ。今年の正月だけは、思いきり着道楽に費やしたかったんだ。いわば、最後の贅沢《ぜいたく》だからね」

「最後、というと？」

「金輪際、身なりの費《つい》えは控えて、決めた手当のうちでやりくりするよ。だから代わりに、ひとつだけ頼みをきいてほしいんだ」

まったく信用ならないと、主人は眉をひそめたが、お修は顔を上げて夫婦に告げた。

「あの子を、お萩を、戸田屋の養子にしてほしいんだ！」

娘夫婦ばかりではない。お麓もぽっかりと口をあけた。

十七

　お修《しゅう》の突然の申し出に、誰もが戸惑った。戸田屋の主人夫婦、初右衛門《はつえもん》とお千弥《ちや》を差し置いて、真っ先に物申したのはお麓《ろく》だった。

「お修、あんた、何言ってんだい。この前、手嶋屋《てしまや》の養子話を断ったばかりじゃないか」

「だから、あくまでも表向き、建前ってことさ。お萩はこれまでどおり、あたしら三人で世話をするよ。ただ、いざというときのために、後ろ盾が欲しいんだ」

「いざというときって……まさかあたしらが、ぽっくり逝《い》っちまうなんてことじゃ」

「やめとくれよ、縁起でもない。あたしが案じているのはね、あくまで手嶋屋のことさ」

　手嶋屋の息子を通して、きっぱりと断ったものの、相手が諦《あきら》めたかどうかわからない。そして手嶋屋と同じ手合いが、また現れないとも限らないともお修は言った。

「お萩の器量は、砂糖みたいなものさ。次から次へと蟻《あり》が群がってきてもおかしくない。あたしはね、砂糖を覆い隠す椀《わん》が欲しいんだ」

「たしかにこちらさんなら、お萩の後ろ盾としちゃ申し分ないがね……」

「冗談じゃない。実の子がいるのに、どうしてわざわざ養子など。もしやお義母《かあ》さん、あの子を使って、これまで以上に隠居手当を引き出そうって腹ですか？」

　ただでさえ金遣いの荒い義母が、新手を使ってきたのかと、初右衛門は頭から疑っているようだ。

「そうじゃないんだよ、初右衛門さん。お金の無心は、一切するつもりはないんだ」

「信用できませんね。その派手な身なりが、何よりの証《あか》しです。これみよがしに着飾って。その贅《ぜい》を尽くした着物に、あたしどもの毎日の稼ぎが費やされているのかと思うと涙が出ます」

ずけずけと容赦がないが、それだけ腹に据えかねているのだろう。商家の奥向きは、意外にも質素だ。かつて商家に奉公していただけに、お麓も内情は知っていた。

同時に、お修がどうして着道楽に走ったか、わかるようにも思えた。

義理の娘は能面さながらの冷たい表情を崩さず、婿は厄介者あつかいを隠そうともしない。親がその調子では孫たちが懐《なつ》くはずもなく、奉公人ですら大内儀を軽んじる。

先代の富右衛門《とみえもんな》亡き後は、いっそう身の置き所がなくなったに違いない。

「前々から言っておりますが、少しは隠居らしく年寄りらしく、謹んでいただきたい」

隠居らしく年寄りらしく、家の隅で背中を丸めていては、誰の目にも止まらない。

まるでいない者のようにあつかわれるくらいなら、いっそ嫌われた方がまだましだ。

周囲が無視できぬほどの、孔雀《くじゃく》のごとき飾りようは、自分はここにいるのだと、いわば存在を主張する、お修の足掻《あが》きではなかろうか。

お麓の見当を裏打ちするように、お修は神妙な声音で告げた。

「着道楽は、これっきりにするよ。いまは着物より、お萩の方が大事だからね」

「そんな掌《てのひら》を返すように言われても。口約束なぞ、当てになりませんからね」

「何なら、初右衛門さんが納得のいく額まで、隠居手当を落としてもらっても構わない」

口先だけと侮《あなど》っていた初右衛門が、大きく目を見開いた。

「本気ですか？」

「ああ、本気さ。ここで証文を交わしたっていい。そのかわり、お萩のことだけは頼みたいんだ」

疑わし気な目つきをしながらも、悪くない取引と思えたか、初右衛門が考え込んだ。

しかしそこに、冷水《ひやみず》のようにお千弥の声が割って入った。

「旦那さま、今後の隠居手当など無用です。びた一文、払うつもりはありません」

「おい、お千弥……そういうわけにも」

「もちろん養子の件も、お断りいたします」

お千弥の口許《くちもと》には、うっすらと笑みが浮かんでいる。それがよけいに能面を思わせて、お麓は首筋に寒気を覚えた。お修を見詰める目は、獲物を狙《ねら》う蛇《へび》を思わせた。

「先日、お修さんのご親戚という方が、訪ねて参りましてね。色々とお話を伺いました」

お修の顔色がすうっと青ざめたのが、厚化粧越しにも見てとれた。

「それにしても、驚きました。まさかお修さんが若い頃、深川でいかがわしい商売をしていたなんて、思いもしませんでした」

「本当か、お千弥？」

「ええ、旦那さま。掛け値のないまことです。そうですよね、お修さん？」

ふうっとお修が息を吐き、氷漬けのように固まっていた肩から力が抜けた。

「まるで鬼の首をとったようだね。そんなにあたしのことが嫌いかい?」

「ええ、心底嫌いです。まさかお母さんの後に、あなたのような人が居座るなんて、悪夢としか思えなかった」

よけいな昔話をしていったのは、お修の従妹《いとこ》だった。小遣い銭を借りにきたが、当のお修はおらず、代わりにお千弥が手厚くもてなした。酒の勢いで、うっかりその秘密をしゃべってしまったのだ。

「おとっつぁんは騙《だま》せても、あたしは騙されない。あなたのような不埒《ふらち》な人を、これ以上、戸田屋に置くわけには参りません」

「騙してなぞいない。富さんには昔のこともひっくるめて、すべて明かしたんだから」

「嘘《うそ》おっしゃい!」

「本当だよ、神仏に誓ってね。あたしだって、わかっていたさ。大店《おおだな》の内儀に、ふさわしい身の上じゃあないってね」

妻として戸田屋に迎えたいと告げられたとき、お修は一切を、富右衛門に白状した。その上で富右衛門は、改めてお修を妻にと望んだ。しかし娘や娘婿が、認めるはずもない。昔の経緯だけは、自分一人の胸に留《とど》めると、富右衛門は約束した。

「おとっつぁんが亡くなったいまとなっては、何とでもごまかしが利《き》きますからね。信じる謂《いわ》れはありません」

お修が何を言おうと、お千弥はきく耳をもたない。

「どちらにせよ、いまの主人は先代の父ではなく、当代の旦那さままでです。これ以上、身持ちの悪い女を、戸田屋の内に留めるわけには参りません。きっぱりと、縁を切らせていただきます」

これまでの鬱憤《うっぷん》を晴らすかのように、お千弥は容赦なく達した。

いつかこんな日がくると、お修はどこかで覚悟していたのかもしれない。諦めたように、長いため息をついた。

お修には似つかわしくない神妙なさまも、勝ち誇ったようなお千弥の顔も、何もかも気に入らない。最前から覚えていたむかつきが、お麓の中でふいに弾《はじ》けた。

「世間知らずのお嬢さまが偉そうに……まさに井の中の蛙《かわず》だね。この家から出たこともなく、世間の風の冷たさも知らない。だからいい歳《とし》をして、子供みたいな理屈しかこねられない」

お千弥は眉間に皺《しわ》を寄せ、お麓をじろりと睨《にら》んだ。

「あなたには関わりのないこと。要らぬ差出口《さしでぐち》は控えてください」

「あまりにも、きくに堪えなくてね。だいたい、色商いのどこが悪いってんだい。どうしてそれで、戸田屋を出される羽目になるのか、さっぱりわからないね」

「ちょいと、お麓、何を……」

止めに入ったお修を身ぶりでさえぎり、お麓はお千弥と視線を合わせた。

「お修はね、親の借金を肩代わりして、十五で身売りさせられたんだ。その借金を、この身ひとつで立派に返したんだよ。親孝行だと、褒められて然《しか》るべきじゃないか」

「お麓、あんた……知ってたのかい」

「噂《うわさ》に戸板は立てられないからね。ひと月遅れだったけど、耳に入ってきたよ」

当時、お麓は十七で、武家屋敷《やしき》で行儀見習をしていた。半年ぶりに実家に帰ると、お修はすでに麻布から消えていた。

『遠くの親戚に預けたと、お修ちゃんのおとっつぁんは言ったそうだけど……あたしらにさよならも言わないなんておかしいよ。身売りしたに違いないって、近所ではもっぱら囁《ささや》かれていて……』

お麓の耳に入れたのは、外ならぬお菅《すげ》である。お修の父親は、いわゆる酒呑《さけの》みのぐうたらで、母親はお修と妹を置いて家を出た。噂は本当に違いないと、当時のお麓にも察しがついた。二年後には、妹もまた同じ言い訳のもと、麻布からいなくなったからだ。その妹はからだを壊し、色街から出ることなく亡くなったと、やはりお菅を通してきいていた。

「世間にはね、ろくでなしの親があふれてるんだ。あんたのおとっつぁんみたいな、優しくて頼りがいのある親ばかりじゃない。大店に生まれて不自由なく育って、おっかさんに死なれても、おとっつぁんには大事にされたんだろ？　いまのあんたは、父親を横取りされたと、駄々をこねてる子供と一緒だ」

「お黙りなさい！　あなたに何がわかるというの！」

「わからないさ。人の物思いなぞ、所詮は他人にわかりっこない。それでもね、わからないなりにつき合いようを手探りするのが、大人ってもんじゃないのかい。いまのあんたは、ただ八つ当たりしているようにしか見えないよ」

お千弥の血相が変わり、こめかみに筋が浮いた。怒りに燃えた目が、お修とお麓を捉える。

「あたしは、好いた人を諦めるしかなかったのに！　家付きのひとり娘だから、好いた相手と一緒になれなかったのに！　どうしておとっつぁんだけ、勝手を通すのよ！」

「お千弥、おまえ……」

寝耳に水だったのか、ぽっかりと初右衛門が口をあける。

「大店に生まれた者が、惚《ほ》れた腫《は》れたで夫婦になれるわけもない。娘のあたしが弁《わきま》えていたのに、いい歳をしたおとっつぁんが、しかもよりにもよってこんな女と！　腹が立って情けなくて、堪えようがなかった！」

畳に突っ伏して、子供のように泣きじゃくる。初右衛門はおろおろしながらも、辛抱強く妻の背をさする。その姿をしばしながめて、お修はふっと笑いをこぼした。

「泣かせてごめんよ。でも、最後にあんたの本音がきけてよかった。能面みたいなすまし顔より、ずっといい。だって、人らしいじゃないか」

お修は初右衛門に後を任せて、座敷《ざしき》を出た。お麓もしょうことなしに、後に続く。

「いいのかい、このまま縁を切られても。明日から、生活《たつき》はどうするんだい？」

「着物なぞを売れば、しばらくは暮らしていけるし、それが尽きれば、また働くまでさ。なにせあたしは、この身ひとつで凌《しの》いできたんだからね」

「いや、この歳じゃ、仲居だって無理だろう。重いお膳を運ぶから、あれは存外、力仕事なんだろう？」

「先を悩んだって仕方がないさ。なるようにしかならないよ」

その顔がすっきりと晴れやかで、お麓の胸にも安堵《あんど》がわいた。客間で待たせていた、お菅とお萩とともに外に出る。

辻《つじ》で待たせていた駕籠《かご》に乗ろうとしたところに、初右衛門の声がかかった。急いで追いかけてきたらしく、息を整えてから用件を切り出した。

「お義母さん、養子話はお受けできませんが、隠居手当はこれまでどおりお届けします」

「え？　どうしてまた……」

「正直、世間体もありますし、何よりも先代の遺言ですから。お義母さんのことをくれぐれも頼むと、お義父《とう》さんからは言い付かっておりました」

「富さんが、そこまで……」

と、お修がにわかに涙ぐむ。お麓は初右衛門に、頭を下げた。

「旦那さんにもお内儀にも、すまないことをしたね。あたしの方こそ年甲斐《としがい》なく、つい出過ぎた口を……」

夫婦仲に障《さわ》るようなことはあるまいかと、お麓は案じていた。

「いや……夫婦でありながら、お千弥の物思いに気づけなかった。あたしにも、迂闊《うかつ》がありました。それに……お千弥のあんな姿は初めてで、何やらほっとしました」

あの能面じみた堅苦しさは、家付き娘たる覚悟の現れであったのだろう。思いがけず面が割れ、子供じみた中身がとび出したが、初右衛門には好もしく映ったようだ。

お麓はほっと胸を撫《な》でおろし、お修とともに礼と暇を告げた。

「ああ、お義母さん。手当の額については、また改めてご相談させていただきます。やはり少々、掛かりが過ぎるようですから」

しっかり者の婿を、お修は忌々し気にちらりと睨んだ。

十八

「お萩姉ちゃん、へったくそだねえ！　ちっとも羽根つきにならないよ」

「これ、おまあ、その言い草は何だい。すみません、お義母《かあ》さん、手習いに通うようになってから、すっかり生意気になって」

「いいさ、いいさ。おまあは七つになったんだろ？　口が達者になるのもあたりまえだよ」

お菅は、久々に孫に会えてご満悦だ。嫁のお網《あみ》の申し訳を、笑顔で受ける。

お網はお菅の長男の嫁であり、今日で七歳になった娘のおまあと、三歳の男の子がいた。

「お萩はもしや、羽根つきは初めてかい？」

お菅の問いに、お萩はこっくりと首をふる。傍《かたわ》らから、お網が口を添えた。

「だったら追羽根《おいばね》より揚《あげ》羽根の方が、こつが摑《つか》めるかもしれませんね」

羽根つきには、一年の厄をはねるとの意味がある。ふたりで打ち合うことを追羽根といい、揚羽根はひとりで羽根を打ちながら、打った数を競う遊びである。

　お萩がお年玉としてもらったのは、飾るための押絵《おしえ》羽子板だが、遊ぶ折には板だけの簡素な羽子板を使う。羽子板はおまあが、羽根とともに近所の友達から借りてきた。羽根は黒いムクロジの種子に、鳥の羽毛をつけたものだ。

「どれ、ちょっと貸してごらん。こう見えても、子供の頃は得手だったからね」

　お菅は年甲斐《としがい》もなく張り切って、お萩から羽子板を受けとり、揚羽根をしてみせる。

「あまり高く上げ過ぎず、こうやって下から調子よく受けるとね、ほら、長く続くよ」

「おばあちゃん、うまあい！」

「ほんと、お義母さん、お上手ですね」

　落ちてはまた空に向かう羽根の行方を、お萩もまた興味深げにながめている。

　傍《はた》から見れば、仲の良い姑《しゅうとめ》と嫁、そしてふたりの孫に見える。

　羽根つきに興じる四人を、お麓はお修と並んでながめていた。

「たしか、鬼のような嫁だと言ってなかったかい？　あたしのきき違いかねえ、お麓」

「いいや、お修、あたしもこの耳でそうきいたよ。しかも何べんもね。愚痴ってのは、半分差っ引いてちょうどいいと、わかっちゃいたんだがね」

「まあ、次男の方は鬼嫁に違いなかった。半分はたしかに当たっていたがね」

　戸田屋を辞したお麓たちは、駕籠《かご》を湯島から南に向けた。次の年始まわりの先は、お菅の息子たちである。まずは湯島に近い、次男夫婦が住んでいる神田に寄ったが、長屋が狭いとの理由で家にも上げてもらえなかった。

「せっかく実の母親が、年始に顔を出したってのに、何てあつかいだい！　ことにあの嫁ときたら、高飛車で感じが悪い。息子はすっかり、尻に敷かれているじゃないか」

お修は大いに憤《いきどお》り、早々に神田を立つと、新橋に行くよう駕籠舁《かごかき》に指図した。

長男の宮七《みやしち》とお網の夫婦は、新橋に近い芝口に住んでいた。

こちらもまた狭い長屋暮らしながら、次男夫婦と違って喜んで迎え入れてくれ、ひとごとながらほっとした。神田での無下なあつかいに、お菅は少なからずしょげていたからだ。

「お寒くありやせんかい。よかったら、中でお茶でも。下の子も昼寝を始めて、ようやく静かになりやしたし」

宮七が、長屋の内から出てきて声をかけた。

冷えてきた折だけに、熱い茶は有難《ありがた》い。喜んで招きに応じ、座敷《ざしき》の端に並んで腰を下ろした。

宮七がふたりの前に、湯気の立つ茶碗《ちゃわん》を置いた。

ゆっくりとすすり、ほっと人心地ついた。高い茶ではないが、淹《い》れたてで香りがいい。きっと正月用の、とっておきの茶であろう。お麓は長男に、礼を告げた。

「ふいに訪ねたってのに、気を遣わせてすまないね」

「いや、茶の一杯くれえあたりまえでさ。お袋がいつもお世話になって……」

と、宮七は、ばつが悪そうに下を向いた。

「なのに挨拶にも行かず、不義理を通しちまって……あっしらの方こそ面目ありやせん」

少なくとも、気にはかけていたようだ。宮七は申し訳なさそうに、詫《わ》びを口にした。

「あんたの嫁さんとは、お菅ちゃんも気が合いそうじゃないか。一緒に住んでも、障《さわ》りはなさそうに見えるがね」

宮七は朴訥《ぼくとつ》な人柄で、お網も気の細やかな女房《にょうぼう》だ。どうしてお菅と同居してやらないのかと、お修が遠慮のない口調でたずねる。

「おれも女房も、決してお袋を疎《うと》んじているわけじゃねえんです。ただ、お袋の節介に、女房の方が参っちまって」

お菅は亭主を亡《な》くしてから一年と半年ほど、この長男夫婦の家に厄介になった。

お網は下の子を身籠りながら、外に働きに出ていた。嫁がいないあいだ、お菅はおまあの面倒を見て、また家事も一手に引き受けて、最初の一年は上手《うま》く行っていたという。しかし長男が生まれると、雲行きが怪しくなった。

「お網はもとより乳の出がよくなくて……それをお袋にあれこれ言われて、気に病むようになりやして」

お網は乳の出が悪い体質で、長女のときも近所から貰《もら》い乳をしながら娘を育てた。しかしふたりの息子を母乳で育てたお菅は、それをよしとせず、大げさに言い立てた。

「乳が出ないのは、食が細いからだよ。餅や米をもっとたんと食べないと。母親のお乳が足りないと、育ちが悪いというからね」

押しつけがましいのが、お菅の難点だ。悪気がないのも、ある意味たちが悪い。

お綱も期待に応えようと努めたが、乳の出はやはり捗々《はかばか》しくない。お綱にしてみれば、追い詰められていくように思えたろう。そこにさらに、新たな悶着《もんちゃく》がもち上がった。

「生まれてまだ三月《みつき》だってのに、働きに出るなんてとんでもない！」

「でも、お義母さん、叔父夫婦の店ですし、坊やも一緒に連れていきます。おまあのときも同じように働いて……」

「仕事のあいだは、放《ほ》ったらかしにされるんだろ？　子供らが可哀想《かわいそう》じゃないか！　せめて子供が小さいうちは、傍にいてやらないと。それが母親ってもんだろうに」

お綱の叔父夫婦は、芝口からほど近い新橋の北詰で、小さな甘酒屋を営んでいた。姑と同居する前は、お綱は娘を連れて店に通い、仕事のあいだは叔父の家の者がおまあの面倒を見てくれた。木挽《こび》きを生業《なりわい》とする宮七も、女房に稼ぎがあるのは心強い。

しかしお菅は、この件ばかりは強情に食い下がった。

「お袋に毎日くどくどとやられて、お綱はすっかり参っちまって。このままじゃ気鬱《きうつ》の病になりかねないと、甘酒屋の叔父夫婦にも心配されやして」

「なるほどね……それっぱかりは、あたしも嫁さんの肩をもつよ」

「平たく言やあ、お菅はその辺りの了見が狭いからね」

宮七の話に、お麓とお修は大いに納得し、お綱に同情する。

女が仕事をもつことは、江戸では決してめずらしい話ではない。というのも、庶民に「結婚」が強いられるようになったのは、明治以降であるからだ。

「結婚」とは、婿養子を除けば、妻が夫の家に嫁することだ。妻は財産をもつことが許されず、家父長制のもと家に縛りつけられることとなった。

しかし江戸期までは、「婚姻」という約束事を交わすのは、貴族や武家といった身分のある家や富裕な者に限られ、庶民のあいだの夫婦とは、もっと緩い間柄である。夫婦はまさに一緒になるもので、法的には未婚も多く、夫婦別姓、夫婦別財があたりまえであった。

つまりは妻にも経済的な自由があり、自立するためには仕事が必要となる。惣菜《そうざい》は出来合いのもので済ませ、子供を子守りに預けて仕事に出る女房も多かった。

独り身が長かったお麓やお修からすれば、お絅の言い分はもっともであるのだが、家事が得意で、育児を生きがいとしたお菅には、受け入れがたく思えたようだ。

結局、叔父夫婦があいだに入ってお菅を説き伏せ、まだ産後で気が立っているからとの理由で、しばらくのあいだ、姪《めい》夫婦と別居してくれまいかと打診した。

「半年だけとの約束で、弟夫婦のもとに移ってもらいやしたが……半年もたなかったようで」

気の強い次男の嫁とも反りが合わず、逆に次男夫婦から母を引きとってほしいと相談を受けた。

とはいえお絅の叔父夫婦が反対し、また女房に無理を強いるのもはばかられる。

「やれやれ、あっちでもこっちでも邪険にされて、すっかり厄介者あつかいじゃないか」

お修が呆《あき》れた声をあげ、すいやせん、と宮七が肩をすぼめる。

煤《すす》けて価値のない古道具のようにたらい回しにされるのは、誰であろうと辿《たど》りたくない顚末《てんまつ》だ。どんなに図太い人間だろうと、これは応える。情や身びいきから息子を恨むことはできず、すべてをそのつれ合いのせいにした。

ふたりの嫁を鬼と称したお菅の心持ちが、いまさらながらにわかるような気がした。

宮七は悩んだ挙句、からだが達者なうちは、ひとりで暮らしてほしいとお菅に頼み込んだ。

「家はこの近くで探すつもりでいましたが、急に麻布に移るとお袋が言い出して……」

「それって、去年の二月だろ？　あたしも覚えているよ」

と、お麓が顔をしかめる。お菅がふいに、おはぎ長屋を訪ねてきたのは、去年の二月半ばだった。麻布に住まうお菅の甥《おい》、宮七には従兄《いとこ》にあたる男が、お麓が麻布に戻ってきたと、お菅に伝えたことがきっかけだった。

――後生だから、泊めておくれよ。二、三日で構わないからさ。
二、三日どころか、十日経《た》ってもお菅は腰を上げようとせず、遂《つい》には居座ってしまった。
「一度くらい、麻布にようすを見にきても、よさそうに思うがね」と、つい嫌味を吐く。

「いや、訪ねてくるなと言ったのは、お袋の方でさ」

「何だって？　そりゃ本当かい？」

「しばらく顔を見たくないと、ぷりぷりされやして。仕方なく、麻布にいる従兄から時折ようすをきいていたんでさ」

「それじゃ何かい？　来るなと言っておいて、来ないと嘆いてたってことかい。お菅ちゃんときたら、とんだ役者じゃないか」

もとより不毛な愚痴が、半分は作り話だった。無駄な時を費やしたものだと、がっくりするお麓に、お修は言った。

「いいじゃないか、洒落《しゃれ》が利《き》いていて。あたしは嫌いじゃないよ。気散じになるなら、嘘《うそ》も方便さ」

人によっては、恨んだり憎んだり、物思いが暗い方へと向かう者もいる。ほとほとはた迷惑なお菅の愚痴だが、鬱々とした暗さを払って、少しでも明るい方を見ようとする、知恵と言えるかもしれない。

帰りがけ、宮七は有難そうに、ふたりに向かって腰を折った。

「お袋が達者でいるのは、おふたりのおかげです。お麓さん、お修さん、厄介をかけやすが、お袋のこと、よろしくお頼申しやす」

「どちらかと言えば、あたしらよりお萩のおかげだがね」

「厄介は、あたしらだって同じだよ。厄介者同士、仲良くやるさ」

お麓がいつもの皮肉口調で返し、お修はさばさばと宮七に応じる。少し離れたところでは、お菅とお網が向かい合っていた。

「お義母さん、またいつでも遊びにいらしてくださいね。それと……お義母さんにはずっと、お詫びをと……」

蒸し返すことをためらったのか、お網がにわかに口ごもる。嫁の無言を、お菅が埋める。

「すまなかったね、お網。よけいな差出口をして、あんたを悩ませちまったね」

「いえ、お義母さん、あたしの方こそ謝らないと……」

「謝ることなんて何もないさ。お網、あんたは息子のいい女房で、ふたりの子供のいい母親だよ」

「お義母さん……」

お網が涙ぐみ、お菅は嫁の手を握る。いい場面を混ぜ返すように、お修が言った。

「あんな格好のいい台詞《せりふ》を、お菅ちゃんが吐くとはね。ちょいと見直したよ」

「あたしは逆に、人の世の世知辛さを感じるがね」と、お麓は返した。

お菅も、そしてお網も、世間並に人の好《よ》い女房だ。それでも共に暮らせば、波風が立つ。

「いいじゃないか、麻布と芝くらいがちょうどいい。嫁と姑は、そのくらい離れていたって悪くはないさ」

遊び疲れたのか、麻布に戻る駕籠の中で、お萩は眠ってしまった。

「ちょうどいい、か……あたしらにもおはぎ長屋が、ちょうどいいのかもしれないね」

お萩の寝顔をながめながら、お麓はふっと笑みをこぼした。

十九

「さ、明日は、お麓の身内に会いにいかないと」

おはぎ長屋に近い辻《つじ》で駕籠《かご》を降りると、お修が言った。

「お麓にだけ不義理をさせるつもりはないからね。一日遅れになっちまうが許しとくれよ」

お修の婚家たる戸田屋と、お菅の息子たちの家をまわって、麻布に戻る頃には日が暮れかかっていた。駕籠の中で眠っていたお萩は、未《いま》だ眠そうに目をこすり、お麓やお菅も慣れぬ外出でくたびれていたが、お修だけは意気軒昂《いきけんこう》だ。お麓は素っ気なくこたえた。

「あたしはいいよ。両親は先立ったし、訪ねる家なぞないからね」

「でも、兄さんがいたろう？　ええと、何て言ったっけ、たしか目出度《めでた》い名で……」

「福一郎《ふくいちろう》さんだろ？　お麓ちゃんの四つ上で、あたしらは福さんと呼んでいた」

お菅はどういうわけか、人の顔と名前だけは滅法覚えがいい。噂話《うわさばなし》の摑《つか》みも早く、それだけ人に関心があるのだろう。

「福さんとは、やりとりが続いているんだろ？　だって時折、福さんの知り合いって人が、訪ねてくるじゃないか」

お麓は眉間にしわを寄せた。こういうことだけは、お菅は実によく見ている。それがいささか鬱陶《うっとう》しい。

「あれは金の無心に来るだけさ。何年か前に足を悪くして、歩くのが難儀だからね。近所の者を寄越すんだよ」

「兄さんに身内はいないのかい？」と、お修がたずねる。

「ああ、結局、男やもめを通しちまってね」

兄妹《きょうだい》そろって伴侶には縁がないと、自嘲気味に語った。

「どうせなら、兄妹そろって暮らせばいいのにね。この世でふたりきりの身内なんだから」

「冗談じゃない。兄の顔なぞ、見たくもないよ」

吐き捨てるように言い返したのは、お菅の物言いが気に食わなかったからだ。身内の縁だの情だの、そんなものにずっと縛られ続けてきた。頼りない兄に代わり、一家の大黒柱役を否応《いやおう》なく背負わされてきた。その怨《うら》みが、今更ながらに込み上げてくる。

「身内への義理があるとしたら、もうとっくに返し終わってる。これ以上、金の無心は勘弁してくれと、何度言ってもまた人を寄越す。あんな不甲斐《ふがい》ない兄なぞ、さっさと死んでくれた方が……」

とん、とお修が肘でつつく。我に返ると、少し驚いた顔で、お萩が見上げていた。

「たとえ身内だって、相性の合う合わないはあるからね。一筋縄ではいかないさ」

お修がその場を取り繕ってくれたが、子供の前で、汚い本音を吐いてしまったと、苦いものが口の中に残った。

疲れていたのに、その晩はなかなか寝付けず、沼地に浮かぶ濁った色の泡のように、昔のことばかりが、ぶくりぶくりと浮かんでは弾《はじ》けた。

お麓にとっては思い返したくもない、つまらないばかりの過去だった。

子供の頃にはあまり気にしなかったが、三人の中でもっとも裕福だったのは、お麓の家であろう。

お修の父は職人で、お菅の両親は小店を営んでいた。

対してお麓の家は、麻布の表通りに間口六間の店を構えていた。商家としては並といったところだが、それなりに使用人も多く、少なくともお金の心配はしたことがない。

家業は『讃州屋《さんしゅうや》』という明樽《あきだる》問屋で、空樽が商売の種である。

酒や醤油《しょうゆ》などの空樽は、空樽買《かい》が天秤《てんびん》を担《かつ》いで「たるはござい、たるやでござい、あきだるはござい」と呼びながら方々で集める。その空樽を買いとって業者に卸すのが明樽問屋で、醤油の樽なぞは古いものほど良いとされた。

七歳で鳩塾《はとじゅく》に入門したのは、すでに兄が通っていたからだ。

境川筑後守《さかいがわちくごのかみ》の屋敷《やしき》に面した町屋に、波戸庄六《はとしょうろく》が開いたこの塾は、もともとは近隣の武家の子弟のための学舎だった。しかし評判をききつけた町屋の者たちから、子供を入門させたいと乞《こ》われるようになり、波戸はこれを受け入れた。

三人が鳩塾に通っていた当時は、四十人ほどの筆子がいたが、数は町人の方が多かった。もっとも武家と町人では部屋は別になっていて、武家の子のための、いわゆる上の間では、数日に一度、波戸自らが武家に必須の『論語』などの講義も行う。

一方の下の間は、町中の手習所と変わらず、鳥の巣のように絶えず騒々しい。師匠ひとりではとても手がまわらず、若い武士が三、四人、手伝っていた。

「波戸先生も若先生も、お旗本のご家来なのでしょ？　家来の仕事はしなくていいの？」

不思議に思い、兄にたずねたことがある。

「波戸先生は、早くに隠居なすって、鳩塾を開いたんだ。若先生たちは、嫡男ではないからね。

お家の役目には就いていないんだ」

すらすらと兄はこたえた。福一郎は幼い頃から利発で、師匠の波戸からも目をかけられていた。町人では限られた者にしか許されない上の間の講義も、十歳から受講しており、両親にとっても自慢の息子だった。お麓には、それがちょっと気に入らなかった。

「いいかい、お麓、くれぐれも兄さんの邪魔はしないように。おまえと違って福一郎は、真剣に学問に取り組んでいるのだから」

「あたしだって真剣にやってるもん！」

「女子に学問なぞ要りません。読み書きさえできれば十分です」

母はそういう人で、妹の十倍は兄に手をかけていた。兄が銀シャリなら、お麓のことは沢庵《たくあん》の尻尾《しっぽ》程度にしか思っていない。不満はあったが、嫡男大事はどこの家にも通ずることだ。またお麓は読み書きが得手な一方で、算術はまったく苦手だった。どちらも長《た》けていた兄には、到底およばない。

お麓が早々に割り切ったのは、母の意見に賛同する者が、他にも身近にいたからだ。

「そりゃあ、そうよ。女はどのみち嫁に行くんだから、学問なんて役に立たないよ」

「あたしも本当は、手習いよりお針やお台所を覚えたいんだ」

言うまでもなく、お修とお菅である。お麓が入門した翌年、お菅が入ってきて、その半年後、お修も加わった。歳《とし》はひとつずつ違うのだが、いちばん下のお修がませていたこともあり、年の差は感じなかった。

「でも、もしも……もしもだよ。あたしたちがお武家にお嫁入りするなら、学問だって求められるでしょ？」

「あーっ、お麓ちゃんひょっとして、この前見かけた若さまに岡惚《おかぼ》れしたでしょ？」

「違うもん！　お修ちゃんたら、変なこと言わないで！」

ちなみに鳩塾では、武家の女子は受け入れておらず、これはおそらく、「男女七歳にして席を同じゅうせず」という不文律が、武家には存在したためだろう。

「あの若さま、素敵だったね。あたしもああいう人のお嫁さまになって、毎日、お給仕《きゅうじ》してあげたいな」

「お菅ちゃん、お武家なんだから、お給仕は女中の仕事だよ」

「お武家は存外貧乏で、女中を置けない家も多いってきいたよ。あたしはお武家より、お金持ちの商家がいいな」

「だったら、お麓ちゃんの家は？　福さんのお嫁さんになればいいよ」

「お麓ちゃんちじゃ、構えが足りないな。間口十間以上の、大店《おおだな》に限るもの」

「あたしだって、お修ちゃんの小姑《こじゅうと》になるなぞご免だよ」

夢ばかりは無限に広がっていたが、やりとりは歳をとったいまと、たいして変わりはない。その当時はお修の父もまともに働いていて、酒浸りになって荒れたのは、三人が鳩塾を終えてからだ。

子供の頃は、いまとさして変わらぬ暮らしが続くものだと、どこかで信じていた。

ある意味、それを全うしたのは、お菅だけだ。

お修が麻布からいなくなった翌年、お麓の人生も大きく転じた。


父が倒れたと知らされたのは、お麓が十八になったばかりの正月半ばだった。

お麓はそれより二年前の三月、十六で花嫁修業のために、さる武家に奉公に出された。あとひと月半で年季が明け、縁談もちらほら舞い込んでいると、母からきかされていた矢先のことだった。

一ツ橋御門や雉子橋《きじばし》御門に近い駿河台《するがだい》南は、通称で小川町と呼ばれ、武家屋敷が多かった。お麓が奉公していた屋敷も小川町にあり、急ぎの文を受けとってすぐさま駆けつけたが、父の死に目には間に合わなかった。

突然の父の死は応えたものの、それから一年ほどは、お麓もまだ呑気《のんき》だった。父の四十九日の法要の頃に、お麓は花嫁修業を終えて実家に戻り、見合話を吟味《ぎんみ》する母の話に耳を傾けていた。

「私はね、磐城屋《いわきや》さんがいいと思うのよ。うちと取引のある赤坂の酢醤油問屋で、構えも申し分ないし、何といってもご長男だからね。やっぱり嫁ぐなら、跡取り息子でないと。おまえの五つ上だから、歳回りもちょうどいいしね」

父の一周忌を終えて喪があけるまで、祝い事は日延べされる。祝言《しゅうげん》は来年になるだろうが、うきうきと語る母につられて、どんな相手に嫁ぐのだろうと娘らしい夢も描いていた。

しかしその年の暮れになって、とんでもない事実を番頭から知らされた。

「お金がないって、どういうこと？」

「平たく言えば、旦那さまが騙《かた》りに遭ったのです。房州の大きな醬油の蔵元から、仲買人を通して話があって、上物の醬油樽を何十も納めました。ですが、手代が房州まで掛取りに行ってみると、蔵元はまったく与《あずか》り知らぬ話で、樽も届いていないというのです」

旦那さまとは、店を継いだ兄のことだ。調べてみると、すべては仲買人を名乗った男の嘘《うそ》であり、上物の樽をまんまと奪われたのだ。

「初顔の仲買人には気をつけるよう、申し上げたのですが……人の好《よ》い旦那さまは、すっかり相手に丸め込まれて、こんな良い商売を断る謂《いわ》れはないと……」

「でも、それだけで、暮れの支払いに追いつかないなんて……こちらからの掛取りだってあるでしょう？」

師走《しわす》は掛取りの時期であり、半年、あるいは一年分の商いが、現金としてやりとりされる。番頭が焦《あせ》っているのは、入る金より出る金の方が多いと見越したからだ。

「実はそればかりではなく、当代になってから、いくつか卸先《おろしさき》が離れまして……樽の卸値を、一律にしたのがいけなかったようで」

卸値は、客先によってまったく違う。卸す品の数が多ければ安くなるという、単純な仕組みではない。つき合いの長さや客の事情、あるいは相手の押しの強さや計算高さによって、時には倍ほども値が違う。

利よりも理を重んじる福一郎には、それがどうしても呑《の》み込《こ》み難《がた》く、番頭らの反対を押し切って、酒の角樽《つのだる》ならいくら、一《いっ》斗《と》樽ならこの額と、卸値に定価をつけた。醬油樽は経た年数によって、上中下の位をつけた。

卸値が安くなれば歓迎されるが、値上げとなれば客も黙ってはいない。上得意を何軒も失う羽目になったが、福一郎は意に介さなかった。

「去っていった客は、いわばこれまで、まっとうな取引をせず私腹を肥やしていたに等しい。そのような連中の相手をせず、何よりも実直を旨《むね》とする。それが讃州屋の本分と心掛けよ」

まっとうと実直だけで通るほど、商いは甘くない。価格のばらつきは、機転や妥協、あるいは丁々発止のやりとりや、心意気もあったろう。先代の父や先々代の祖父が、その都度相談で決めた、いわば最適値であった。

それを一年もせぬうちに、福一郎は平らにならしてしまった。たしかに見晴らしはよくなったろうが、木陰も藪《やぶ》もない更地には、鳥も獣も寄りつかない。

学問に秀《ひい》で、曲がりのない気性なればこそ、福一郎は商売人にはまったく向かなかった。

「金繰りのこと、おっかさんには伝えたの？」

「はい、ですが大内儀も、旦那さまに任せておけば間違いはないと……」

商いに疎《うと》く、兄を信じ切っている母はきく耳をもたない。暮れの掛取りを凌《しの》ぐには、親戚などから金を工面するより他になく、番頭はお麓を頼らざるを得なかったのだ。

方々から借金して、その年の暮れはどうにか凌いだが、商いは傾くばかりだった。

翌年の暮れ、遂《つい》に万策尽きて、父の死から二年ももたず、讃州屋は看板を下ろした。

二十

「こんなボロ屋に住まうなぞ、私はご免ですよ。古いし狭いし、おまけに黴臭《かびくさ》いし、軒だって傾いているじゃないか」

「我慢してちょうだいな、母さん。うちにはお金がないんだから」

「困ったときに手を差し伸べてくれるのが、親類縁者ってものだろ？　なのに店が立ち行かなくなると、ちっとも寄りつかなくなって。薄情なものさね」

母は御門違《おかどちが》いの文句をぶつける。親類からは、すでに大枚を借りていて、それでも讃州屋は潰れてしまった。いわば借金を、踏み倒したに等しい。

それでも母が言うほど薄情ではなく、兄の働き口を見つけてくれたのは、父方の親戚である。福一郎は市ヶ谷《いちがや》の商家の手代として、お麓は小川町の武家屋敷《やしき》に奥女中として、それぞれ職を得た。

「そりゃ、お麓はいいだろうよ。武家のお屋敷住まいなんだから」

母の嫌味には、カチンときた。武家も商家も、奉公人はほとんどが住み込みだが、福一郎は母のたっての願いで、通い奉公として雇われた。兄が通えるようにと、同じ市ヶ谷にこの仕舞屋《しもたや》を借りたのもそれ故だ。

母の兄贔屓《びいき》は昔からだから、いまさら嘆く気も起きないが、まるでお麓だけが良い目を見ているような言い草は、さすがに腹が立つ。ただ、店を手放して以来、ひどく塞《ふさ》いで見える兄や、前よりもいっそう兄を頼りにする母とは、離れて暮らしたかったのは本心だ。

そしてお麓が奉公した達富《たつとみ》家は、幸いなことに当たりと言えた。

「去年まで、堀《ほり》さまのお屋敷で行儀見習いをしていたそうね。辛抱強く、気働きの良い娘だと、堀の奥方からきいておりますよ」

前に花嫁修業に行った堀家に、また雇ってもらえまいかと文を書いたが、あいにくとお麓と入れ替わりに別の娘を奉公させていた。その代わりに堀家が仲介してくれたのが、同じ小川町に屋敷を構える達富家である。

堀家の奥方は、いかにも武家の出らしい、しかつめ顔の厳しい女人であったが、そちらにくらべると達富家の奥方は、いささか拍子抜けするほどに、おっとりとした人だった。

達富家は三百五十石、旗本としては小禄《しょうろく》だが、当主は勘定組頭を務めていた。武家の婚姻の多くは、家格や禄の高い家から妻を迎える。

奥方の菊江《きくえ》は、九百石の家柄の娘で、当時すでに四十を迎えていたが、未《いま》だにお嬢さまの風情《ふぜい》を留《とど》めていた。多少、世間知らずではあるが、目下の者にも寛容で、仕える身としてはたいそう有難《ありがた》い。菊江もまた、しっかり者でよく気のまわるお麓を気に入り、身近に置いて話し相手とした。

「お麓は、お嫁入りするつもりはないの？」

奉公して三年ほど経《た》った頃、奥方にたずねられたことがある。お麓は二十三になっていた。こたえに逡巡《しゅんじゅん》したのは、まだ若かったためだ。嫁入りする憧《あこが》れが、わずかながら残っていた。

「いまは、できそうにありません……稼ぎ手が、私ひとりですから」

「でも、お兄さんがいたでしょ？」

「兄は仕事が長続きしなくて……いまは何もせず、家でぶらぶらしています」

「あらあら、怠け者なのね」

菊江の口を通すと、家の悶着《もんちゃく》すら長閑《のどか》にきこえる。兄の場合は怠け者というより、気持ちが折れてしまったのだろう。働く上で障《さわ》りとなったのは、その自尊心だ。

もとは主人であったのに、使用人の身に落ちた。無能な主人が威張り散らし、こちらの思案に耳を貸すことすらしない。生意気で居丈高な使用人では、疎《うと》まれるのもあたりまえだ。三月《みつき》ほどで暇を出されるか、逆に兄がとび出すかのどちらかで、二年ほどは職を転々としたが、遂《つい》には働きに出ることさえやめてしまった。

家に籠もり、暇を食いつぶすだけの兄も鬱陶《うっとう》しいが、あくまでも兄の肩をもつ母の方が厄介だ。

「どこのお店《たな》も、話にならないよ。福一郎はね、讃州屋の主《あるじ》だったんだよ。いまさら使い走りなぞ、できるわけがないじゃないか。やる気を削《そ》がれても無理はないよ」

年に二度、藪入《やぶい》りで帰るたびにきかされる同じ文句も、とうにきき飽いていた。

二十歳を過ぎて薹《とう》が立った自分と、お荷物以外の何物でもない母と兄を、まとめて引き受けてくれと婚家に頼むのは、あまりに厚かましい。

「あの、もしや、……お払い箱になさるおつもりで、嫁入りの話なぞなすったのでは……」

「いやね、お麓ったら、その逆ですよ。お麓が傍《そば》にいてくれたら、心強いし何より楽しいわ。けれどこのままでは、お麓が行き遅れになって、女の幸せから遠ざかるなんて言う者もいるものだから」

達富家に出入りする親類やご近所が、よけいな世話を焼こうとしたのかもしれない。お麓は改めて、奥方の前で頭を下げた。

「これまでどおり、奥方さまのお傍に仕えさせてください。それが麓の望みです」

「よかった！　お麓、これからも頼みますね」

素直に喜びを露《あら》わにする菊江に、安堵《あんど》がわいた。歳《とし》は倍ほども上になるが、世俗の垢《あか》にまみれていない奥方と過ごすひと時は、心が和んだ。

「ただ、年頃の娘が恋もしないのは、ちょっと寂しいわね……そうだわ、歌で恋をしてはどう？」

「歌、ですか？」

そのときは、まったくぴんとこなかった。短歌の一首くらいはどうにか捻《ひね》れようが、恋の歌となると、一言も浮かばない。そのとおり伝えると、菊江は文机《ふづくえ》に置いてあった、一冊の本をお麓に見せた。

「古今和歌集ですか……」

「古今集は二十巻あるけれど、そのうち恋歌は五巻、いちばん多いのが恋の歌なのよ」

菊江に勧められるまま、ぱらぱらと歌集をめくった。そのときは気づかなかったが、与えられた歌集は巻十四、恋歌四にあたる。

「気に入った歌はある？　目に留まった一首でいいの。読んでみてちょうだい」

「はい、ではこれを……」

紅《くれない》の初花《はつはな》染めの色深く　思ひし心我《こころわれ》忘れめや
どうしてかはわからないが、この首が目にとび込んできた。

紅とは紅花のことで、その年初めて咲いた花が初花だ。初咲きの紅花で染めた布は色が深い。それと同じに、初めての恋心を忘れることがあるだろうか、との意味だ。

「いいわね、若い娘の初々《ういうい》しい恋心を歌っていて、お麓に似合いだわ」

「これは、誰の歌ですか？」

「読み人知らずよ。古今集には多く載せられていて……そうね、半分まではいかないけれど、それに近いほどあるはずよ」

後年、お麓は古今集を写本しながら数えてみたのだが、千百十一首のうち、実に四割が読み人知らずであった。

「読み人知らずということは、もしかしたら私のような分際の者も、交じっていたのでしょうか？」

「そうだと思うわ。だって歌は、心のままに詠《よ》むものだもの。身分も育ちも関わりなく、心は誰にだってあるでしょう？」

窮屈だった世界が、ふいに開けたような思いがした。

身内を養うためにあくせく働き、先の望みも夢もなく、味気ない日常はいつ果てるともなく続く。希望が見出《みいだ》せないことが、何よりも辛《つら》かった。いっそ母と兄を捨てて、別の土地で生きていこうかとすら、何度も考えた。娘を一顧だにしない母と、己の殻に閉じこもる兄なぞ、いない方がよほど清々する。

できなかったのは、自分こそが大黒柱だとの自負もあるが、本当はひとりになることが怖かったからだ。若い女が頼る当てもなく、たったひとりで生きていく。あまりに現実味がなく、尻込みが先に立った。

その臆病が、ますます己を窮屈にさせる。巾着のように世界はどんどん狭められ、口の紐《ひも》を絞っているのはお麓自身だ。

窄《すぼ》まる一方だった巾着の口は、菊江の一言で広がって、その上に高い空が見えた。その空に向かって、心が舞い上がる。

現実がどんなに窮屈であろうと、枷《かせ》で雁字《がんじ》搦《がら》めにされようと、心だけは私のものだ。

そして歌はきっと、お麓の心を高く飛ばしてくれる。

のめり込むように和歌に没頭したのは、そのときからだった。

達富家での奉公は、ちょうど十五年続いた。

奥方の菊江が亡《な》くなったのが何よりの理由だが、達富家はすでに代替わりしており、やたらと武家の誇りを重んじる新しい奥方とは、反りが合わなかった。

紹介状を書いてもらい、また別の屋敷で働くつもりでいたが、兄の達しで、お麓は市ヶ谷の家に急遽《きゅうきょ》戻された。母が倒れて、寝たきりになったのだ。

「あたしに母さんの世話をしろというの？　兄さんがすればいいじゃないの！　一日中、家にいるのだから」

「おれには……できない」

壁に向かって背を向け、こちらを見ようともしない。まるで蟬《せみ》の抜け殻だ。怒りとともに、これまで堪えていた恨みが、いちどきに弾《はじ》けた。汚い言葉で兄を罵倒し、正直、頭に血が上っていたために、何を口走ったかすらよく覚えていない。

兎《と》にも角《かく》にも、お麓が働かなければ、一家三人が路頭に迷う。お麓は懸命に考えて、ふたつの手立てを講じた。

まず、女中を雇って母の世話を任せ、そしてその給金を賄うために、己の実入りを増やすことだ。そのためには武家よりも、大きな商家で職を見つけねばならない。

幸いにも、武家屋敷に十五年勤めたという肩書は、思った以上の箔《はく》となった。口入屋に通してみたところ、引く手数多《あまた》であり、もっとも給金の良かった深川木場《ふかがわきば》の材木問屋に決めた。できるだけ、市ヶ谷から離れたい。その一存で、川向こうの口入屋を当たったのだ。

木場という土地柄は存外荒っぽく、材木問屋の旦那衆も、火消しや鳶《とび》を思わせるような気風の御仁が多い。以前が武家屋敷であっただけに、最初は戸惑うことも多かったが、腹の中に溜《た》めぬ気性は、長い目で見れば有難かった。

他の運には恵まれないが、こと職にかけては、悪い鬮《くじ》を引いたためしがない。

運とは、築くものかもしれない。人の力では如何《いかん》ともしがたい運も、もちろんある。父の死も店の破産も、身内との性の悪さも、運が悪いと言われればそれまでだ。

一方で、日々の積み重ねと、気の巡らせようで、少しずつ開ける運もある。お麓にとっては、それが女中奉公だった。住み込みだけに、仕事の不手際《ふてぎわ》よりもむしろ、気をつけるべきは人との間柄だ。愛想《あいそ》が良いだけでは案外長続きしない。嫁姑《よめしゅうとめ》の諍《いさか》いや、女中同士の悶着に巻き込まれれば、抜き差しならなくなる。

あくまで自分の役目を中心に据えて、そこに情が絡《から》まぬよう気を配る。仲間意識の強い者や、べたべたとすり寄ってくる者こそ警戒すべきで、かと言って一切構わぬのも薄情だと謗《そし》られ、妬《ねた》み嫉《そね》みを生みかねない。

少々素っ気ないが、決して不親切ではなく、仕事はそつなくこなす。

自分の性質と鑑《かんが》みて、お麓が長年の奉公で培《つちか》った、仕事の上での人柄だった。口の悪さや計算高さ、薄情な性分は、もちろん表に出さぬよう心掛ける。

それでも少しずつ情が絡まり、仕事の糸車がきしむこともある。そうなれば潔《いさぎよ》く、店を移ることにした。

「母の加減が悪くて、少しでも面倒を見てあげたくて。家に近い場所で、働き口を探したいんです」

その方便で、材木問屋に紹介状を書いてもらった矢先、母が亡くなった。寝付いてから七年、あと二年で七十だったから、長生きと言えるだろう。店を移るために、母の病をだしにした。多少の罪の意識もわいたが、それもすぐに消えた。

「福や……福や……」

母はまわらなくなった口で、最後まで兄を呼びながら事切れた。

「兄さんひとりなら、一間《ひとま》の長屋で十分でしょ。女中も暇を出して、これからは身のまわりのことは、己で何とかしてちょうだい」

兄は一言も文句をつけず、市ヶ谷の裏長屋に引き移った。

それから二十年、兄はいまも、同じ長屋に住み続けていた。

二十一

お麓《ろく》のもとに若い男が訪ねてきたのは、正月三日のことだった。

「福爺《ふくじい》さんの使いで参りやした、市ヶ谷八《や》ツ木《ぎ》長屋の幹次《みきじ》と申しやす」
二十二、三といったところか。初顔のその男を、お麓は無遠慮にながめた。
「兄さんの使いにしちゃ、ずいぶんと若いね。本当に兄から頼まれたのかい？」

不躾《ぶしつけ》な物言いに、ムッときたようだ。ずい、とお麓の目の前に、文《ふみ》をつきつけた。

開くとたしかに兄の字で、時候の挨拶から始まって、去年の暮れはことのほか寒かったが変わりはないかだの、正月は長屋の衆から雑煮を呼ばれただの、あたりさわりのないことがだらだらと書かれている。

働かなくなってからは、めっきり無口になったものの、筆が立つだけに、文となると妙に饒舌《じょうぜつ》になる。ひとりになってからは話し相手がいないのか、よけいに文が長くなった。そして、文の終《しま》いに金の無心をするのも、判で押したように同じだった。

「二分とはまた呆《あき》れたね。あたしゃ、打ち出の小槌《こづち》じゃないんだよ。年玉にしたって、一分がせいぜいだ。まったくこの歳《とし》になっても、金をせびるしか能がないとはね」

他に腹立ちを収める方がなく、目の前の若者に、盛大な皮肉をお見舞いする。

「いくら何でも、その言い方はねえだろう。あんたにとっても、たったひとりの身内だろ?」

「身内ってのはあたしにとっちゃ、お荷物以外の何物でもないんでね。下ろすことができりゃ清々するよ」

「それって……福爺に早く死ねってことか?」

幹次の表情が、不快をあらわにする。お麓は構わず中座して、奥の間で金を包み、男の前にすべらせた。框《かまち》に腰掛けたまま、若者はじっと紙の包みに目を落とす。

「返しの文は、ねえのか?」

「同じ文句は書き飽いたよ。もうこれっきりにしてくれ、二度と関わらないでくれってね」

とり上げた金包みを、バン！　と掌《てのひら》ごと板間にたたきつけた。床が破れそうなほどの勢いだ。

「この人でなしの業突婆《ごうつくばばあ》！　あんたに福爺の、何がわかるってんだよ！」

若者の直情に煽《あお》られて、お麓も思わずかっとなった。

「知らないよ！　わかりたくもないよ！　四十年以上も、役立たずの兄を養い続けてきた。それ以上、何をわかれっていうんだい！」

「あんた、そんなふうに思ってたのか……」

責めるような眼差《まなざ》しを向ける。迷うようにしばし考えて、口を開いた。

「決して明かすなって言われてたけど……福爺はよ、本当は金なぞいらねえんだ」

「なんだって？　……どういうことだい？」

「福爺は学問ができるからよ、長屋の子供らに手習いを教えてるんだ。おれもやっぱり、福爺に教わった口だ」

束脩《そくしゅう》もとらないが、かわりに子供の親たちが、飯やおかず、炭から油まで差し入れるから、暮らしには困らないという。

「だったら、この無心は、いったい……？」

「たぶん、源《げん》さんのためだ……同じ長屋の棒手振《ぼてふ》りでよ、師走《しわす》半ばから風邪をこじらして長く寝込んでる。稼ぎに行けねえから、正月だってのに餅も買えねえ。それで福爺は、麻布まで使いに行ってくれって、おれに……」

病や怪我《けが》、商いのしくじり、ふいの葬式と、急場凌《しの》ぎの金が入用になっても、貧乏所帯には工面のしようがない。そのたびに福一郎《ふくいちろう》は妹に文を書き、長屋の者に使いを頼んだ。

あまりの理不尽に、怒るべきか呆れるべきかすらわからない。

「なんだってあたしが、見ず知らずの棒手振りのために……まさか、これまでに渡した金も、兄さんじゃなく長屋の衆に渡っていたってことかい？」

「実は、そのとおりなんだ」と、幹次は頭をかいた。

腹の底から怒りがわき上がり、吐き気すら覚える。若い折から倹約に努め、母と兄を養ってきた。金以上に、惜しいのは年月だ。ひたすら働き詰めの人生で、人並みな幸せなぞ望むべくもなかった。せめて自由にできる暇《いとま》があれば、多少の慰めになったろうが、住み込み奉公の分際では、ひとりで息を抜くことさえできなかった。

なのに兄は、妹から財も時も奪いとって、安穏と暮らしていたというのか。それでも飽き足らず、まるで嫌がらせのように、無心をくり返していたのか――。

赤いねずみ花火のように、頭の中で怒りが渦を巻いて弾《はじ》け、からだが勝手に動いた。綿入れをもう一枚羽織ると、履物《はきもの》をつっかけて外に出る。

「あっ、おい、婆《ばあ》さん、どこへ？」

「兄のところさ……これまでのつけを、返してもらわないと」

後ろも見ずに市ヶ谷へ急ぐお麓の背中を、若者が追いかけてきた。

「なあ、婆さん、福爺のもとに行っても、銭はねえんだぜ。どう返させるつもりだよ？」

お麓にも、皆目わからない。ただ、長年の恨みつらみを、思う存分兄の前でぶちまけて、罵詈《ばり》雑言《ぞうごん》を浴びせてやらないと、この腹立ちは収まりようがない。

絶えず土瓶《どびん》の口から上がる湯気のように、歩きながらぶつぶつと恨み言がこぼれる。

「手習い指南だって？　いったいいつから？　何年もあたしを謀《たばか》って、許しゃしないよ」

忠犬のようについてくる幹次は、問いと勘違いしたらしく律義《りちぎ》にこたえた。

「福爺が手習いを教えるようになったのは、たぶん十五年……いや、十六、七年前になるかな」

「そんな前から！」

「福爺が昔、市ヶ谷八幡《はちまん》の石段で、怪我をしたことを覚えてるか？」

お麓は黙ってうなずいた。石段でつまずいて転げ落ち、しばらくは土間に下りることすら難儀した。働いていた木場の材木問屋に知らせが入り、市ヶ谷に出向いたから、お麓も覚えている。

「あたしは奉公があるし、もとより兄さんの世話なぞご免ですよ。多めに渡しますから、人でも雇ってくださいな」

あのときはお金とともに、他人行儀な台詞《せりふ》を置いて、さっさと木場へ帰った。

福一郎は、人を雇うことも近所に頼ることもなく、不自由な足を引きずって厠《かわや》や風呂《ふろ》、飯屋に行こうとする。見かねて手を出したのが、長屋の者たちだった。

「おれは小さかったから、あんまり覚えちゃいねえが、親父《おやじ》やお袋の話じゃ、それまでは偏屈な爺さんだったそうだ。家に籠もりきりで、用足しに出てきても誰ともしゃべらねえ。八ツ木長屋に越して、二、三年はそんな調子だったって」

お麓の記憶の中の兄も、まったく同じだ。妹が訪ねても、ろくに目も合わせず、あれこれ話をふっても、いかにも億劫《おっくう》そうに、「ああ」とか「うん」とか短く返すだけだ。もっともお麓の方も、会えばついきつい口調になり、皮肉や嫌味で終わるのが常だったから、疎《うと》まれていても仕方がない。

「だがな、怪我をきっかけに少しずつ打ち解けて、話してみると存外、穏やかな爺さんだった。ことに子供には優しくてな、悪戯《いたずら》しても叱らねえし、訪ねていくと菓子をくれる」

自《おの》ずと子供が集まるようになり、手習い指南もその成り行きからはじまった。

「なるほどね、曲がりなりにも師匠なら、たとえ穀潰しでも格好がつく。自惚《うぬぼ》れの強い兄なら、いかにもな収まり所だね」

「婆さんは、本当に意地が悪いな。福爺も長屋の者も、互いに有難《ありがた》いと思ってる。それでいいじゃねえか」

「だったら何だって、その尻持ちを、あたしにさせるんだい！　意趣返しにしたって、あまりにたちが悪いじゃないか！」

思わずふり返り、後ろに向かって怒りをたたきつけた。幹次は口を尖《とが》らせる。

「おれもよ、止めたんだ。わざわざ業突婆の妹に、借りを作ることはねえってよ」

両のこめかみに、青筋が浮きそうだ。怒りのあまり、頭がくらくらする。

二十年のあいだ、兄の暮らしを支え続けてきた。その挙句が、この仕打ちか。妹を欺いて、無尽蔵に金を引き出していたというのか。

恨みつらみの一切を、ぶちまけそうになったが、若者は意外なことを口にした。

「でも、福爺は言ったんだ……妹との繋《つな》がりは、金の無心より他にねえからって」

腹立ちまぎれに石を蹴ったつもりが、思いのほか柔らかなものをふんづけた――そんな心地がした。

「おれ、思うんだ。無心はあくまでお義理でよ、福爺はただ、あんたが息災かどうか、確かめたかっただけじゃねえかって」

商家の奉公をやめたとき、はっきりと申し渡した。

金を渡すのは今日までだ、金輪際、関わるつもりはないと——。

なのにそれからも、思い出したように年に二、三度、長屋の者に文を託す。いまさら合わす顔はないが、ひとり住まいの妹のことは気にかかる——そんなところだろうか。

本当にいまさらだ。それでも不思議なほど、すっと怒気が冷めてゆく。

残ったのは、実に奇妙な感覚だった。まるで土俵際《どひょうぎわ》で、うっちゃりを食らった気分だ。土俵外に投げ出され、ぽかんと空を仰いでいる。その空は、意外なほどにすっきりと晴れていた。

「無心より他に、用向きがないなんて……どこまでもだらしのない」

何やら気が抜けて、棘々《とげとげ》しさが失《う》せていた。

昔から福一郎は、学問の出来がよかった。しかしその自負こそが、長いあいだ福一郎を捉え、苦しめていたのではなかろうか。世間では思うように才を生かしきれず、生家を潰し、こんなはずではなかったと現実から目を逸《そ》らし続けた。

怪我をしてからだの自由が利《き》かなくなり、人の手を借りるしかなくなったとき、初めて気づいたに違いない。世間とは人とは、一通りではないことに。

自分を受け入れず弾いた世間ばかりでなく、困っている者にあたりまえに手を差し伸べる、そんな世間もある。ずっと背中を向けていたが、ふと横を向くと、金平糖のように色とりどりの小さな粒が落ちている。己が目指していた金の饅頭《まんじゅう》とは程遠いが、口に入れれば思いがけず甘い。たかが怪我で、いわば生き方を変えるなぞ、十年前のお麓には量りようがなかったろう。それでも老いたいまなら、理解もおよぶ。からだの自由が少しずつ削られていくことこそが、老いであるからだ。ひとりでできたことが、人の手を借りねば成せなくなる。まるでだんだんと、幼児に戻っていくような心許《こころもと》なさだ。

怪我をしたことで同じ頼りなさを覚え、だからこそ人の親切が身にしみた。その親切に報いるために、困っている者があれば、妹に金の工面を頼んだ。

いや、やはり妹への嫌がらせの意もあったのかもしれない。それでもやはり、怒る気になれない。愛憎とは、表裏を合わせて一枚であるからだ。

「ちょいと、あそこに寄っていこうか」

お麓が指差したのは、四ツ谷御門に近い場所にある茶店だった。

「市ヶ谷はすぐ先だぜ。こんなところで休まずとも」

「年寄りは疲れやすいんだよ。あんたもつきあいな」

有無を言わせず茶店に入り、幹次と並んで床几《しょうぎ》に腰を下ろした。茶と饅頭に加えて、お麓は茶店の者に、矢立と紙を頼んだ。幹次が旨《うま》そうに饅頭を頬張るあいだ、筆を手にしばし考える。あれこれ迷って、一行だけ書き記した。

福禄寿《ふくろくじゅ》　讃《さん》を得ずとも縁《えにし》あり　新たき年の梅香のもと

兄妹《きょうだい》の名をもじって、七福神の福禄寿にたとえた。讃州屋《さんしゅうや》は潰れたが、良くも悪くも兄妹の縁は切れない――。そんな意味をこめた。

「これを、兄に渡しておくれ」

「渡してって……ここまで来て、長屋に来ないつもりかよ？　そりゃあねえよ、どうせなら、顔見せてやってくれよ。福爺は足の怪我からこっち、遠出は難儀なんだからよ」

幹次はしきりに誘ったが、今日はやめておくよ、とお麓は固辞した。強情と不器用は、お互いさまの兄妹だ。顔を合わせるよりも、一首の歌の方が、気持ちが届くこともある。

「ついでに伝えておくれ。できれば次の文からは、最後の一文は除いてほしいとね」

「わかったよ。でも近いうちに、必ず市ヶ谷に顔出してくれよ」

幹次が念を押す。兄とも古い馴染《なじ》みであるお菅《すげ》とお修《しゅう》、それにお萩《はぎ》がいれば、兄妹のあいだの気まずさも多少は和らごう。

「もう少し春が深まったら、考えてみるよ」と、お麓はこたえた。

二十二

「いいかい、お萩、始めるよ」

お麓が声をかけると、文机《ふづくえ》に正座したお萩が、真剣な顔でうなずく。

「行くよ。一七、二七、三七……ああ、違うよ。やっぱり桁が上がると、難しいのかね」

お萩が取り組んでいるのは、算盤《そろばん》である。お麓が九九を読み上げて、お萩はその答えを算盤で示すのだが、これがさっぱり先へ進まない。

「本当に、算盤をあつかったことがないんだね。いいかい、もう一度言うよ。天にふたつ玉があるだろ。ひとつ下ろせば五、ふたつ下ろせば十だ。で、地には五つの玉、合わせて十五となる。つまり一桁《ひとけた》で、十五まで表せるというわけさ」

算盤は室町の頃、唐から伝わった。一桁十五とされたのは、尺貫法《しゃっかんほう》が十六進法であるからだ。横に通された梁《はり》を境に、上を天、下を地と呼び、天は五を表す五珠《ごだま》、地は一を示す一珠が置かれる。

十六進法は金勘定にも用いられ、一両が四分、一分が四朱だから、一両は十六朱となる。よって商人が使う算盤は、もっぱら天の五珠がふたつ、地の一珠が五つであり、一珠が四つになるのは近代に至ってからだ。

ただし、五珠がひとつの算盤も、広く普及している。算盤は、『塵劫記《じんこうき》』とともに庶民に広まり、算学では十進法が使われるからだ。昨今では手習いにおいても、商人の子供以外は、塵劫記に倣《なら》って五珠ひとつの算盤を使うともきくが、お麓も商家に奉公していただけに、五珠ふたつの算盤の方が使い慣れている。

これまでは己の好みで、手習いは短歌に偏っていたが、これではいけないと思い直し、年が明けてから、本格的に算術指南を始めた。ひとまず自分の算盤を貸し与えたが、お萩には未知の道具であったらしく、思いのほか手こずっていた。

「一桁が十なら、少しはわかりやすいかもしれないね。古道具屋で見つけてくるから、そっちで始めてみるかい？」

と、勧めてもみたが、お萩は頑迷に首を横にふり、商人仕様の算盤にかじりつく。こういうところは、存外に頑固だ。ちなみにお萩は、計算は非常に速い。加減や九九はもちろん、割り算の九九である八算《はっさん》や見一《けんいち》も習得しているらしく、お麓が読み上げる問いに、小石のおはじきを用いて速やかに解を示す。

「少なくとも、商家の娘じゃないってことかね？」

昨日、算盤指南の顚末《てんまつ》を明かすと、お修は頰に手を当てて、若い娘のように小首を傾《かし》げた。

「そうとも言えないよ。大店《おおだな》のお嬢さまなら、算盤なぞ触りもしないからね。ただ、初めて算盤を前にしたときの、お萩のようすがね」

これは何だと言いたげに、算盤とお麓の顔を、かわるがわる見詰めていた。

「使い方すらまったく知らぬようで、あたしが天の珠を均《なら》しただけで、えらくびっくりしていたよ」

いくら何でも商人の娘が、算盤を知らぬはずがないと、お麓は額にしわを集める。

「てことは、職人の娘かね？　職人には、勘定に疎《うと》い者も結構いるだろ？」

「たとえ職人の子供だって算盤くらい、その辺でいくらでも目にするだろ」

お萱の推測を、お麓が無下に却下する。

「そうなると、残るはお武家かね……まあ、あの子の立ち居振る舞いからすれば、それもあり得る話だがね」と、お修がひとつの結論を出す。

貧乏な武家も数多《あまた》おり、何らかの理由で仕官の口を失えば、直ちに無禄《むろく》となる。たとえ貧しくとも、武家なら礼儀作法や教育を施せようし、お萩もそのような家の娘かもしれない。お修はそう説いたが、武家に奉公したお麓からすれば、どこか納得がいかない。

お萩を見ていると、しばしば達富《たつとみ》家の奥方、菊江《きくえ》を思い出す。

顔形ではなく、ふとした動作や佇《たたず》まいに、菊江の面影がふわりと立ち上る。

達富家は三百五十石の家柄だが、菊江は九百石の旗本の娘である。同じ香をまとってでもいるように、時折お萩の姿が奥方に重なった。

「貧乏侍なぞじゃなく、あの子はもっと、格の高い家の娘じゃないかね……五百石とか、千石とか」

「千石だって？　波戸先生が仕えていた、境川《さかいがわ》家並みってことかい？」

お修が大げさに驚いてみせたが、お菅がそこに、口を挟む。

「境川さまのような家柄なら、姫さまってことだろ？　いくら何でも姫さまが、ああまで尾羽打ち枯《か》らすかね？」

お菅にしては、鋭いところを突いてくる。お萩を姫とするのもまた、辻褄《つじつま》が合わない。どちらにせよ、もどかしさばかりが募り、焦《あせ》りに似た気持ちがわき上がる。

「あの子が口さえ利《き》けたらねえ……せめて経緯《いきさつ》くらいはわかるのに」

「わからなくたって、いいじゃないか」

突き放すように、お修が言った。口調は固く、険を帯びている。

「ふた月前までのことなんて、あの子にすりゃ昔だろ？　昔の嫌なことなら、忘れちまった方がいい。ましてや他人にほじくり返されるなんて、あたしならご免だね」

辛《つら》い過去は、無理やり背負わされた荷のようなものだ。歳《とし》を経て向き合えるようになっても、その荷が背から消えるわけではない。ふとしたことで、ずしりと重みを増す。

わかっているだけに、お麓は何も言えなかった。なだめるような調子ながらも、異見したのはお菅だった。

「でもね、お修ちゃん、お萩はまだ子供じゃないか。おっかさんを亡《な》くしただけでも十分に辛いのに、その上に言えない仔細《しさい》を抱えているなら、子供には負いきれない。遠からず潰れちまうよ」

「お菅……」

「子供の辛さは、あたしら大人が背負ってやらないと。そりゃあこんな婆《ばば》じゃ、たいして担《にな》っちゃやれないけど、三人いれば少しはましだろ。三人でも手に余るなら、大家さんや長屋の皆や名主さんだっている。おまえはひとりじゃないと、お萩にわかってもらえたら、それだけであの子が抱える謂《いわ》れも、少しは軽くなる」

お菅の凄《すご》さは、こういうところだ。迷いやぶれがなく、あたりまえのように真《ま》っ当《とう》を口にする。真っ当とは、決して理屈ではない。血の通った、心のこもった思いだからこそ、その言葉は人に届き、人を動かす。お麓には、真似《まね》のできない芸当だった。

「ちょいと、お修ちゃん、泣いてんのかい？　急にどうしたのさ」

ただし察しは悪い。ほろほろと涙をこぼすお修に、お菅がおろおろする。

「あたしにもわかんないよ。何だか泣けてきて……歳をとると、涙脆《なみだもろ》くなっていけないね」

すん、とお修は、鼻をすすった。


「こんにちは、お麓さん、やあ、いてくだすってよかった」

頭で昨日の顚末を思い返しながら、九九の読み上げをしていると客が来た。

名主の息子の、延太郎《のぶたろう》である。

「おや、どうしたい。今日はあたしの仕事はないはずだがね」

「それが急に、書き物の用ができちまって。小半時で済むから頼めないかと、うちの親父《おやじ》からの言付けで」

名主の杢兵衛《もくべえ》が、自分を使いに寄越したと伝えながら、奥の間にいるお萩に目を向ける。

「こんにちは、お萩ちゃん。手習いかい？　熱心だね」

延太郎は、使いや荷物持ちで、たまに長屋を訪ねることがある。お萩も見覚えており、文机から向きを変え、延太郎に行儀よく辞儀をした。

雇い主に呼ばれては無下にもできない。どっこらしょ、とお麓は腰を上げた。

「ちょっと出掛けてくるよ。小半時なら、ひとりで留守番できるね？」

お萩はこくりとうなずいたが、意外にも延太郎が待ったをかける。

「ひとりにするのはどうかと。やはり長屋の者に預けた方がいい」

「と言っても、お菅もお修も、まだ帰らないし」

「だったら、大家の多恵蔵《たえぞう》さんに頼もう。小半時なら、預かってくれるさ」

いつも呑気《のんき》そうな延太郎が、妙に真剣な顔で言い張る。何やら胸がざわして、結局、大家宅までお萩を連れていった。

多恵蔵の女房《にょうぼう》にお萩を託し大家宅を出ると、延太郎はしゃがんで花をながめていた。

「水仙が、そんなにめずらしいかい？」

「めずらしいと言えば、そうかもしれない。咲く時がごく短いし、足許《あしもと》にあると見落としがちでね」

「ここのおかみさんがお好きでね。毎年、植えなさるんだ」

正月も十日にかかり、あちこちで梅や椿《つばき》の花が目立つようになったが、水仙もまた、大家の妻が毎年、球根を植えるおかげで、おはぎ長屋では春の風物詩となっていた。

大きく開いた白い花弁に、派手な黄色の芯。花としては好まないが、春先に凍った土を押しのける強さは、賛辞を送りたくなる。ついその句が口をついた。

「水仙の香やこぼれても雪の上、か」

「誰の短歌です？」

「これは俳句でね。あたしも俳句には疎いが、加賀千代女《かがのちよじょ》の句は好きでね。朝顔につるべ取られてもらい水って、知らないかい？」

「きいたことがあるような……私も歌や俳句はさっぱりで」と、延太郎が頭をかく。

加賀千代女は元禄《げんろく》生まれの俳人で、ことに朝顔を好んで詠《よ》んだ。

「そういや、お麓さんは、短歌の会に入ったとか。親父からききました」

「おかげでいま四苦八苦さ。十五日に、歌会始があってね。各々《おのおの》が歌を披露するんだが、何やらさっぱり浮かばなくて」

お萩や兄のことが重なって、やたらと慌しい。時というより気持ちの余裕がなく、なかなか推敲《すいこう》が覚束《おぼつか》ない。木戸をまたぎながら、延太郎が顔をしかめる。

「正月の事始めときくと、私は書初めを思い出すよ。あれが本当に嫌でね。手習いに通っていたあいだ、初夢でうなされたことすらあった」

失礼とは知りつつ、笑わずにはいられなかった。延太郎の悪筆は、お麓も承知している。

正月二日の書初めは、宮中の風習であったが、手習所や寺子屋を通じて庶民に広まった。また二日は、商家が初荷を出す日でもあり、今年の目標や抱負などを書き記す。これも同じく、書初めといった。

「そういえば、お萩ちゃんが長屋に来たのは、十一月三日だったな。まだふた月余しか過ぎてないのに、すっかり実の祖母と孫のようだね」

「延さんは、日付まで覚えているのかい？」と、お麓がちょっとびっくりする。

延太郎は足を止め、少々剣呑《けんのん》な表情で、お麓をふり返った。

「実は昨晩、また手嶋屋《てしまや》の主人がうちを訪ねてきてね」

その一言で、背筋がぞわりとした。お萩を養女にと請《こ》うたのが、手嶋屋筑左衛門《ちくざえもん》だ。

「まさか、まだお萩を諦《あきら》めていないのかい？」

「いや、今度は少々ようすが違った。手嶋屋の主人は、あることを確かめに来た。お萩ちゃんがいつ、何月何日に長屋に来たのかと」

いましがた凍った背筋を、べろりと冷たい舌で舐《な》められたようだ。

親子を萩《はぎ》ノ原《はら》で見つけ、母親の死に水をとり、お萩を引きとることにした。名主にも世話になり、顚末の一切はお麓が書き記し、町奉行所に提出し、手控えも名主宅に残してある。名主なら知っているはずだとふんで、手嶋屋は杢兵衛を訪ねてきたのだろう。

「そのときに、手嶋屋が言ったんだ。もしや十一月二日ではないかと」

延太郎もその場に同席しており、父に言われて手控えをとりに行った。さきほど正確な日付けを告げたのもそのためだ。一日ずれているとはいえ、ほぼ言い当てている。

「もしや手嶋屋は、お萩の出自に心当たりがあるとでも？」

「水落《みずち》の屋敷《やしき》の、姫君ではないかというんだ」

空想の獣たる蛟《みずち》が、かっと口を開けて迫るように思えた。

二十三

「手嶋屋が言うにはね、お萩坊《ぼう》は、水落の屋敷《やしき》の姫君ではないかと」

名主の家で、杢兵衛から改めて告げられたときは、つい八つ当たりしてしまった。

「あんたの息子から、すでにきいているよ！　それが何だってんだい！」

「何って……向こうの言い分どおりなら、いつまでもお萩坊を手許《てもと》に置くわけにも……」

「向こうの言い分だって？　は！　どこの殿さまか知らないが、大事な姫君をふた月以上も放っておいて、いまさら返せというのかい？　片腹痛いとは、このことさね。だいたい何を拠所《よりどころ》に、お萩を姫さまだと？　どこをとっても、辻褄《つじつま》が合わないじゃないか！」

我ながら、何を口走っているのかわからない。お萩を取られるという焦《あせ》りに似た恐怖が、手嶋屋と水落家によってさらに増幅する。杢兵衛は困り顔で黙り込んだが、お麓が言うだけ言って疲れてくると、頃合を見計らって口を挟んだ。

「姫君は屋敷からさらわれて、行方知れずになったというんだ」

「屋敷から、さらわれた……？」

「水落家では当然、ずっと行方を探していた。とはいえ事が事だけに、大っぴらにはできない。なにせお武家だからね。内々に探していたが、杳《よう》として行方がわからなかった」

町屋で子供がいなくなれば、長屋はもちろん町内や番屋からも人を出し、総出で探しにかかるが、武家ではそうもいかない。何にせよ不祥事のたぐいは咎《とが》めの恐れがあり、下手を打てばお家騒動とみなされて、お取潰しの憂《う》き目《め》に遭いかねない。

悶着《もんちゃく》も騒動も、すべて水底に沈めて、水面は磨いた鏡のごとく波紋ひとつ浮かばない。武家の体面とは、そのようなものだ。昔、奉公していただけに、お麓にも察しはつく。

ただ、だからこそ、合点のいかないことが多過ぎる。感情にふり回されて、右往左往している場合ではない。お麓は大きく息を吐き、気を落ち着かせてから名主に問うた。

「水落家について、きかせておくれ」

「水落家は五百石の家柄で、お屋敷は赤坂にある。ご当主の忠晃《ただあき》さまは、勘定吟味役《かんじょうぎんみやく》に就かれているそうだ」

「勘定吟味なら、たしかに五百石だね……」

昔、奉公していた達富家は、勘定組頭だった。故に勘定方の役目には、そこそこ詳しい。三百五十石の勘定組頭だった当主が、次の御役として望んでいたのは、五百石の勘定吟味役だった。

「何でもね、この御役を賜《たまわ》れば、出世の糸口となるそうよ。勘定吟味役から、勘定奉行や遠国奉《おんごくぶ》行《ぎょう》、二《に》の丸留守居役《まるるすいやく》なぞに昇られる方もいるのですって。でも私は、遠国奉行だけはいただけないわ。そんなに私と、離れてお暮しになりたいのですかとむくれてみせたら、そんなことはないと少し慌てていらっしゃったわ」

奥方の菊江が、冗談めかして語っていたことを、懐《なつ》かしく思い返した。殿さまはいたって凡庸な御仁であり、勘定組頭止まりであったが、奥方のことは終生大事にしていた。

赤坂から麻布は、そう遠くない。塩問屋の手嶋屋は、水落家の先代の頃から、屋敷に塩を卸しているという。

「姫君の拘引《かどわかし》は、表沙汰《おもてざた》にできない。屋敷の若党や親類縁者、信のおける出入りの商人などに、密《ひそ》かに探させていたそうだ。手嶋屋もまた、知らされていたひとりでね」

「だったら、先の養子話は、いったい何だったんだい？　最初からお萩を姫君さまだと、見当していたのかい？」

「かもしれないね。仔細《しさい》を明かすわけにもいかず、養子として屋敷に戻そうとしたとか」

口にしながらも、どこか納得がいかないのか、李兵衛の口調が尻すぼみになる。

「いくらお武家が粗相を避けると言っても、大事な姫君なんだろ？　あたしらが養子話を断った折に、はっきりと言やあいいだろうに。どうして今頃になって？　それに、いまさら日付を確かめに来たのも、得心がいかないね」

決して無茶な文句をつけているわけではない。次々に浮かぶ疑問が、そのまま口からとび出すだけだ。それまで父親のとなりに控えていた息子の延太郎が、考えを口にした。

「もしかしたら、いなくなった姫君の代わりに、替え玉を立てるつもりだったのでは？」

「なるほど！　そいつは、なくもない話だね」

李兵衛が、ぽん、と手を打った。たしかにあり得るが、それでもすっきりしない。手嶋屋が養子を、しかも女の子ばかりを迎えていたのは、お萩が長屋に来る前からだ。養女となった子供たちの先行きは知れず、どうもその後ろに、水落家の影が見え隠れする。

「名主さん、手嶋屋について、いくつか摑《つか》んだ事実《こと》がある。この際、名主さんにも存じおいてほしいんだ」

貸本屋の豆勘《まめかん》を通して手嶋屋を探ったのは、お萩を守るためだ。養子話が立ち消えになったことで、調べはいったん打ち切ったが、一切が詳《つまび》らかになったわけではない。

水の濁りがひどくて、底が見通せない。たとえ実の親元であろうと、そんな家にお萩を帰すことなど到底できない。

「手嶋屋にだけは、お萩を渡しちゃいけない。あたしの勘が、そう騒ぐんだ。名主さん、後生だから、力を貸しておくれ！」

お麓は仔細をすべて明かし、名主の前で頭を下げた。

「話をきく限り、たしかに薄っ気味の悪い所があるね。お麓さんの気持ちもわかるし、私らにしたって、お萩坊の無事が何よりだ」

お麓の頭を上げさせて、情の籠った声で応じる。ただ、と杢兵衛が、難しい顔をした。

「手嶋屋までなら、名主の差配で凌《しの》いでみせる。だが、もしも水落家から迎えが来たら、私の手《て》限《ぎ》りじゃどうにもならない」

すまないね、と残念そうに告げる。名主はおろか、町奉行ですらどうにもできないと、お麓も頭ではわかっている。武家と町人のあいだには、かっきりと線引きがなされていて、立ち入ることが許されないからだ。

お萩が、手許からいなくなる――。それだけで、生きる力が失《う》せていきそうなのに、もしも親元に戻ることが、お萩の幸せに繫《つな》がらないとしたら――。死ぬまで後悔に苛《さいな》まれることになる。

いや、自分のことなど、この際どうでもいい。

「あの子はまだ、子供なんだ。お萩の人生はこれからじゃないか。どんな事情《わけ》があろうと、手嶋屋と水落家は陰でこそこそ動いている。そこがどうにも信用ならない。そんな連中に、お萩を渡せない。あの子には薄暗い場所じゃなく、日向《ひなた》の道を歩かせてやりたいんだ！」

きっとお菅やお修も、思いは同じはずだ。ここにはいなくとも、ふたりの後ろ盾を背中に感じ、自《おの》ずと勇気が出た。鼻息が荒くなる一方のお麓を前に、名主はどうしたものかと困り顔を返す。

案を出したのは、延太郎だった。

「お萩坊を、しばらくどこかに匿《かくま》ってはどうだい？」

「匿うって、いったいどこに？」

「手嶋屋や水落家が、知らない場所さ。向こうが長屋に乗り込んできても、お萩坊がいなければ、渡しようがないだろ？」

「馬鹿を言うな。下手をすれば、こっちが拘引の咎めを受けかねない。だいたい相手に、どう言い訳するつもりだい」と、李兵衛は苦言を呈する。

「水落家からの迎えときいて、お萩坊が勝手にいなくなりました。言い訳は、それで立つだろう？　だってお萩坊は、母親と一緒に逃げてきたんだから」

年嵩《としかさ》のふたりが、猫だましを食らったような顔をする。

「そういや、肝心要《かなめ》のことを忘れていたよ。たしかにお萩と母親は、乱暴者の父親から逃げてきたと言っていた」

「その乱暴者ってのが、まさか水落家の殿さまだと？」

「そう考えれば、少なくとも辻褄は合うじゃないか」

「だったら、亡《な》くなった母親が奥方かい？　とてもそんなふうには見えなかったがね」

「ご側室なら、町屋出の者だっているさ。娘を連れて実家《さと》に逃げ帰ろうとして、無茶をしたのかもしれないよ。だとしたら、やっぱり水落家にだけはお萩を渡せない」

ふうむ、と李兵衛は腕を組み、しばし考え込む。

「ちょいと、名主さん、何とか言ったらどうだい」

「急《せ》かさないでおくれよ。匿うにしてもどこがいいか、知恵を絞っているんだから」

「それじゃあ……」

「私だって、あの子のために一役買ったんだ。無体を働くような親に、むざむざ帰すつもりはないよ」

思わず拝み手をして、李兵衛に礼を述べる。

「とはいえ、私やあんたたちの身内じゃ、早々に足が付きそうな気もするし、困ったね」

「おとっつぁん、できればお武家がいいと思うよ」

「どうしてだい、延太郎?」

「匿うにしても、いっときのことだろ。どのみちいつかは、事をはっきりさせないと。然《しか》るべき身分のお武家に、仲立ちを頼めれば、向こうも無理は通せないからね」

然るべき身分とは、水落家と対等かそれ以上という意味だ。一瞬、達富家の亡き奥方が浮かんだが、いや、と頭を横にふる。たとえ菊江の実家が千石取りでも、夫の役目が同じ勘定方では、息を合わせて事なかれに始末される恐れがある。

「名主なんだから、つき合いのあるお武家もあるだろう?」

「そりゃいるがね、五百石に太刀打ちできそうな御仁となると難しいね」

お麓の頭に、ふと、その名が浮かんだ。

「境川家は、どうだろうね？」

たぶん、短歌で連想したのだろう。菊江の次に浮かんだのは、穏やかな風貌の侍だった。歌の師匠の、椿原一哉《つばはらいっさい》だ。一哉は、境川家の家臣である。

思いつきに過ぎなかったが、悪くないと言いたげに、杢兵衛が顎をなでる。

「境川家か……あそこはお武家のわりに、町人とも存外親しい。私も毎年、年賀のご挨拶に伺っているが、今年は殿さまはご不在だった。堺奉行《さかいぶぎょう》を賜《たまわ》ったそうでね、昨年から堺に詰めておられるそうだ」

「ご用人なら、お見知り置きの方がいるのじゃないかい？」

「ああ、蛯名《えびな》さまがいらっしゃる。古株のご用人で、町屋の子供に手習いを教えているのは、蛯名さまのご息女だ」

鳩塾《はとじゅく》を再開させたのは、その用人の娘だという。

「これからさっそく、蛯名さまをお訪ねしてみるよ。お忙しい方だから、今日は無理かもしれないがね」

帰りにおはぎ長屋に寄るからと言い置いて、杢兵衛は身仕度《みじたく》のために奥に消えた。お麓を玄関まで見送った延太郎が、別れ際《わかれぎわ》、思い出したように言った。

「そういや、手嶋屋のことでもうひとつ、妙に感じたことがあるんだ」

「妙って、何です？」

「当の姫君の名や歳《とし》をきいたんだが、はばかりがあるからと、手嶋屋はこたえなかった」

滅多な噂《うわさ》でも流されては、姫君の将来に傷がつく。李兵衛はその言い訳に納得したが、延太郎は何がしかの違和感を覚えたという。

「いや、こっちは私が調べてみるよ。おとっつぁんも私も、精一杯努めるから、お萩坊のことはお任せします」

何卒《なにとぞ》よろしくお願いしますと腰を折り、名主宅を出た。まだ夕暮れ時には間があったが、冬の日は早く傾く。いつもどおりの往来が、妙に薄暗く見えてくる。

目を逸《そ》らすように横を向き、その姿が目にとび込んできた。

路地の奥にいるのは、見知った侍だ。境川家家臣で短歌の師匠、椿原一哉に相違ない。

「間がいいとはこのことだ。あたしからも、お萩のことを先生に頼んでおこう」

路地へと入り近づいた。誰かと話し込んでいるようだが、物陰に隠れて、相手の姿は見えない。

声をかけようとしたとき、その名が耳にとび込んできた。

「それでは、水落家には、すでにいないと？」

語ったのは一哉だ。唐突に足が止まり、思わず声が出た。

「水落家を、ご存じなんですか、一哉先生？」

一哉が驚いた表情でふり返り、会話の相手も物陰から顔を出す。その顔を見て、お麓は二度仰天した。

「どうして、あんたが……？」

「お麓さん……」

互いに口をあけ、三人のあいだに沈黙が落ちる。

こちらを見詰めているのは、長屋の若い建具師、糸吉《いときち》だった。

二十四

「あんた、いったい何者だい？」

お麓が糸吉に、不信の目を向ける。見目がいいからお修に気に入られ、最初は信用していなかったが、存外気のいい若者だった。その化けの皮が、剝《は》がれていくようだ。

「もしや、水落家の間者かい？　最初からお萩を狙《ねら》って、うちの長屋に来たのかい？」

「何か勘違いをしておるようだが……」

椿原一哉が割って入ろうとしたが、ふり切るようにお麓は叫んだ。

「一哉先生も、水落の一味だったのかい！　こんなところでこそこそと……お萩は決して渡しゃしないよ！」

糸吉以上に応えたのは、一哉に対してだ。歌の師匠としてだけでなく、人柄を尊敬し、お萩の相談までした。騙《だま》された、裏切られたとの思いがこみ上げる。

しかし案に相違して、ふたりはぽかんとしてお麓を見詰める。

「お萩とは、誰だ？　水落家に、関わりがあるのか？」

「とぼけんじゃないよ！　たとえお萩が水落の姫さまでも、非道な親においそれと返すつもりなぞないからね！」

「お萩坊が、水落の姫さま……？」

呟《つぶや》いた糸吉に、そうなのか、と問うように一哉が視線を向ける。

「いや、そんなはずはねえ。水落の家に姫はおりやせん」と、糸吉はきっぱりとこたえる。

「誤魔化そうったって、そうはいかないよ。行方知れずになった姫を、水落家が探していると、手嶋屋は言ったんだ。あんたらも、同じだろ？　水落家に頼まれて姫さまを……」

「おれが探してるのは、妹でさ！」

「……妹だって？」

「妹のお篠《しの》がいなくなって、ずっと探してるんでさ。椿原の旦那も、助けてくれて……」

声が途切れ、糸吉が涙ぐんだ。ぶつける的を失って、急速に怒りがしぼんでいく。

「場所を移して話さぬか。行き違いもあるようだが、どうやら互いの話をすり合わせた方がよさそうだ」

一哉はふたりを連れて、宮下町の小体《こてい》な料理屋に入った。

「そうか、お萩とは、いつぞや語っていた子供のことか」

二階のひと間に落ち着くと、一哉はまず、お麓から事情をきいた。

挨拶に来た主人に、お麓は覚えがあった。槇椿木《まきつばき》の会で、見掛けた顔だ。一哉と昵懇《じっこん》らしく、しばし座敷《ざしき》を借りたいとの申し出に快く応じて、女中に茶を運ばせた。

「そのお萩が、水落の姫だとして、手嶋屋が返せと言うてきたのだな？」

語った経緯をまとめた一哉に、お麓がうなずく。床の間を背に一哉が、その前にお麓と糸吉が向かい合わせになり、コの字の形に座した。

「そいつはおかしい。屋敷《やしき》の中間《ちゅうげん》からきいた話じゃ、殿さまには、まだお子がねえ」

「子がいない……？　いったい、どうなってんだい？　手嶋屋が、また嘘《うそ》をついたのかね」

ふうむ、と考え込んでいた一哉が、思いついたように顔を上げた。

「もしやお萩というその子供は、瑠璃姫《るりひめ》ではないか？」

あっ、と弾《はじ》かれたように糸吉が叫ぶ。一哉に向けられた顔が、みるみる色を失っていく。

「まさか妹が、姫を連れて逃げたと……？」

「そう考えれば、辻褄《つじつま》が合う。お萩が長屋に現れたのは、霜月《しもつき》三日で間違いないのだな？」

一哉に念を入れられて、お麓が急いでうなずく。

「お篠が屋敷を出奔したのは、霜月二日だ……お萩坊が姫さまなら、お篠はいまどこに？」

糸吉がすがるような視線を、一哉に向ける。こたえる代わりに、一哉は眉間に皺《しわ》を刻んだ。お麓には、何がなんだかわからない。ひとりだけ蚊帳《かや》の外だ。

「その瑠璃姫が、お萩なのかい？　水落家の姫じゃないなら、いったいどこの？　妹さんの出奔と、どう関わっているんだい？」

疑問はあふれ、焦《あせ》りは募る。同席する武家への物言いすら、構っている暇がなかった。

「糸吉、おまえから話せるか？」

やはり焦燥に駆られる糸吉を慮《おもんばか》って、一哉が問う。ためらうような素振りを見せたが、糸吉はうなずいて、初手から話し出した。

「妹のお篠はおれのふたつ下で、今年二十六になりやす。ちょうど十年前、十六のときに行儀見習で、雲梯《うなて》のお屋敷に奉公に行って……二年で戻るはずが、奥方に気に入られて、屋敷に留まることにしたんでさ」

「雲梯家は、境川家の親戚筋でな。口利《くちき》きをしたのは、他ならぬおれだ。糸吉の父親も建具師でな。昔、境川屋敷で大きな普請《ふしん》があった折に出入りして、普請に関わった椿原の祖父に可愛《かわい》がられた」

一哉の父方の祖父は波戸庄六《はとしょうろく》だが、母方は椿原で、その家を継いだことはかねてきいている。

「その縁で、我が家とはつき合いが続いてな、お篠を屋敷奉公させたいと申し出を受けて、ご用人の蛯名殿に相談したところ、雲梯家を勧められた。当時の雲梯の奥方は、境川の奥方と姉妹でな。雲梯家にはふたりの姫君がおり、守役を探しておった」

雲梯家は、家格七百石、当主は西丸裏門を警護する番之頭《ばんのかしら》を務めている。一哉がつけ加えたが、家格や役目なぞどうでもいい。たった一言が、お麓の耳を捉えた。

「そのふたりの姫さまってのは？」

「眞銀《ましろ》姫と、瑠璃姫だ」

と、やはり一哉が応える。ただ、と言葉を切り、顔をうつむけた。

「姉の眞銀姫は、昨年、齢《よわい》十五で亡《な》くなられた。水落家に嫁がれて、一年もせぬうちにな」

「水落に、嫁いだ……？」

しばらく一哉に話を預けていた糸吉が、口を開いた。お篠は眞銀姫の世話役として、ともに水落家に従ったという。眞銀姫が亡くなった時の妹の落胆を、糸吉が語る。

「お篠の力の落としようは、ただ事じゃあなかった。婚家で姫さまをお守りすることができなかったと泣くばかりで……」

「上の姫さまが亡くなったのは、病じゃないのかい？」

「お篠は何も言わなかったが、あのようすからすると単なる病じゃねえ。もしかすると、自害じゃねえかと……」

「糸吉、当て推量で、滅多なことを言うてはならん」

と、一哉が釘《くぎ》をさす。黙り込んだ糸吉に代わり、お麓が性急にたずねた。

「それで、妹の瑠璃姫は？　瑠璃姫は水落に、どう関わってくるんだい？」

男ふたりが目顔を交わし合う。明かしていいものか、迷っているようだ。

「後生だ、一哉先生、教えておくれ！　あたしはお萩を守りたいんだ。もしもお萩が瑠璃姫さまなら、あたしごときにできることなぞ高が知れてる。それでもお萩のためなら、あたしはこの身を張る！　この老い先短い命があの子の役に立つなら、斬られたって括《くく》られたって構やしない！」

「……お篠も、同じことを言ってやした」

「糸吉……」

「最後に会ったとき、お篠もやっぱり瑠璃さまを守ると……眞銀さまは守れなかったが、今度こそ命を賭《と》して瑠璃姫を助けると、そう言ってやした」

口許《くちもと》は笑っているのに、目尻には涙が浮いていた。

「旦那、お話ししやしょう。お麓さんが、いや、お修さんやお菅さんも、お萩坊をどんなに可愛がっているか、おれも間近で見て知ってまさ」

一哉の肩の力が、すっと抜ける。わかったとうなずいたが、表立っては明かされていない事柄だから、他言無用だと念を入れた。神妙な顔で、お麓もうなずく。

「眞銀姫亡き後、どうやら妹の瑠璃姫も、水落家に嫁いだようなのだ」

「嫁ぐって……瑠璃姫はいくつなんだい？」

「辰《たつ》のお生まれだから、今年十二になられる。水落家に移られたのは、去年の九月。十一で嫁入りされたことになる」

お萩とは、三つも歳《とし》が合わない。やはり別人だろうか、との考えも浮かんだが、お萩の歳を確かめたわけではない。そちらはひとまず置いておき、別の問いを挟んだ。

「さすがに、若過ぎやしないかい？　そりゃ、お大名なぞで、幼い姫が嫁ぐ例はあるけれど」

「雲梯のご当主も、初めは渋っていた。大事な眞銀姫が、縁付いてほどなく身罷《みまか》られたこともあってな。しかし水落家の当主、忠晃さまからのたっての願いと……どうやら奥方が、強く勧めたようだ」

「奥方って、姫さまたちの母親かい?」

「いや、違いまさ。ふたりの姫の実の母君は、三年前に亡くなりまして。側室が正室に収まったんでさ。気性が強い上に、跡取り息子もいて、いまじゃ雲梯家を牛耳るのは、この奥方で。殿さまですら頭が上がらず、姫たちの肩身も狭くなる一方だと、お篠が我が事のように怒ってやした」

お篠が前の正室に気に入られたのは、ふたりの姫がこの守役に、殊のほか懐《なつ》いたからだ。実母亡き後は母親代わりとして、前にも増して姫たちの世話に明け暮れ、現正室の継母に物申すことすらあった。眞銀姫に従って水落家に出されたのは、その辺りが疎《うと》まれたのかもしれないと、糸吉が声を落とす。

「加えて水落家から、大枚の金子《きんす》も渡ったようだ」と、一哉がつけ足した。

雲梯家は家格は上でも、番方《ばんかた》の役目は、家禄《かろく》と役料のみに限られる。対して勘定吟味役《かんじょうぎんみやく》の水落家には、方々からよしなにと付け届けや金子が贈られる。内証《ないしょう》の豊かさは、はるかに上であろう。

「金子の威と奥方の勧めで、殿さまも折れた。ただし、ひとつだけ断りをつけた」

正式な婚儀は、瑠璃姫が十四になってからとり行うこととし、それまでは相手方の家風に馴染《なじ》むために、水落家にて育てられる。その条をとり交わした。

つまり婚約は交わされたものの、正式な婚儀は姫が十四になるまで待つということだ。その取り決めのもと、瑠璃姫は水落家に預けられた。

「いま話した事々は、雲梯家の家中から、内々にきかされたものだ。やはり歌の達者がひとりいてな、若い頃より親しうしておる」

「お篠が出奔したと、雲梯の屋敷から知らせが届いて……それが十一月二日でさ」

慌てて親類縁者や見知りを探したが、どこにも見つからず、屋敷奉公の口を利《き》いたのは一哉だ。申し訳が立たないと、父親は一哉に詫《わ》びを入れたが、同行した糸吉は、思いの丈をぶちまけた。

「お篠が黙っていなくなるなんて、あり得ねえ！　奥方も眞銀さまも亡くして、あいつは瑠璃さまのためだけに生きると、おれの前で言い切ったんだ。姫さまを残して出奔するなんて、どう考えてもおかしいだろう」

「お篠の気性は、おれも承知しておる。やはり腑《ふ》に落ちないものを感じてな」

雲梯家の歌仲間にたずねたが、相手もお家の秘密をおいそれとは語れない。何度も通い詰めてようやく、姉姫に続いて瑠璃姫が水落家に入ったときかされた。お篠が出奔したのは雲梯家ではなく、水落家であったことも、そのとき初めて知った。

そして今度は糸吉が、水落家の中間のひとりに近づいて、屋敷内のあれこれをたずねたが、当主には妻も子もおらず、瑠璃姫やお篠らしき姿は見ないと返された。もっとも中間は入れ替わりが激しく、糸吉が話をした男もせいぜいひと月、お篠が消えた頃には屋敷にいなかった。

「先刻、糸吉からきいていたのは、その話だ」と、一哉が引きとる。

――それでは、水落家には、すでにいないと？　あの言葉は、そういう意味だった。

「おれが案じて、探していたのはお篠だけでさ！　おはぎ長屋に越したのも、そのためなんで」

必死の眼差《まなざ》しで、糸吉が訴える。一哉と密に繫《つな》ぎをつける必要もあったが、麻布に来たのには、もうひとつ理由があった。

「この宮下町の辺りで、二度もお篠を見掛けたと言った奴《やつ》がいたんだ。おれの幼馴染《おさななじみ》で、一度はお篠と話もした」

眞銀姫が身罷って、水落家に戻されたとき、お篠は一度、一哉のもとに挨拶に来たが、以来、顔を見せてはいない。糸吉の幼馴染がお篠を見たのは、それよりもっと後だ。

「お篠を探すために、おれは麻布に来たんでさ！」

ふっと冬枯れた萩ノ原が、お麓の頭に浮かんだ。

二十五

「おや、お帰り、お麓《ろく》。遅かったねえ。何だい、疲れた顔をして」

「また名主さんとこで、書き物に追われたんだろ。もうすぐ夕飯だからね」

お修《しゅう》の家の戸を開けて、お麓はしばしぼんやりと見入っていた。何ら変わりのないいつもの佇《たたず》まいが、不思議にすら思える。

椿原一哉《つばはらいっさい》と別れて、お麓は糸吉《いときち》とともに長屋に帰った。

名主の杢兵衛《もくべえ》の許《もと》で、手嶋屋《てしまや》と水落《みずち》家の話を伝えられ、その帰り道、椿原一哉と糸吉から、雲梯《うなて》家や瑠璃姫《るりひめ》について知らされた。色んなことが一気に解き明かされて、頭が追いつかないが、それればかりではない。今後のことが、気掛かりになっていた。今日、明日のうちに片付けねばいけないことは山積みなのに、お麓の頭とからだは拒もうとする。どう転んでもその先に、お萩《はぎ》との別れが迫ってくるからだ。

なのに、目の前にある景色はあまりに呑気《のんき》で、お麓は面食らっていた。

家を出るとき、お萩は大家に預けていたが、お菅《すげ》やお修もすでに戻っていて、お萩と三人でいつものようにお修の家に集っていた。お菅は夕餉《ゆうげ》の仕度をし、お萩はそれを手伝いながら、お修の語る四方山話《よもやまばなし》に律義《りちぎ》に耳を傾ける。

「どうしたい、ぼうっとして。さっさとお上がりな」

「寒かったろう、ほら、火鉢にお当たりな。お萩、火鉢の炭を熾《おこ》しておくれ。火箸のあつかいは、この前教えたろ?」

うなずいて火箸をとり上げ、お萩は真剣な顔で、火鉢の中の炭と向かい合う。

あたりまえの日常こそが、有事の折には有難《ありがた》くてならない。

有難いとは、有るに難し。滅多にないほど尊く喜ばしい、という意味だ。

難事にぶつかって、あるいは失って初めて、くり返される無難な日々こそが尊いと、その愛おしさに気づくのだ。浅利の味噌汁《みそしる》の匂い。竈《かまど》の薪がはぜる音。温かな空気は竈や火鉢のためばかりでなく、身内に等しい気のおけない者たちが、あたりまえにお麓を迎えてくれるためかもしれない。

何食わぬ顔でともに夕餉をとりながら、つい物思いに沈んだ。一哉には口止めされたが、お菅とお修には仔細《しさい》を伝えねばならないし、事のしだいをお萩に確かめる必要もある。

もし、もしも本当に、お萩が雲梯家の瑠璃姫なら――。この幸せなひと時は、根底から揺らぐ。

この日常が、すべてなかったことになる――。そう考えるとたまらない。

とはいえ、腹の内に抱えておくには、あまりに事が重過ぎる。

お菅の家で、お萩が眠りに就いてから、お麓はふたりに仔細を語った。


「それじゃあ、お萩がその姫さまだってのかい？」

「あの子がよりによって、お旗本のお姫さまだなんて」

あまりの仰天に、ともに鯉《こい》のように口を丸く広げたまま、しばし固まる。そして驚きが過ぎると、一斉にしゃべり出した。

「あの品の良さは只者《ただもの》じゃないと思っていたが、やっぱりねえ。あたしの睨《にら》んだとおりじゃないか」

「瑠璃姫さまって言ったかい？　きれえな名じゃないか。別嬪《べっぴん》なあの子に似合いだねえ」

「境川《さかいがわ》家に連なるお家だって？　たいそうなご身分だねえ。さぞかし雅《みやび》な暮らしぶりに違いないよ。着物なぞも、きっと派手やかなんだろうね」

「あたしのお萩が、姫さまだよ。これ以上の誉れはないじゃないか。お婆《ばあ》さま、なんて呼ばれたら、舞い上がっちまうね」

目を輝かせて絵空事に浸るふたりには、早めに水を浴びせることにする。

「もしもお萩が本当に姫さまなら、お帰ししなけりゃいけないね」

ぎょっとして一瞬黙り込んだが、たちまち猛烈な非難が返る。

「お萩はもう、うちの子だよ！　どこにもやったりするもんか。あの子だってきっと、そう望んでるはずさね」

「お菅の言うとおりだよ。そもそも嫁ぎ先が嫌で、逃げてきたんだろ？　だったら、ずうっとここにいたらいいじゃないか。あたしらと一緒にさ」

「あの子には、実の親も立派な家もある。どんな理由《わけ》があろうと、このままってわけにはいかないよ」

「あんたはいっつもそうだ。何でも理屈で割り切ろうとする。理無《わりな》いのが、情ってもんだろうに」

「そうだよ！　お麓ちゃんは、お萩が可愛《かわい》くないのかい！」

可愛くないはずがあるものか。お菅の言いようには、さすがに頭に血が上った。

「いちばん大事なのは、お萩の身を守ることだ！　おはぎ長屋じゃそれができない。だから境川家に頼るしかないって言ってんだよ、このわからずや！」

「境川の殿さまが、本当にお萩を守ってくれるのかい？」

すぐにめそめそするはずのお菅が、引こうとしない。いつのまにか、母親の顔になっている。

子供のためという伝家の宝刀をふりかざし、容赦なく切り込んでくる。

「言っただろ。あそこの奥方が、あの子の伯母上で……」

「でも、おかしいじゃないか。境川家は、目と鼻の先にあるんだよ。伯母さんを頼って、屋敷《やしき》に逃げ込めばいいものを。どうして、そうしなかったんだい？」

「そういや、思い出した。お萩は鳩塾《はとじゅく》に通うのを拒んでいた。あれもひょっとしたら、境川の屋敷に近いから、あえて避けていたんじゃないのかい？」

言葉が出ないから塾に気後れしたものと、あのときはそう解釈したが、何か屋敷を避ける理由があるのだろうか？遅まきながら疑念がわいた。

「あんたの歌の師匠も、本当に信用できるのかい？　まさか敵方と通じた、間者《かんじゃ》なぞじゃなかろうね？」

お修の詰問《きつもん》に、すぐには返せなかった。恬淡《てんたん》とした侍の姿が、風を受けた炎のように大きく揺らめいた。消えずにすんだのは、となりにもうひとりの男の姿が映ったからだ。

「そんなはずはないよ……糸吉だって、一哉先生を頼りにしていた」

「糸吉って……糸さんのことかい？」

お修が不思議そうな顔をする。糸吉のことは、まだ話していなかった。

お萩の母親を名乗っていたのは、糸吉の妹かもしれない——。

その見当もあったが、糸吉には言えなかった。こんなにも妹の身を案じ、いまも必死に捜し続けている身内に、すでに死んでいるかもしれないなぞとは、とても告げられない。

「それじゃあ、死んだお萩の母親が、糸さんの妹なのかい？」

「もしそうだったら、たまらないねえ。この世でもう会えないなんて、不憫《ふびん》でならないよ」

お修は目を丸くして、お菅は我が事のように涙ぐむ。

あくまで当て推量であり、真実を知っているのはお萩だけだ。あの子に確かめてから――とは言い訳で、先延ばしにしただけだと、お麓は内心で自嘲した。

「やっぱりあの子に、きいてみるしかないだろうね……色々含めてさ」

お萩が本当に瑠璃姫か否《いな》か、まずはそこをはっきりさせねばならない。

妹のことを、すぐにでもお萩に問いたいとの糸吉の申し出は、やんわりと断った。

「すまないが、ここはあたしらに任せちゃくれないかい。あの子は口が利《き》けないし、たとえ誰にせよ、まだ子供なんだ」

「……わかりやした、お任せしやす。そのかわり、妹のことが何かわかったら……」

「ああ、真っ先にあんたに伝えるよ」

「お麓、それがしにも知らせてくれ。まことに姫君であれば、蛯名殿を通して奥方に申し上げ、直ちに屋敷に迎え入れる仕度をいたす」

お麓は料理屋を出る前に、ふたりに約束した。その仔細も含めて、お菅とお修に明かす。

「明日の朝、お萩に確かめてみるつもりだ。あたしたち三人でね」

芳《かんば》しい返事は返らなかった。お菅ばかりかお修まで、にわかに肩を落とす。

「お萩が姫さまなら、もう一緒には暮らせないんだろ？　せめて十日、いや五日でもいいからさ、先送りにできないものかね。このままお別れなんて、あまりに寂しいじゃないか」

「ほんのふた月余じゃ、ここにいたことなぞ、すぐに忘れちまうかもしれないね。忘れられるってのは、いちばん悲しいねえ」

お麓が何より厭《いと》うのは、年寄りの詮無い愚痴だ。けれど今日ばかりは別だった。このどうしようもない悲しみを、ひとりで抱えることなく三人で分かち合える。

たっぷりと愁嘆《しゅうたん》に費やしたおかげで、翌朝はむくみのひどい顔を、お萩の前に並べる羽目になった。ただ、事は見当したとおりには、運ばなかった。


「もういっぺん、きくよ。お萩は、瑠璃姫さまなんだろ？」

澄んだ目でお麓を見詰めて、大きく首を横にふる。

「じゃあ、おまえの母親として亡《な》くなったのも、糸吉の妹のお篠《しの》じゃないというんだね？」

今度はかっきりとうなずいた。同じ問答を三度くり返したが、返事はすべて否だった。

「ちょいと、どういうことだい？　すべてあんたの思い違いってことかい？」

「思い違いでよかったじゃないか。お萩を手許《てもと》に置いても構わないってことだろ？」

ふたりは早々に勘違いで済まそうとしているが、お麓は釈然としない。

「だったら、おまえの名は？　ここに来る前の、本当の名を言ってごらん」

お・は・ぎ――。唇を動かして、そうこたえた。

「そうだよねえ、お萩はお萩、おはぎ長屋のお萩だもの」

「心配はいらないよ。お萩はずうっと、うちの子だからね」

あっさりと陥落したふたりには構わず、嚙《か》んで含めるように伝えた。

「追い出そうってんじゃない。あたしらは、おまえの身を案じているんだ。今日明日にも、水落家の者が乗り込んできて、おまえを無理に連れ去ろうとするかもしれない。あたしらだけじゃ、おまえを守れない。だから境川の屋敷に……」

「姫さまじゃないなら、連れ去られる心配もないいんじゃないかい？」

「そうだよ！　いくらお旗本だって、筋違いの子供を連れ去れば、拘引《かどかわし》になっちまうもの」

思わず、子供と目を合わせた。お萩はやはり、迷いも怯《おび》えもない瞳で、じっとお麓を見返す。

同時に、違和感の正体にも気づいた。

「あなたさまは、雲梯家の瑠璃姫さまですか？」

お麓はいっとう最初に、そうたずねた。そのときも、お萩はただ首を横にふった。だが、思えばおかしい。戸惑うでも驚くでもなく、即座に違うと態度でこたえた。躊躇《ちゅうちょ》のなさが、かえって奇妙に映ったのだ。

お麓のただの思い込みなら、それでいい。だが、繋《つな》がった糸が織り上がり、うっすらと模様が浮かんできたとたん、大本の糸が断たれてしまった。

それこそが、お萩の意志であり、身を守るための手段だろうか？

あるいは、お萩が心底、そう思い込んでいるとしたら？

もしくは本当に、この子は瑠璃姫ではなく、別の誰かかもしれない。

迷いや疑念が次々と生じて、頭の中が混乱したが、子供の澄んだ瞳にぶつかると、不思議と心が落ち着いた。

「わかったよ。おまえはお萩だ、それでいい。煩《わずら》わせて、すまなかったね」

お麓が折れると、またいつもどおりの日常が戻り、四人で朝餉《あさげ》をとった。

それでも水落家からの迎えを恐れて、お菅は仕事を休み、お修も外出を控えた。

一方のお麓は、長屋の糸吉と、境川屋敷の一哉、そして名主宅を訪ねて、お萩は瑠璃姫ではなかったと告げた。それぞれ落胆や安堵《あんど》の表情を浮かべたが、当人に否定されては手の打ちようがない。ひとまず静観することで、話がまとまった。

午後になると、やはり常のとおり手習いのために、お萩はお麓の許にやって来た。始めようとしたが、ちょっとした異変があった。

「おや？　墨をどこにやったかね。硯《すずり》と一緒に、ここに置いたはずなのに」

ふたりであちこち探したが見つからず、ひとまず大家のところで借りることにした。墨を手に戻り、戸を開けようとしたときだった。中から鋭い悲鳴がきこえた。

「お萩！　どうしたい！」

戸を開けると、真っ青な顔でお萩がまろび出てきて、お麓にしがみついた。

「ね、鼠《ねずみ》……鼠が、墨を齧《かじ》って……」

がたがたと震える肩に手を置いて、呆然《ぼうぜん》と子供を見下ろす。

「お萩……おまえ、声が……話せるようになったのかい？」

はっとして、お萩が顔を上げた。

二十六

お萩の声を、初めてきいた。お麓にしがみついたお萩と、たっぷり五つ数えるほど互いに見詰め合う。長い間の後に、お萩はからだを離し、うつむいた。

「すまなんだ、婆殿《ばばどの》……少し前に、声が戻った……でも、言えなくて……」

お麓は思わず膝をつき、お萩を抱きしめていた。

「声が出るようになったんだね！　よかった……よかったねえ！」

何がこれほど、嬉《うれ》しかったのか。お萩は、声が戻ったと言った。つまりはしばらくのあいだ、声を失っていたということだ。何かがお萩の声を奪い、口を塞《ふさ》いでいた。喉《のど》につっかえていた塊が、何かの拍子に吐き出されたのか、あるいはゆるゆると少しずつ溶けていったのか、それはわからない。

ただ、忌々《いまいま》しい塊は、きっと喉ではなく、お萩の心を塞いでいたのだ。

歌集から、挽歌《ばんか》や哀傷歌ばかりを写していた。一哉はその姿を、遍路のようだと言った。お萩の心が辿《たど》ったのは、遍路に似た、辛《つら》く哀《かな》しい道程《みちのり》だった。そのきつい道中を、ようやく抜けたのだ。ずっと傍《そば》で見守り続けたからこそ、たまらない思いが突き上げた。

「謝ることなぞない、詫《わ》びなんていらないよ。あたしらにとって、こんな嬉しいことはないんだから」

「婆殿……」

華奢《きゃしゃ》な両手がお麓の背にまわされて、ふたたびしがみつく。頰が首筋に触れ、熱い雫《しずく》が落ちた。心と喉を塞いでいた墨のような塊が、涙になって溶けて流れているかのようだ。

お萩がそっと、身を離す。お麓の目を見て、口を開いた。

「雲梯長栄《ながよし》が娘、瑠璃《るり》じゃ。白を切る真似《まね》をしてすまなんだ」

唐突に明かされて、お麓の方がにわかに狼狽《ろうばい》した。姫と判《わか》った以上は、相応に遇するのが建前だが、それも何やら寂しい。お麓の迷いを察したように、つけ足した。

「今朝のような物言いは、よそよそしゅうて好かぬ。名も、これまで通りお萩でよい。童《わらわ》も気に入っておる」

わらわとはまた大仰な。込み上げた笑いを吞み込んだ拍子に、軽口がとび出した。

「そりゃ、助かるよ。こっちも調子が狂うからね。歳《とし》の勘定は、大いに狂っちまったがね」

「それを言うでない。背丈が低うても、新年を迎えて十二歳じゃ」

頰をふくらませ、唇を尖《とが》らせる。子供らしい態度に、安堵《あんど》がわいた。

「そんなことより婆殿、いまはもっと急を要することがある」

「何だい?」と、顔を引きしめて身構えた。

「鼠《ねずみ》を、どうにかしてくれぬか。童では太刀打ちできぬのじゃ」

ぶはっ、と思わず吹き出して、腹が痛くなるほどにお麓は笑った。

「もう……おらぬか？」

目のまわりが赤らんだ顔を、襖《ふすま》の陰からこわごわ覗《のぞ》かせる。

ささやかな書架や行李《こうり》、小机をどかして確かめたが、鼠の姿はない。端が齧《かじ》られた墨は、小机の下から出てきた。

「大丈夫、どこにもいないよ。きっとおまえの声に驚いて、逃げちまったんだろうね。心配いらないから、入っておいで」

奥の間に足を踏み入れたが、油断なく辺りを確かめて、用心深く腰を下ろす。

「鼠は、初めてかい？」

「生まれて初めて見た。掌《てのひら》に乗るほどの可愛《かわい》らしい姿と思うていたが、あのように大きな形《なり》をしているとは夢にも思わなんだ。子猫くらい大きかった」

真剣な顔つきと大げさな物言いが、おかしくてならない。声は可愛らしいのに、口調は堅苦しい。そのちぐはぐも、笑いを誘う。

「意外と、おしゃべりなんだね。もともと無口なのかと、思っていたよ」

「女子《おなご》にしては口の達者が過ぎると、ようたしなめられた。女子はよけいな口を慎んで、殿方を立てるものだというが、なかなかに難しゅうて」

「そりゃ、気が合うね。あたしもいちばん苦手だよ」

「婆殿なら、わかってくれそうな気がしておった」

いままで見たことのない、はつらつとした笑顔だった。口の動きに伴って、表情が多彩に変わる。しゃべるという、ただそれだけのことが、どれほど大きな意味を持つのか。発する言葉には、感情が伴う。言葉以上に雄弁に、さまざまなことが伝わる。内に溜《た》めた苛々《いらいら》や不満、落胆や焦燥、あるいは喜びや感動を、口を通して外に出し、相手に受けとってもらう。

——まったくねえ、そうなんだよ、うちも同じでね、おや、お宅もかい？

毎日、井戸端で交わされるやりとりの趣旨が、及ばずながら呑《の》み込《こ》めてきた。

——どうして嬶《かかあ》どもは、似たような話を飽きもせずくり返すのかね？

男たちは首を傾《かし》げ、お麓もやはり疎《うと》んじていた。人の噂《うわさ》、身内の愚痴、実に些細《ささい》な日常のあれこれ。いわば言葉のがらくただ。たいして値《あたい》のない二束三文の話を吐き散らすなぞ、時間の無駄だ。事の解決には、何の役にも立たない。お萱やお修につき合いながら、お麓もしばしばため息をついた。

しかし女同士の会話において、内容や意味なぞ添え物に過ぎない。感情のやりとりこそが、醍醐《だいご》味《み》なのだ。そして亭主も父親も兄弟も、恋人ですらも、男というものはおしなべて、おそろしく鈍感で返しようも覚束《おぼつか》ない。こちらが放った感情は、まったく見当違いな明後日《あさって》の方角に返され、あるいは嫌そうに忌避されもする。わざと無視して素通りされるのも茶飯事で、向こうの機嫌によっては理不尽に怒鳴られる。

感情は身の内に留《とど》めておくと、たちまち腐り出す。恨みつらみや怒りとなってわだかまる。

女は本能で扱いようを心得ているからこそ、毎日、井戸端でまめに発散させるのだ。たとえ気性が合わなくとも、多少面倒な相手であろうと、感情のやりとりにおいては、亭主などよりよほど上手《うわて》だ。生まれつきか育ちか、その両方か、男は総じて外に出してはいけないと頑《かたく》なに抱え込む。だが人にはあたりまえに気持ちの揺れがあり、男は別の形で発散させる。酒、博打《ばくち》、色、そして——暴力だ。

ふと、手嶋屋と、その背後に鎌首をもたげる蛟《みずち》の姿が浮かび、ぶるりと身震いした。

「どうした、婆殿？」

「お萩、おまえにきいておかないと……」

たちまち警戒の色が瞳に浮かび、お麓は口をつく既《すんで》のところで問いを変えた。

「いつから、口が利《き》けるようになったんだい？」

実にわかりやすく、ほっとした表情を浮かべる。

「元旦に、皆で年始の挨拶に出掛けたであろう？　たぶん、その後じゃ」

たぶんと言ったのは、気づいたのが二、三日後であったからだ。

朝、井戸端に顔を洗いにいって、手拭《てぬぐ》いを忘れたことを、つい口にしていたという。

「『あ、手拭い』と声が出て、己の声にびっくりした。そのとき初めて、声を取り戻していたことに気がついた」

「年始廻《まわ》りが、きっかけになったってことかね？」

「そうかもしれぬ……あの外出《そとで》は楽しかった故。江戸はこんなにも広く、これほど多くの者が、さまざまな生業《なりわい》で生きておるのかと、改めて知ったような気がした」

表情と瞳の輝きから、新鮮な感動が伝わってくる。

辛い悲しみから身を守るために、お萩の心は堂の内に逃げ込んで、鉄の扉を閉めてしまった。時を経て外のようすを窺《うかが》おうとしたが、扉が錆《さ》びついて動かない。内からはどうにもできなかったが、今度は堂ごと長屋に運ばれて、扉の向こうがやたらと騒々しくなった。

外から扉を叩《たた》いたり押されたりして、苔《こけ》のように鉄扉の隙間を塞いでいた錆《さび》が、少しずつ剝がれていく。そして初めて遠出をしたあの日、大きく堂が揺さぶられ、遂《つい》に扉が開いたのだ。

「ふいに声が戻って、どうしてよいかわからなかった……婆殿らにも告げられず、申し訳なく思うておった」

「たしかに、その古式ゆかしい口調じゃ、一発でお里が知れちまうね」

ずけずけとした物言いにも怒ることはなく、そういうものかと感心する。育ちの良さか、あるいは興味が勝るのか。

好奇心と発見は、子供の十八番《おはこ》だ。その質と数が、大人となった後に行く道を分ける。稀《まれ》に長じてからも、子供と同等の好奇心で発見をくり返す者がいる。天才や達人とは、そういう者たちだ。逆に言えば、子供は皆、天才と言える。

「童の話しようは、さように古めかしいか？」

「小禄《しょうろく》の武家の娘なら、童なんてまず言わないね。よほどのご大身の家柄か、あるいは格式の高い番方のお家だと、すぐにばれちまうよ」

庶民と同様、武家にもさまざまな家風がある。お麓が仕えた菊江なぞは役方、つまり文官の家柄で、実家は公家《くげ》との縁も深いときいていた。あの世間離れしたお姫さま風情《ふぜい》は、その賜物《たまもの》であろう。

「童でなくば、何と言うのじゃ？」

「お武家の若い娘なら、わたくし、かね」

「では童もこれからは、わたくしと称した方がよかろうか？」

「うーん、どうだろうね。言葉尻と合わなくて、かえって座りが悪いんじゃないかい？」

「婆殿らを真似て、町人言葉を覚えようともしたのじゃが、早過ぎてついていけぬ。ようもああ調子よく、掛け合いができるものじゃな」

人と語り合うことが久々で、楽しくてならないのだろう。他愛のないやりとりが、しばし続いた。目の前にいるお萩は、お麓がずっと望んでいた姿だ。明るい星がいくつも瞬《またた》くような瞳の輝きを、もっと眺めていたい、明るい子供のままで、いさせてやりたい——。

核心に迫ることを、お麓も無意識に避けていたが、ふと放った問いが、思いのほか的の中心に近いところを射抜いてしまった。

「そういや、声が出なくなったのは、いつのことだい？」

「おはぎ長屋に来る、ひと月ほど前……朝起きたら、声が出ぬようになっていた。風邪かと思うたが熱も咳《せき》もなく、篠江《しのえ》がたいそう心配して……」

「しのえ？」

日差しの許《もと》で咲いた花のような表情が、一瞬で陰った。

「篠江は……童の守役で、ずっと童の傍にいてくれた……」

「もしかして……その人の実の名は、お篠というんじゃ？」

びくりと、細い肩がふるえる。

「どうして、それを？」

「長屋の糸吉からきいたんだ。糸吉にはお篠という妹がいて、行方知れずになっていると」

瞬いていた星が消えて、瞳が真っ黒に映る。その闇を、底の知れない暗さを、改めてまのあたりにしたように思えた。

「童も、知っておった……糸吉殿が、篠江の兄だと」

「そういやお萩は、やけに糸吉を気にしていたね。最初から、知っていたのかい？」

糸吉を、初めて朝餉《あさげ》に招いたときだ。男前の糸吉に、お萩がのぼせているなぞと、的外れな見当を口にしたのはお修だった。

「誰かに似ているように思うていたが、お手玉をもらって初めて気づいた……篠江に、似ていたのじゃ。黄と黒の縞《しま》のお手玉は、篠江ももっていて……」

お萩のからだが前に傾いて、吐き気を堪えるように、口許《くちもと》に右手を当てた。顔色は真っ青だ。

お麓は慌てて傍に寄り、細い背をさすった。

「もういい、お萩。もう話さなくていい」

「そうはいかぬ……童は糸吉殿に、詫びねばならぬ。あのときは、心の中でしか告げられなかった故……」

糸吉からお手玉を渡されたとき、お萩はいまと同じように真っ青になり、崩れるようにしゃがみ込んだ。あれは、そういうわけだったのか。

そして、糸吉に向かって頭を下げた。お手玉の礼にしてはあまりに厳かで、まるで詫びのようにお麓には見えた。

「篠江は、童の身代わりになって命を縮めた。童を守るために、童をかばって殺されたのじゃ！　殺されたという強い言葉を子供が発すると、それだけで胸が痛くなる。

「ここで亡《な》くなったあの人が……おまえの母親を名乗っていたのが、お篠さんなんだね？」

かくりと前にのめるように、お萩はうなずいた。

二十七

冬枯れた萩《はぎ》ノ原《はら》の景色が、目の裏によみがえった。

葉を落とした萩の物寂しい風情《ふぜい》と、そこに倒れていた女の姿が重なる。

「あの人が、お篠さんだったのかい……」

その事実があまりに切なくて、お麓はくり返した。倒れるように前にのめったお萩のからだを、お麓の膝が受けとめる。

「いいんだよ、お萩、泣いていいんだ。せっかく声が出るようになったんだ。存分にお泣き」

背を撫《な》でながら促すと、激しい嗚咽《おえつ》がこぼれ出た。

子供の母親だと、誰も疑いもしなかった。決して嘘《うそ》に騙《だま》されたわけではない。あれほど弱っていながら、死ぬ間際《まぎわ》まで子供を案じていた。あの姿は、母親以外の何物でもなかった。世話役という立場を超えて、お篠が子供を、瑠璃姫を思う気持ちは本物だった。

同時に、苦い後悔が込み上げる。お菅はふたりを助けようとしたが、お麓は見捨てようとした。流行病《はやりやまい》を疑い、うつることを恐れた。行きずりの見知らぬ女だ、死んだとて関わりないとさえ口走った。この子の見ている前で――。

情けは人の為《ため》ならずと、お菅は言ったが、逆の意味で己の薄情に苛《さいな》まれた。お篠の耳にも届いたとしたら、苦しい息の下で、どんなに情けない思いをしたか、身が縮むほどの自責の念にとらわれた。

すでに仏になったお篠には、もう詫《わ》びることすらできない。かわりにできることは、ひとつだけだ。お麓は心の中でお篠に手を合わせ、固く誓った。

膝で泣くこの子を守り通して、きっと幸せにしてみせる――。

しかしほどなく、ふいに上げたお萩の顔は、幸せとはあまりにかけ離れていた。

「あやつだけは許さぬ、お篠を殺したあの男だけは……」

怨《うら》みに満ちたその表情に、お麓は心底ぞっとした。これは子供の顔ではない。丑《うし》の刻参りに赴く女の顔だ。なだめるようにお麓は言った。

「お篠さんは、釘《くぎ》を踏んだ傷がもとで命を落としたんだろ？　当人が、そう言っていた」

――路地から逃げるとき、釘か何かを踏んだようで……。

苦しい息を吐きながら、お篠が告げた。たしかに足首から下が紫色に腫《は》れ上がり、足裏には赤黒い穴があいていた。

「あたしも傷を見たし、久安《きゅうあん》先生だって……」

そのときふと、思い出した。傷を診た医者の久安が、気になることを口にした。逃げるときであれば、傷を負ったのはごく最近、せいぜい数日前となる。しかしそれをきいた久安は、大家の前で首を捻《ひね》った。

「妙だな……もう少し古い傷に思えるのだが。それに、どうも傷の具合がな。たとえ五寸釘《ごすんくぎ》を踏んだとて、こうまで大きな傷にはならん。まるで何度もくり返し、釘を踏んだような穴だ」

「何度もって、まさか。そこまでの粗忽者《そこつもの》は、おりませんでしょう」

大家の多恵蔵《たえぞう》は、笑ってきき流していたが、ぞくりと肌が粟立《あわだ》った。ふいに怖い想像が、頭をもたげたからだ。

「もしや、あの傷は……誰かに？」

かすれた声を、未《ま》だ濡《ぬ》れているにもかかわらず、思いがけぬほど強い瞳が受けとめる。

「篠江に無体を働いたのは、水落忠晃《ただあき》じゃ！」

返しもできぬほどの恐怖が、お麓を絡《から》めとる。水落の所業のためばかりではない。十二歳の少女の、凄《すさ》まじいまでの憎しみに、お麓は気圧《けお》されていた。

「己の粗相と申したは、お篠の偽り。要らぬ勘繰りを、招かぬための用心じゃ」

何より避けたかったのは、身許《みもと》が知れることだ。直ちに水落家に戻されかねない。

もしかすると、すでに己の死期を、悟っていたのかもしれない。愛《いと》しい姫君は、たったひとりでとり残される。だからこそ、最後の賭けに出たのではないか。

「お篠さんはおまえを連れて、水落の屋敷《やしき》から逃げてきたんだね？」

お萩はうなずいたが、次の問いには首を横にふった。

「たしか、水落の屋敷は赤坂だったね？」

「赤坂の拝領屋敷ではない。麻布に近い場所に、水落の別邸がある。本村《ほんむら》屋敷と呼ばれておった」

本村ときいて、ぴんときた。善福寺の南から西にかけて、長く続くのが本村町だ。周囲は寺と武家地ばかりで、町屋以外は人気がない。詳しい所在を確かめたかったが、篠江とともに本村屋敷に移されてからは、一度も塀の外に出てはおらず、逃げたのは夜中で真っ暗だった。篠江に手を引かれて、ひたすら走った記憶しかないという。

「その本村屋敷には、どのくらいいたんだね？」

半年に満たないほどだと、お萩は応えた。屋敷に入ったのは五月十日、逃げたのは十一月二日の深夜だと、正確な日付を告げる。

「姉君が身罷《みまか》った赤坂屋敷では、瑠璃姫も心休まらぬやもしれませぬ。晴れて婚儀が叶《かな》うまでは、麻布の本村屋敷にてのびやかにお過ごしいただきたく」

水落忠晃の計らいで、瑠璃姫と篠江は赤坂屋敷には入らず、雲梯家から直接、本村屋敷に移った。屋敷は小ぶりながら造作は凝っていて、広い庭には泉水《せんすい》や東屋《あずまや》が配されて景観もよかった。

たびたび訪ねてくる忠晃も、歳《とし》の離れた優しい兄のように姫に接した。

「そういや、肝心のことをきいちゃいなかった。水落のご当主は、いくつになるんだい？」

「童《わらわ》とはちょうど、二十歳違《ちご》うた」

今年三十二歳ということか。たしかに歳は開いているが、政略結婚ではめずらしくない。

「見てくれは、どんなだい？　色男かい？　それとも不細工かい？」

事情は質《ただ》さねばならないが、お萩にとっては辛《つら》い経緯《いきさつ》だ。少しでも場を明るくしようと、軽口をたたいたが、かえってよくなかった。

膝に置いたお萩の手が、両の腿《もも》をきつく握り、細いからだがわなわなと震える。

「あの男は鬼じゃ！　名のとおりの蛟《みずち》……人の皮をかぶった化け物じゃ！」

怒りと憎しみを吐き出しながらも、その底にあるものをお麓は察した。化け物と対峙《たいじ》した、強い恐怖だ。からだの震えは、きっとそのためだ。

せっかく声が出るようになったのに、ここで追い詰めては元も子もない。何よりも、この子が可哀想《かわいそう》でならない。語るごとに、からだを切られるような痛みを伴うに違いない。もういい、もうやめさせよう。その思いで、お萩の手に己の手を重ね、強く握った。

小さな顔が上がり、間近で互いの目を見詰め合う。その瞬間、気持ちとはまったく反対の言葉が口からとび出した。

「お萩、辛いだろうが一切合切吐いちまいな。身の内に抱えるかぎり、おまえは恐ろしい化け物と、たったひとりで戦わなきゃならない。頼むから、あたしらにも加勢させておくれ。こんな年寄りじゃ、役に立たないとお思いかい？　亀の甲より年の功。硬い亀の甲羅より、あたしらは強《したた》かなんだ。一枚じゃちょいと薄いがね、三枚重ねりゃ立派な盾になる」

お萩の震えが止まった。小さな手も、ほんの少し温《ぬく》もりをとり戻す。

「三枚で駄目なら、もっともっと。名主も大家も糸吉も長屋の衆も、おまえの味方だ。下々はね、数の多さで力を凌《しの》ぐんだ。大蛟にだって、負けやしない」

お萩への励ましのつもりが、語りながらお麓自身が得心していた。

そうだ、弱い者には数の利がある。人付き合いの悪いお麓でさえも、頼む相手は相応にいる。人好きのするお菅はもとより、買物三昧のお修にも、それぞれ縁の強みはある。

にわかに視界が開け、明るさが増す。眩《まぶ》しい日差しの中に、お萩の姿がある――。

一瞬、映じた幻だったが、この幻を現実にする術《すべ》があるはずだ。いや、何としてもそのための策を講じねば。

「きっとおまえを守ってみせる……だから、信じておくれ」

もう一度、きゅっと力をこめて手を握る。

お萩は深くうなずいて、咲き初めの紅梅のような唇を開いた。

「お菅殿、お修殿。婆《ばば》殿らには、一方ならぬ情けとご恩を賜《たまわ》りました。改めて礼を申し上げます る」

手をついて、実にきれいな辞儀をする。礼を受けるふたりは、口をあいたまま身じろぎもしない。

「ちょいと、地蔵みたいに固まってないで、何とかお言いよ」

「だって、あんまりびっくりして……」

「本当に、良家の姫君だったんだねえ……」

同じ日の夕方、お修の家に集まって、お麓はふたりに仔細《しさい》を明かした。

ぽたりと、畳の上に雫《しずく》が落ちた。にわか雨のように、その数が増えていく。

「可愛《かわい》い声じゃないか……生きてるうちに、お萩の声がきけるなんて、もういつ迎えが来ても悔いはないよ」

「お萱は相変わらず年寄りくさいねえ。あたしゃ逆に、まだまだ死ねないね。これからお萩と、たっぷりおしゃべりを……」

身を乗り出すようにして、お萩を凝視していたお萱の顔から、幾節もの涙が伝い、若作りのお修の顔も、皺《しわ》でくしゃくしゃになっている。

「よく辛抱したねえ、お萩。声が出なくて、さぞかし辛かったろうに」

「もうひとりで、我慢することなぞないからね。あたしらに何でもお言い」

両側からお萩を抱きしめて、みっともないほど派手な泣き声をお見舞いする。なりふり構わぬからこそ、掛け値なしの愛情と真心がたっぷりとふり注ぐ。

「婆殿らのおかげぞ。篠江を亡《な》くしたときは、童も後を追うつもりだった」

お修が、がばとからだを離し、目を三角に吊《つ》り上《あ》げる。

「なんだって？　後追いなんて、とんでもない！」

「いけないよ、お萩、先立ったあの人の気持ちを、無下にするつもりかい」

とたんに母親の顔に戻り、お萱は説教する。

「大丈夫じゃ、婆殿。大願を成就《じょうじゅ》するまでは、童は死なぬと篠江の御霊《みたま》に誓った」

「大願て、なんだい？　まさか、仇討《あだうち》じゃあなかろうね？」

「切った張ったなんて、そんな危ない真似《まね》、この子にさせられるものかい！」

当然のように止め立てするふたりに、お麓はあえて異を唱えた。

「でも倒さぬかぎり、その影にずっと怯《おび》えることになる。このまま十四になったら、人身御供《ひとみごくう》さながらに、化け物の嫁にされちまうんだよ」

「冗談じゃない！　あたしの大事なお萩を、そんな奴《やつ》にくれてやるもんか」

「あたしだって！　たとえ刺し違えたって、この子を守ってみせるさ」

とたんにふたりの鼻息が荒くなる。息も見事にぴったりで、それが何とも頼もしい。

「こうなったら、もういっぺん逃げちまおうよ、お萩を連れてあたしら三人でさ」

「逃げるって、どこへ？」と、お萱がふり向く。

「京でも大坂でも構やしないよ。戸田屋《とだや》の婿を拝み倒して、金はどうにか工面するからさ」

「そりゃいいね！　旅なんて、この歳までしたことがないよ。京へ上るなら、お伊勢参《いせまい》りと金毘《こんぴ》羅《ら》参りも行きたいねえ」

「物見遊山《ものみゆさん》じゃないんだよ、お萱。でも、どうせなら、土地の名物もいただかないとね。桑名《くわな》の焼蛤《やきはまぐり》と、丸子《まりこ》のとろろ汁、新居《あらい》の鰻蒲焼《うなぎかばやき》は外せないね」

能天気も甚だしいが、この図太さが、いまは心強い。それでも釘はさしておく。

「逃げたらあたしらの方が、お萩を勾引《かどわ》かしたことにされちまう。手配りされたら、箱根の関所すら越えられないよ」

「お麓ときたら夢がないねえ。だったら、どうしろっていうのさ？」

「あたしらの手で、大蛟を倒すのさ」

「いったい、どうやって？　相手はお旗本なんだろ？」お萱は目を丸くする。

「そのための策を、これから立てるんだよ。あんたたちにも、たっぷりと働いてもらうよ」

決意表明のように、三人は互いの目を見て、かっきりとうなずいた。

「その前に、婆殿、先に糸吉殿のところに……篠江の悔やみと、詫びを申したい」

気勢が削《そ》がれ、悲しい空気がただよう。それでもお萩の言うとおり、何より大事なことだ。

お麓はお萩を連れて、糸吉の長屋に向かった。

二十八

一月も下旬にかかり、梅は盛りとなった。

おはぎ長屋の内に梅の木はないものの、寺社の境内に行けば、ふっくらと丸い花が白や紅に装《よそお》って春を告げる。この墓地の隅にも、一本だけ紅梅があって、こぼれんばかりに花をつけていた。

紅とはいえ色が浅く、桃や桜を思わせる色だ。

墓前にいるふたりは、未《いま》だに神妙に手を合わせている。きっと尽きない思い出を、亡《な》き人《ひと》と語らっているのだろう。お麓は丸まったふたりの背中を、黙ってながめていた。

糸吉の大事な妹であり、お萩にとっては母や姉のような存在だった。

お篠は、この墓地に眠っていた。

亡《な》くなった当時は名も身元もわからなかった。無縁仏として、善福寺の末寺たるこの寺の墓地の片隅に埋葬するしかなかったが、名主の杢兵衛が棺桶《かんおけ》を寄進し、墓石のかわりに小さな石を置いた。いまとなっては、それだけが唯一の慰めだった。

糸吉が妹の死を知らされたのは、十日余り前になる。お萩が詫《わ》びに赴き、お麓も付き添った。身内の死ほど、受け入れがたいものはない。糸吉は、ひどく間抜けな顔をして、思いのほか静かな受けとめようだったが、単に現実味がなかったためだろう。

この墓地に案内すると、ようすが変わった。

何かが切れたように、がくりと膝をつき、粗末な墓石の前に両手をついた。

「こんなところにいたのか、お篠……兄ちゃん、探したんだぞ。ずっとずっとお前を探して……なのに、こんな……」

語りかける声が途切れ、慟哭《どうこく》が迸《ほとばし》った。千切れるような切ない叫びに、誰もが胸を絞られた。あのときは、お菅とお修もいた。やはり泣きくずれるお萩を、お菅は庇《かば》うように抱きしめて、お修とお麓もたまらず、存分にもらい泣きをした。

「そういやお萩は、これまで一度も、墓参りで泣いたことがなかったよ」

後になってお萱は、そんな話をした。月命日や四十九日はもちろん、お萱は折々に、お萩を墓参りに連れていった。

「きっと気持ちを抑えていたんだよ。お篠さんの前で泣いたら、化けの皮が剝がれそうで怖かったんじゃないのかね」

お修の推量は、あながち間違いではなかろうが、お篠の死に、誰よりも責めを感じているのは外でもないお萩だ。自分は泣く立場にすらないとの、戒《いまし》めもあったのかもしれない。

「篠江、長らく待たせてすまなんだ。今日こそ、水落との決着をつけてみせようぞ」

「お篠、おまえの仇《かたき》は、兄ちゃんがきっととってやる。見ていてくれよ」

亡き人に告げたふたりの顔に、決意がみなぎる。お麓も胸の中で、懸命に祈った。

――どうか上手《うま》くいきますように。お篠さん、頼むから力を貸しておくれ。

いわば水落との対決という策を講じたのは、お麓であった。


「ちょいと、遅いじゃないか。水落は本当に来るんだろうね？」

正月並みに着飾ったお修が、案じ顔をお麓に向ける。

「昼四つの鐘は、鳴ったってのにね。あまり置くと、料理が不味《まず》くなっちまうよ」

お萱もまた、やや的外れながら心配そうだ。ふたりが今朝の墓参りに来なかったのは、それぞれ身仕度《みじたく》と料理に暇がかかったためである。

「日時は、向こうが言ってきたんだ。あたしにだって、わかるものかい」

半ば八つ当たりぎみに応えた。昼四つは、正午の一時前にあたる。こちらはそれより前から、万事仕度を整えて待っていただけに、やはり同じ不安が頭をもたげる。

お萩が探していた姫君だというなら、水落の殿さま直々に、おはぎ長屋まで迎えに来ていただきたい——。

お麓は名主の立ち合いのもと、そのように認《したた》めた文を、手嶋屋に差し出した。長屋に迎えを寄越すにせよ、家臣や侍女がせいぜいだろうが、殿さまご本人をとお麓は求めた。

「まさか殿さま御自ら、下々の長屋までお出張りせよと？」

手嶋屋筑左衛門《ちくざえもん》は仰天し、最初は激しく拒んだが、お麓は折れなかった。

「向こうさまにとっては、何よりも大事な姫さまですよね？　迎えに来るのも、しごくあたりまえと思えますがね」

「相手はお旗本なのですから、下々から出向くのが礼儀でございましょう」

「では、こちらから、お萩を水落さまの屋敷《やしき》に連れていけと？」

「きっと褒美《ほうび》を下さいますよ。金子《きんす》やら反物《たんもの》やら……もしお望みがあれば、お伝えします」

「見くびらないでもらいたいね！　こちとら褒美目当てに、あの子の世話をしてきたわけじゃないんだよ！」

お修仕込《じこ》みの啖呵《たんか》を切った。手嶋屋が大げさなまでにびくりとし、慌てて下手に出る。

「これはとんだご無礼を……では、こちらで御駕籠《かご》を仕度させ、姫君をお迎えにあがるということでいかがでしょう？」

「こうなりゃ言わせてもらうがね、手嶋屋の旦那、あたしらはあんたを疑っているんだよ。お萩を養女にと、しつこく言ってきただろ？」

「あ、あれは……もしや姫君ではないかと、見当をつけていたためで」

「だったら、どうして最初《はな》から、そう言わなかったんだい？」

「それは……あの当時はまだ確かめようがなく……水落さまにしても、姫の災難をおいそれと明かすわけには参りませぬから」

鏡を前にした蝦蟇《がま》のごとく、月代《さかやき》頭から汗が吹き出す。

「手嶋屋さん、あんたの言葉には嘘《うそ》がある。だから名代《みょうだい》のあんたには、お萩は渡せないし、こちらから出向くつもりもない。あんたに連れていかれた場所が、本当に水落さまのお屋敷かどうか、あたしらには確かめようもないからね」

「そりゃあまあ、表札が出ているわけでもないし、お武家屋敷はどこも同じに見えるからね」と、名主の杢兵衛が息を合わせて、もっともらしくうなずく。

「ではせめて、名のある料亭や、あるいは寺などで、ご対面を果たすということでは？」

旗本を下々の長屋に呼びつけるなぞ前代未聞《ぜんだいみもん》で、名代を務める手嶋屋は立つ瀬がない。相手もなかなかに食い下がったが、お麓は頑として譲らず、思い出したようにつけ加えた。

「そういや、名主さん、境川屋敷のことはご存じだろ？」

「もちろんさ、北日ヶ窪町のお向かいだからね。毎年、ご用人の蛯名《えびな》さまに、ご挨拶に伺っているよ。ああ、お麓さんは昔、境川屋敷の前にある、手習所に通っていたそうだね」

「そうなんだよ、名主さん。しかもね、最近指南を受けている短歌の師匠が、なんと当時の手習師匠のお孫さんでね」

「ほう！　それはまた、ご縁があるね」

少々大げさに打たれた杢兵衛の相槌に、明らかに手嶋屋の頬がひくりとした。境川家と雲梯家の間柄は、手嶋屋も知っているに違いない。

「お萩を連れていたとき、その歌のお師匠さまにたまたま出会ってね。そうしたら、妙なことを仰《おっしゃ》ったんだ。お萩がね、殿さまの姪御《めいご》さまに、そっくりだと言うんだよ」

椿原一哉と、たまたま出会ったとは出まかせだが、幼い頃に、瑠璃姫が母や姉とともに、何度か境川屋敷の伯母を訪ねたのは本当だ。お萩からその話をきき、また椿原一哉も、幼い瑠璃姫のことは覚えていた。

「そっくりって、そんなに似てるのかい？」

「幼い頃の顔しか、お師匠さまも知らないそうだがね、えらく驚いていなすったよ。まあ、歳が三つも違うから別人だろうがね、咄嗟《とっさ》に姫さまの名を叫んでいた」

相手方からは、瑠璃姫の名も伏せられている。「水落の姫」が勾引《かどわ》かされたとしかきかされていないが、素知らぬふりで、杢兵衛がたずねる。

「姪御さまというのは、何というお名だい？」

「えーと、名は何て言ったかね。珠《たま》？　いや玻璃《はり》だったたか。何やら宝の名だったような……」

水落の当主にとって、境川家の干渉を受けるのは、何よりも避けたい事態のはずだ。

案の定、手嶋屋がみるみる青ざめて、遂《つい》に陥落した。

「わかりました！　ひとまずこちらの文をお預かりして、殿さまにお伺いを立ててみましょう」

お麓もまた居住まいを正し、よろしくお願いしますと頭を下げた。

「ご無礼を申し上げたことは、お詫びします。ただ、知ってのとおりお萩は、未だに口が利《き》けません。あの子の身の上も、ずっとわからず仕舞いで、姫君ときいても未だにあたしらには呑《の》み込《こ》めないんです」

「世話役が年寄りばかりのせいか、皆頑固でね。お身内に、確かにお渡しするためには最善の策だと言い張りまして」と、杢兵衛も苦笑を浮かべる。

お萩の声は戻っておらず、姫が屋敷から勾引かされたとの訴えを鵜呑《うの》みにしている――。

その芝居にも念を入れて、手嶋屋を返した。返事が思いのほか早かったのは、境川家を警戒したためかもしれない。

「殿さまが、ご承知くださいました。姫のためなら、下々の長屋に出向くのもやぶさかではないと仰りまして」

返事を受けてから三日後の昼四つと伝えられた。この日は忠晃の、非番にあたるという。

今日、一月二十二日が、その日だった。

「来たよ！　お出《い》でなすった。いま、うちの亭主が表通りでお出迎えしている」

知らせに来たのは、大家の女房《にょうぼう》だった。

「やれやれ、やっとかい。待ちくたびれちまったよ」

胸の内に生じた不安と緊張を表に出すまいと、お麓はわざとぞんざいにぼやいた。お菅とお修も、戦に赴くような面持ちで腰を上げる。やはり心配は、お萩だけだ。ただでさえ色白の頬が、待たされる間にも刻一刻と色が抜けていくようで、真っ青に見える。

「大丈夫かい、お萩？　無理をせず、あたしらに任せてくれてもいいんだよ」

ふり向いたお萩と目を合わせ、はっとした。黒目がかっきりと定まっている。怒りでも悲しみでも恨みでもなく、強い決意だけが見てとれた。

「逆であるぞ、婆殿《ばば》。童《わらわ》は武家が娘。いざとなれば、童が婆殿らの盾となろうぞ」

その威厳に気圧《けお》されて、お麓は思わず頭を垂れた。


「驚いたね。見てくれは悪くないじゃないか。細面で、目鼻立ちも整ってるよ」

腰を屈《かが》める名主に先導されて、木戸内に入ってきた姿を見て、お修が小声で値踏みする。

今朝、李兵衛と手嶋屋が、赤坂の水落屋敷まで迎えに行き、駕籠脇に従って道案内を務めた。

表通りに駕籠を止め、そこから先は狭い路地を歩いてきたようだ。

長屋に呼びつけられたことが癇《かん》に障《さわ》ったのか、眉間に不機嫌そうな皺《しわ》を刻んでいる。

「これ、殿の御前であるぞ、頭が高い！」

つい不躾《ぶしつけ》にながめていたが、おつきの家臣に叱咤《しった》された。木戸内にいるのは、お麓とお修、そして大家の女房だけだ。あとは見事なまでに、人っ子ひとりいない。

「苦しゅうない、面を上げよ」

見かけは優男《やさおとこ》なのに、声はひどく低い。響きも冷たく、何やら寒気がした。辞儀を終えても、すっきりと腰を伸ばすわけにはいかない。やや屈めたまま、視線を合わさぬよう相手の足許《あしもと》を見詰める。眩《まぶ》しいほどの足袋の白さが、目に焼きついた。

「して、姫はいずこに？」

「はい、こちらに大事にお預かりしております」

大家の多恵蔵が応じて、お修の家の戸を開ける。お菅に連れられて、お萩が出てきた。

忠晃の表情が一変し、喜色が満面にあふれた。

「おお、姫！　無事であったか。どんなに案じたことか！」

喜び勇んで歩み寄り、抱きしめようとするように両手を差し出したが、その手をお萩が払いのける。ぱしりと、派手な音がした。下から忠晃を、きつい目で睨《にら》みつける。

「姫、いかがした？　こうして迎えに来たのだぞ。さあ、共に屋敷に帰ろうぞ」

お萩は口を閉ざしたまま、黙って首を横にふる。背中に立つお菅は、励ますようにお萩の両肩に手を置いた。忠晃は優しげな微笑を浮かべて、あやすように子供を口説く。

「もしや、さように町方暮らしが気に入ったか？　ならば折々に、町場に出ても構わぬぞ。あるいはここの者どもに情が移ったか？　ふた月余も共におったのだから無理もないが、武家の娘たる上は、我儘《わがまま》勝手は許されぬぞ」

どんなに言葉を尽くしても、お萩は微動だにせず、きつい眼差《まなざ》しも変わらない。

その目の中に、怒り以上に宿っているのは蔑《さげす》みだった。おまえは虫にすら及ばないと、あからさまに見下している。露骨なまでの軽蔑《けいべつ》と拒絶が、忠晃の本性を引きずり出した。

まるで面を変えたように、それまでとはまったく違う笑みが浮かんだ。両の口角を上げた口許《くちもと》は、

は、引きつったように歪《ゆが》んでいるのに、目の光はぞっとするほど冷たい。

「駄々をこねるのもここまでだ……おまえは水落の姫なのだからな」

すでに礼儀も忘れて、誰もがふたりのようすを凝視している。澱《よど》んだ沼の底のように、重く冷たい空気が満ちる。裂くように、凜《りん》とした声が鳴った。

「黙りゃ、水落忠晃！　童は水落の姫ではない。雲梯長栄《うなてながよし》が娘、瑠璃であるぞ！」

忠晃が目を見開いて、大きく息を吸い込んだ。

二十九

「瑠璃姫《るりひめ》……声が戻ったか」

水落忠晃《みずちただあき》が、お萩《はぎ》を見下ろして呟《つぶや》いた。自身は水落家の姫ではなく、雲梯《うなて》家の娘だと、お萩は清冽《せいれつ》な声で言い放った。慌てたのは水落ではなく、手嶋屋筑左衛門《てしまやちくざえもん》である。

「お麓《ろく》さん、どういうことだい？　姫は未《いま》だに声が出ないと、この前たしかに……」

「昨日ふいにしゃべり始めて、こっちも腰を抜かしそうになったよ」

いけしゃあしゃあとお麓が返し、嵌《は》められたと言わんばかりに手嶋屋が睨《にら》みつける。

「いや、声をとり戻したは何よりの幸い。迎えが来るときいて、安堵《あんど》いたしたに違いない」

水落だけは、取り乱すことなく悠然としたままだ。お麓にはかえって、奇異に映った。

驚き、焦《あせ》り、戸惑い——どんなに取り繕っても、感情の揺れは隠しきれない。だが目の前に立つこの男は、作り物の心を埋め込んだかのように、少しも乱れない。

まるで大きな人形を見ているようだ。些細《ささい》な、しかしなくてはならない何かが欠けており、人にはなり切れていない。瞳すら硝子玉《ガラスだま》を嵌《は》め込《こ》んだように虚無を映し、ただ作り笑いだけを浮かべている。

お萩はこんなものと、ずっと対峙《たいじ》してきたのか——。こんな不気味で不可解なものを、夫にせよと強いられたのか。化け物の嫁になれと、人身御供《ひとみごくう》に差し出されるに等しい。何より恐ろしいのは、これがおとぎ話ではなく現実ということだ。

どんなに叫んでも言葉を尽くしても、一片もわかり合えない。相手に心がないからだ。その絶望がどれほど深いものか、いまさらながらに察せられる。その異様さにお麓は気圧《けお》され、慄然《りつぜん》とした。こんな化け物と戦えるのか、勝つことなどできるのか——怯《おび》えと気後れに侵食されて、からだが冷たくなってくる。

身をすくませた大将の代わりに、先鋒《せんぽう》を務めたのはお修《しゅう》だった。

「安堵だって？　そいつはきき捨てならないね。この子からきいたよ、一切合切ね。年端《としは》のいかない娘をさらってきては、殿さまの慰みものにしたんだろ？」

「馬鹿なことを！　何を世迷言《よまいごと》を……」

「手嶋屋の旦那、人さらいには、あんたが関わっていたんだろ？　里子と称して子供を預かり、水落の屋敷《やしき》に送った。赤坂の拝領屋敷じゃなく、麻布に近い本村《ほんむら》屋敷にね」

ぶるっとたしかに、手嶋屋が身震いした。顔色がみるみる青ざめる。

「言いがかりにも程がある。子供たちは、うちの縁者が大事に育てて……」

「だったらその子らに、会わせてもらおうか。いま、どこにいるんだい？　本村の屋敷かい？それとも色街にでも、売っ払ったかい？　あたしも少しは詳しくてね、いるんだよ、そういう男がさ。子供しか相手にできない、大人の女じゃ気後れするって意気地なしが」

手嶋屋はわなわなと唇を震わせたが、当の水落はまるで他人事《ひとごと》のようにきいている。

「童《わらわ》は屋敷の内で、はすという娘に会った」

その名に、手嶋屋がびくりとする。真夜中だったとお萩は、いや瑠璃姫は語り出した。

何か物音をきいたような気がして、瑠璃は目を覚ました。耳をすますと、たしかに気配がする。しかも床下からだ。すぐに布団《ふとん》を抜けて外に出たのは、猫に違いないと思ったからだ。たまに塀を越えて、遊びに来るトラ猫がいる。縁の下を覗《のぞ》き込み、トラ、と小声で何度も名を呼んだ。

しかし縁の下から這《は》い出《で》てきたのは、瑠璃と同じ歳頃《としごろ》の娘だった。

「お願い、助けて！　殿さまから逃げてきたの」

「殿さまとは、この屋敷の？　水落忠晃か？」

「名は知らない。ただ、ここに連れてこられて」

「いままで、どこにおったのじゃ？」

はすが示した方角には、離れがあった。昼間は納戸《なんど》に籠められて、夜になるとたびたび殿さまの相手をさせられた。瑠璃には信じ難《がた》い話であったが、娘は大人びた口調で語った。

「どうせ禿《かむろ》として、色街に売られるところだったから。おとっつぁんが死んで貧しくなって、あたしが身売りするより他になかった。でも、どこやらの大店《おおだな》の旦那さんが、里子にならないかって言ってくれて。喜んでついてきたら、この屋敷に連れてこられて」

騙《だま》されたと知ったが、はすも半ば諦《あきら》めていた。逃げ出したのは、当主のもうひとつの余興に堪えられなかったからだ。弱い者を責《せ》め苛《さいな》み甚振《いたぶ》る、悪癖である。

「何をされた？　鞭《むち》で打たれたか？　殴る蹴るされたのか？」

そうではないと、はすは首を横にふった。

「傷はつけない。後々面倒になるからって。でもそのかわり……」

息が詰まるほど首を絞められ、折れそうなほどに手足を捻《ね》じ曲《ま》げられる。真冬に水風呂《みずぶろ》に浸《つ》からされ、雨の日に一晩中、木に吊《つ》るされたこともある。猿ぐつわを噛《か》まされて、悲鳴もあげられない。痛みにあえぎ苦しむさまを、当主は目を細めて眺めていたという。

「このままじゃ殺される！　おっかさんや兄弟のもとに帰りたい！」

もちろん瑠璃は手伝うつもりでいたが、離れの方が急に騒がしくなった。娘が逃げたことに気がついて、見張りの者たちが探しにきたのだ。瑠璃が止めるのもきかず、怯えた娘は走り出し、塀にさえぎられてあえなく捕まった。むろん屋敷の当主には、事のしだいを問《と》い質《ただ》した。しかし優しげな微笑を浮かべて、水落はこたえた。

「あれは塀の破れ目から入り込んだ盗人《ぬすっと》でな、大方、姫に見咎《みとが》められて嘘《うそ》を並べ立てたのであろう。怖い思いをさせてすまなんだ。もう二度と、あのような不始末は起きぬ故、安堵いたせ」

二度と、と言われたとき、はすにはもう会えないと感じた。悲しみとやるせなさに襲われ、同時に水落への不審と嫌悪《けんお》がわいた。

顔を見ることすら厭《いと》わしく、以来、あからさまに避けるようになった。水落が屋敷を訪れても、奥から出てこようともしない。無言の抵抗を続けるあいだ、瑠璃は考え続けた。

「眞銀《ましろ》姉上も、忠晃殿の不埒《ふらち》を知っておったのか？」

ふくらんだ疑問を投げる相手は、ひとりしかいなかった。侍女の篠江《しのえ》である。

「いえ……眞銀さまは赤坂屋敷におわし、この本村屋敷には一度もお出掛けになりませんでしたから」

知らぬはずだと篠江はこたえたが、もっと恐ろしい考えが頭をもたげた。姉姫は病で亡《な》くなったと、雲梯家の者はきかされている。ふとした風邪がもとで床に臥《ふ》し、医者も手を尽くしたが、ほどなく食が進まなくなり遂《つい》には儚《はかな》くなった――。

「姉上は、まことに病であったのか？」

「はい……ひと月ほど、床に就かれてあえなく」

篠江にしては歯切れが悪く、うつむいたまま視線を合わせない。

もうひとつ、気づいたことがある。姉が嫁いでからも、姉妹は頻繁に文のやりとりをした。しかし姉の返事はだんだんと間遠になって、また文そのものも精彩を欠くようになった。庭の木に小鳥が巣を作ったとか、出入りの商人から面白き話をきいたとか、以前は色々と書いてくれたのに、季節の移り変わりや妹を案ずるだけの、ありきたりな文面になった。

「他家に嫁ぐとは、そういうことですよ。それだけ水落さまの家風に馴染《なじ》んでいるということでしょう。瑠璃姫もいつまでも、姉上を煩わせてはいけませぬよ」

まだ幼かった故に、継母から諭されて、そういうものかと無理に呑《の》み込《こ》んだ。

しかしいまさらながら、もしや、もしや、と悪い想像がいくつも浮かんでくる。

「姉上は、はすと同じ目に遭ったのではなかろうか？　このままでは殺されると、はすは言った。同じ男に嫁いだのだ。姉上が無体を受けていたとしても不思議はない。もし、さような仕儀に至ったとしたら、姉上はどうなさったろうか……」

はすの惨状を、姉に当《あ》て嵌《は》めてみる。はすは逃げようとしたが、姉は武家の娘だ。気性はおっとりしていたが、長女として家の面目は心得ていた。ましてや雲梯家は、代々番方《ばんかた》を拝命してきた武門の家柄だ。不測において逃げも隠れもしない。たとえ女子《おなご》であろうと、窮地において道はふたつしかない。戦うか、もしくは――。

ふいにからだ中が総毛立った。熱を帯びていた頭が、すうっと冷えてくる。

「姉上は……自害なさったのではないか？」

びくっと篠江の肩があからさまに弾んだが、何かを堪えるように目を伏せる。

「どうなのじゃ、篠江！　童の目を見てこたえぬか！」

篠江は身を折るようにして、畳に額をこすりつけた。伏した背中が細かく震え、すすり泣きが漏れる。合間にこぼれてくるのは、詫《わ》び言だった。

「申し訳ございません……申し訳、ございません……私がついておりながら……」

経のように、ひたすらにくり返す。ききたいのは、詫びではなかった。

「何故《なにゆえ》いままで黙っておった？　雲梯の者に真実《まこと》を隠した？　忠晃に言いくるめられたか？　姉上ではなく、水落の側に加担したのか？」

「眞銀さまの、ご遺言にございます……」

あまりに腑《ふ》に落ちて、しばし呆然《ぼうぜん》とした。武家がもっとも厭《いと》うのは恥だ。名誉は命より重く、たとえ命を賭《と》しても恥を雪《そそ》ぐ。自害とは、いわば負け戦の果てにある。無体という辱《はずかし》めを受けながら、屈するしかなかった無念は、想像するに余りある。

自らの命をもって、すべてを終わらせ、すべてを覆い隠そうとした。それほどまでに、心が追い詰められていたのだろう。まるで崖に立たされたように——。先に道はなく、眞銀は飛び降りるしかなかった。

「姉上……姉上……どんなにご無念であったことか……」

それから数日のことは、よく覚えていない。姉の末路が頭から離れず、食事も喉《のど》を通らず、眠れば悪夢にうなされた。篠江とも口を利《き》こうとせず、塞《ふさ》ぎ込む日々が続いたが、ある晩、言い争う声で目を覚ました。

声を抑えているのか、はっきりとは届かず、内容はわからないが男女のようだ。そろりと、となりに続く襖《ふすま》を開ける。となりは控えの間で、夜は侍女の寝間となるが、布団に篠江の姿はなかった。

その向こうが、いわば瑠璃のための居間であり、声はそこからきこえてくる。

音を立てぬよう気をつけながら、控えの間と居間のあいだに立てられた襖に耳を当てた。

「瑠璃さまはすでにお休みです。今宵《こよい》は、ご遠慮くださりませ」

「侍女の分際で、主人に指図するか。身の程をわきまえろ」

声の主は、篠江と忠晃だった。当主がこんな夜中に、瑠璃のもとを訪れるのは初めてだ。

身の毛がよだち、恐ろしさにからだがすくんだ。

はすの話からすると、夜に人目を忍んで本村屋敷に来ていたのだろうが、少なくとも姫の居室には現れず、瑠璃は訪問すら知らなかった。

はすや眞銀にしたと同じ無体を、自身も受けるのか――。

いまにも当主がこの間に踏み込んできそうに思えて、なのに一歩も動けない。雁字搦《がんじがら》めにしているのは、生まれて初めて味わう絶望だった。

「雲梯の殿さまとの約束事を、破るおつもりですか！」

篠江の声で、我に返った。呪縛《じゅばく》は未だ断ち切れていないが、辛《から》うじて大きく息をつく。

「姫さまはまだ御歳十一。婚儀は姫が十四になってからと、両家で約定を交わされました。守役として、違えるわけには参りません」

「生意気な……主人に逆らって、ただで済むと思うてか！」

「思いませぬ……ですから、罰をお受けします」

「罰だと……？」

しばし、妙な間があいた。襖を隔《へだ》てた瑠璃には見えないが、無言の会話が交わされたのか。

「おまえごときではさして面白みもないが……よかろう」

当主が座敷《ざしき》を出て行き、篠江がその後に続く。

――待て！　篠江をどこに連れていく！

引き止めたいのに声は出ず、その場を動けない。無力感だけが、澱《おり》のように落ちてきた。


「姫さま、おはようございます。今朝は、良い日和《ひより》にございますよ」

翌朝、いつもどおり篠江に起こされたときは、昨夜の出来事は夢ではないかと思った。数日のあいだ、ろくに口を利かなかったことも忘れて、急いでたずねた。

――篠江、篠江、大事ないか？　罰と称して、忠晃に無体を働かれたのではないか？

そう言いたかったのに、声が出ない。喉を押さえ、もう一度口を開けたが、やはり息しか出てこない。思わずむせて、咳《せ》き込《こ》んだ。

「大変！　お風邪を召したのでしょうか？　お熱はありますか？」

篠江は大いに慌て、直ちに医者も呼ばれたが、風邪ではなく喉にも異常はないとの診立てだった。医者にも原因は判ぜられず、瑠璃は以来、声を失った。

三十

「瑠璃姫、そなたの声が失われ、どんなに案じたことか」

水落忠晃が、優しい微笑を貼りつけて、お萩を見下ろす。

「幾人もの医者に診せ、あらゆる薬を取り寄せ、喉《のど》に良いとされるものは何でも試させた。水飴《みずあめ》や梨は好まれたが、葱《ねぎ》は嫌いであったのう。いくら勧めても頑として口にせず……」

男にしてはやや甲高い声が、楽しい思い出を懐《なつ》かしむように語る。しかしお萩にとっては、厭《いと》わしい過去だ。断ち切るように、つれなく告げる。

「声がのうては、慰み物として興が削《そ》がれるからの。ただそれだけの理由《わけ》であろう？」

忠晃の微笑が剝がれるように落ちて、また空っぽの表情を晒《さら》す。何度見ても、お麓の背筋に寒気が走る。石よりも温《ぬく》もりに欠け、古木の洞《うろ》より昏《くら》い。もしも忠晃の胸の内が目に見えたとしたら、そこには虚無という無限の闇が広がっているに違いない。

お麓と同じ恐れは、他の者たちも感じている。お菅《すげ》やお修、名主や大家も固まったまま声すら出ず、味方のはずの手嶋屋すら、気味悪そうに見詰める。

大人たちが気圧《けお》されている中、お萩はたったひとりで果敢に立ち向かう。

「童《わらわ》を掛け値なく案じてくれたのは、篠江だけじゃ！　その篠江に、そなたは何をした！」

「はて、何のことやら……」

「惚《とぼ》けるでない！　庭の老松に、たびたび白布が結ばれておった。それが篠江への合図であろう？」

「あの侍女とは、何もない。ただ姫のごようすを、あの者の口から確かめるためで」

「そのために、わざわざ離れに呼んだと申すか？」

老松の枝に白布が翻《ひるがえ》ると、決まってその夜遅く、篠江は密《ひそ》かに寝間を出てどこぞへ忍んで行った。屋敷《やしき》の内外は不寝番《ふしんばん》が見張っているだけに、後を追うのは難しかったが、篠江が手にした提灯《ちょうちん》の灯《あか》りが、庭を伝い離れの辺りで消えるのを何度か目にした。むろん当人の篠江にも問《と》い質《ただ》したが、忠晃と似たような台詞《せりふ》を返された。

「ご案じなさいますな。殿さまとは、誓って何もございませぬ」

晴れやかな笑顔に、嘘《うそ》はない。男女の仲ではないという侍女の言葉を鵜呑《うの》みにした。

それは真実であり、同時にもうひとつの事実を覆い隠した。

離れのことも、そこで何が行われているかも——以前、はすという少女からきいていたのに、いつもと変わらぬ篠江の笑みを信じ込んだ、いや、信じようとした。互いに知らぬふりを通さねば、日常すら凍りついてしまうからだ。

「童は、深く悔いておる……もっと早うに篠江を医者に診せれば、助かったやもしれぬ。さぞかし加減が悪かったろうに、篠江はずっと我慢して、遂《つい》にはあのような……」

お萩の声が途絶えた。これまで何百遍もくり返した自責の念に、苛《さいな》まれているのだろう。唯一の矛《ほこ》を失っては、これ以上抗《あらが》う術がない——かに思えた。

「おれも詳しく、きかせてもらいたいね。あんたがお篠に何をしたか」

長屋から出てきたのは、糸吉《いときち》だった。これは筋書きにはない件《くだり》だ。お麓は内心で慌てたが、糸吉はつかつかと進み出て、お萩の脇から旗本を睨《にら》んだ。忠晃が眉をひそめる。

「何だ、おまえは？」

「死んだお篠の、いや、篠江の兄だ」

「さようか……。侍女の不運はきいておる。屋敷を出奔した折に傷を負い、それがもとで亡《な》くなったそうだな。姫をさらった不届者故、天罰が下ったのであろうが、いまさら死人に鞭打《むちう》つつもりはない。せめて草葉の陰で安らかに……」

忠晃は他人事《ひとごと》のように語る。糸吉の端整な顔が、怒りで朱に染まった。

「安らかにだと？　天罰だと？　よくもいけしゃあしゃあと……お篠を、妹を、死に追いやったのはてめえだろうが！」

糸吉に詰め寄られても、妙につるりとした顔には、皺《しわ》の一筋も浮かばない。大きな人形に向かって、それでも糸吉はあらん限りの怒りをぶつける。

「足裏に、五寸釘《ごすんくぎ》を打ち込んだというのは本当か？　それも一度じゃねえ、同じところに何度も何度も……そんな酷《むご》い仕打ちがどうしてできる？　何だってそんな非道を働いた！」

この事実を糸吉に告げたのは、お萩だ。震える声で伝え、ひれ伏すようにして詫《わ》びた。

異変に気づいたのは、声を失ってからひと月近くが過ぎた頃だ。篠江の歩き方が妙で、怪我《けが》でもしたのかと問い質した。うっかり釘を踏んでしまったが、たいしたことはないと篠江はこたえたが、それからわずか数日で足が腫《は》れ上がり、足袋すら履《は》けなくなった。

直ちに医者を呼んで手当をするよう身振りで訴えたが、篠江は首を横にふった。

「いけません、姫さま。後生ですから、騒がないでくださいまし。殿さまの耳に入れば、面倒なことになりまする」

怖いくらい真剣な顔で、瑠璃姫を止めた。しかしその表情から、すべてを察した。はすと同じ無体を、篠江が受けていることを――。

「そんなことよりも、姫さま、もっと大事なことが。今宵《こよい》、この屋敷から逃げましょう」

思わず耳を疑ったが、篠江は本気だった。姫が声をなくして、このひと月近くずっと思案を重ね、密かに仕度も整えていたと明かした。決行を急いだのは、自身の足の傷のためであろう。歩くことすらできなくなっては、姫を連れての出奔《しゅっぽん》は困難となる。

「境川《さかいがわ》の伯母上、お多津《たつ》の方さまを覚えてらっしゃいますか？　姫の実の母君さまの、姉上にあたります。御方さまが亡くなられてからは、自《おの》ずと足が遠のいてしまいましたが、眞銀さまと瑠璃さまを、実によく可愛《かわい》がってくださいました」

境川屋敷は、同じ麻布《あざぶ》にある。事情を明かせば、あの伯母君ならきっと姫を匿《かくま》ってくれようし、また、奉公を世話してくれた椿原《つばはら》一哉《いっさい》もいる。篠江はそこにかけたのだ。

篠江は外出を許されていたが、必ず水落の若党が見張りにつく。買物をする体で境川屋敷の近くまで足を伸ばし、道順なども確かめた。糸吉の幼馴染《おさななじみ》が、宮下町の辺りでお篠と出会ったのは、おそらくその折であろう。

屋敷から逃げ出す算段においても、篠江は知恵を絞り、その夜、決行に移した。

十一月二日の丑《うし》三ツ刻《どき》、本村屋敷にけたたましい声が響いた。

「姫さま！　お待ちください、姫さま！　外に出ては危のうございます！」

慌てふためく声は、東の塀際からきこえる。屋敷の張番《はりばん》たちが駆けつけると、篠江が塀の前に座り込んでいた。張番や若党に向かって、必死で訴える。

「姫さまが、塀の破れ目から外に出てしまわれて！」

地面に接した塀の一部が、たしかに崩れていて穴があいている。犬猫くらいしか通れぬような狭さだが、華奢《きゃしゃ》な子供なら抜けられるかもしれない。

「きっと雲梯のお屋敷に、帰ろうとなさっておられるのです。おひとりで辿《たど》り着《つ》けるはずもないというのに……。早う、早う姫さまを、連れ戻してくださいませ！」

屋敷中の侍や中間《ちゅうげん》が、提灯を手に慌しく屋敷を出ていき、それを確かめて、篠江は少し離れた庭の繁《しげ》みに声をかけた。

「さ、姫さま、いまのうちに」

繁みの陰に隠れていた瑠璃姫は立ち上がり、差し出された篠江の手を握った。

家人たちが向かった東を避けて、人気のなくなった西の裏門を抜けた。本村町からおおよそ北に向かえば境川屋敷だと、篠江は言いながら西に向かう。万一、追手がそちらに向かうことを考えて、西に迂回《うかい》する道をとったのだ。

二日の月は爪の先ほど頼りなく、夜道はふたりの先行きを暗示するように暗い。ただ、瑠璃が泣きそうなほど心細かったのは、篠江がひどく辛《つら》そうで、肩で息をしていたからだ。足の傷がよほど痛むのか、歩みは遅々として進まない。瑠璃は強いて足を止めさせ、二度ほど休息を入れた。誰より歯がゆい思いをしたのは篠江に違いない。境川屋敷に着いたときには、空が白んでいた。

互いに安堵《あんど》の顔を見合わせて門へと向かったが、そのとき後ろから足音が近づいてきた。篠江は咄嗟《とっさ》に姫の手を強く引いて、向かいの町屋の路地に入り、物陰に身を隠した。ふたりの前を通り過ぎた一団は、間違いなく本村屋敷にいた水落家の若党たちだった。

門脇の潜戸《くぐりど》を叩《たた》いて、眠そうな顔で出てきた門番の中間に、早口で訴える。

「今宵、この門を、屋敷女中が通らなんだか？　篠江という侍女で、当家で不届を犯し、挙句に出奔した。もしも屋敷の内におるなら、速やかに引き渡してもらいたい」

本来なら、中間相手に門前で語るべきことではないのだが、よほど慌てていたのだろう。昨夜、門を閉めて以降、誰も通っていないと中間はこたえたが、若党はしつこいほどに念を押す。そのやりとりの中で、もうひとつ不運なことが判明した。

「殿さまは昨年、堺《さかい》奉行を賜《たまわ》りまして、いまはそちらに。奥方さまも先月から堺にお出《い》でになられて、お戻りは師走《しわす》になるとのことです」

奥方たるお多津の方は、頼りにしていた伯母である。その当人が不在となれば、境川家がふたりを受け入れてくれるかどうか、甚だ心許《こころもと》ない。

水落の者たちは、然《しか》るべき者への目通りを乞《こ》い、潜戸から邸内へ消えた。

おそらく別邸の本村屋敷から、赤坂の水落屋敷に知らせが行き、忠晃から境川屋敷に向かうよう命が下ったに違いない。水落家当主からの要請とあらば、境川家の家臣もおいそれと拒めない。堺にいる当主や奥方に伺いを立てるにせよ、文の往復に半月はかかろう。

「伯母上さまを頼れないとなれば、どうしたら……あのお方なら、お味方になってくれましょうが、やはり屋敷の内に匿うわけには参りますまい」

あのお方とは誰かと身ぶりで問うと、境川屋敷にはもうひとり伝手《つて》があると篠江はこたえた。それが椿原一哉だと知ったのは、ずっと後のことだ。一哉の身分では、瑠璃姫を守るに心許なく、うかうかと篠江が出ていけば、藪蛇《やぶへび》となり迷惑がかかる。

加減の悪そうな青白い顔で、篠江はしばし考え込み、それから顔を上げた。

「姫さま、伯母上さまがお戻りになるまで、篠江と一緒に町屋で暮らしましょう」

突拍子もない申し出なのに、にわかに胸が高鳴った。

「大丈夫、篠江はもとより町人ですから。長屋を借りて、仕事を見つけて、姫さまを立派に養ってご覧に入れます」

あのときの誇らしげな篠江の表情が、忘れられない。思い出すたびに、胸がしめつけられる
——。

「まずは、当座のお金を工面しないと。その前に、身なりを町人風に仕立てねばなりませんね。そうだ！　着物や櫛簪《くしかんざし》を売れば、古着を買って髪結《かみゆい》に行ってもお釣りがきます。まずは質屋に参りましょ」

篠江に手を引かれて繋みを出た折、ちょうど日が昇った。篠江の明るい笑顔と重なって、まる

で新たな門出のように、瑠璃姫には思われた。

日の出の刻限には、町屋の店々はすでに商売を始めている。まず質屋に行き、篠江の櫛や姫の簪を質に入れ、それから古着屋に行き、粗末な着物を購《あがな》った。次いで向かったのが銭湯だ。こんなに大勢の裸を見たのは初めてで、瑠璃は大いに面食らったが、立ち込める湯気や朗らかな喧騒《けんそう》は心地良く、久方ぶりに安堵がわいた。

ここで着替えをし、髪を解いて洗ったのは、武家の証《あか》しを残さぬためだ。別の古着屋で着物を売って、甘味屋の座敷《ざしき》で汁粉をすすりながら、火鉢で髪を乾かした。それから髪結に行き、町人風に髪を結ってもらい、昼餉《ひるげ》には蕎麦《そば》というものを初めて食べた。

何もかもが初めて尽くしで、掛け値なしに楽しい一日だった。

ただ、午後になると、まるで短い冬の日を表すかのように、楽しさはみるみる陰った。

篠江の具合が、さらに悪くなり、動くことすらままならなくなったのだ。額に手を当てると、陶《すえ》の火鉢のようにひどく熱い。

「何だい、おっかさんは加減が悪いのかい？」

寺の境内に座り込んでいると、年配の女が声をかけてきた。女の手を摑《つか》んで、掌《てのひら》に三つの仮名文字を指で書く。

「え、何だって？　……い、し、や？　ああ、医者かい。医者なら、そうだねえ、宮下町の久安《きゅうあん》先生がよかろうね。こっからなら、寺の裏手から萩《はぎ》ノ原《はら》を突っ切るのが近道だよ」

教えられたとおり、篠江を支えながら萩ノ原に足を踏み入れた。近道ときいたが、枯れた萩は行く手をさえぎるように枝を伸ばし、萩ノ原を抜ける前に篠江は膝をついた。ひとりででも医者を呼びに行こうとしたが、意外なほどの力で止められる。

「大丈夫、一晩眠ればよくなります。ご不自由をかけますが、今宵はここで凌《しの》ぎましょう」

おそらくはそれ以上一歩も歩けず、それでも姫が人目に立つことを恐れたのだろう。絡《から》み合《あ》って重なった萩の枝を枕に、篠江は横になり腕を広げた。

「姫さま、こちらに……篠江が温めて差し上げますから、寒うはございませぬよ」

篠江の腕に抱きとられると、不思議なほどに不安が遠のいて、やがて眠りについた。

しかし翌朝、目覚めてみると、侍女の具合はさらに悪くなっていた。

助けを呼ぼうと萩ノ原を抜けた瑠璃は、そこでお菅に出会った。

三十一

『姫さま、どうか御身をお守りください……篠江の願いはそれだけです』

うわ言のように呟《つぶや》いて、それが篠江の最後の言葉となった。

篠江を亡《な》くして数日は、何を考えることもできず、ぼんやりしていただけだったが、葬儀の段取りも我が身の事々も、周りが勝手に決めていく。

期せずして、八歳の町人の娘、お萩になっていた。

酒癖の悪い亭主に殴る蹴るされて――。篠江の語った身の上を実に素直に信じ、誰もが子供のお萩を守ろうとする。この長屋は、どこよりも安堵《あんど》できる隠れ家だ。ここにいれば、篠江の遺言を全うできる――。

おはぎ長屋が姫にとって、何より堅固な砦《とりで》となり得たのは、三人の婆《ばば》がいたからだ。

籠城《ろうじょう》してみて、初めてわかった。敵は水落忠晃だけではなかった。自身を毎日苛《さいな》むのは、篠江の死だ。人の死は、どうあってももとり戻せない。どんなに悔いても、時は巻き戻らない。篠江が死んだのはおまえのせいだと、絶え間なく責《せ》め苛《さいな》む。

こんな籠城なぞ、無意味ではないか。いっそ篠江の後を追ったほうが、よほど楽になれる。真っ暗な闇を見詰めながら、悶々《もんもん》と考えていたに等しい。

そんな折に、突きとばすように背中を押し、両腕を無理やり引っ張って日向《ひなた》に放り出したのは、言うまでもなく三人の婆である。

瑠璃姫を八歳のお萩に仕立てたと同じ強引さで、有無を言わさずあれこれと口を出す。

最初は町人言葉も覚束ず、何をしゃべっているかすらわからなかった。とにかく早口で、かつ騒々しい。相手が話し終えるのも待たず口を挟むなぞ、武家にはあり得ない。それどころか端《はな》から聞く気なぞなく、自分の言いたいことだけをしゃべり散らして満足する。当然、喧嘩《けんか》も言い合いも茶飯事で、なのに半日も経《た》つとけろりと仲直りしている。

ひたすら戸惑い、呆《あき》れることもしばしばで、慌てることも多々あった。

一時もじっとしていない三人の婆を眺めているうちに、自身をすっぽりと覆っていたはずの闇は、いつのまにか両の掌《てのひら》に載るほどに小さくなっていた。

改めてじっと目を凝らすと、黒い塊の芯に、たしかに篠江の灯《とも》した光が見える。その光は、侍大将に等しい三人の婆を中心に、外へと広がりつつある。水落の落とす漆黒の影すら打ち消すほどの、眩《まぶ》しい光だ。

こうして水落と相見《あいまみ》えるといっそう、背中を照らす光の強さと暖かさが実感できる。

「水落忠晃、主《ぬし》だけは許さぬ。何人もの娘に無体をはたらき、果てに篠江を死なせた。その罪は贖《あがな》わせる！」

町娘の姿に不似合いな威厳の籠もった声で、瑠璃は宣した。

「罪を、贖う……？」

ふっと水落が笑いをこぼし、くく、と喉《のど》から鳩《はと》のような声がもれる。ほどなくそれは哄笑《こうしょう》となり、忠晃は天を仰いで高笑いする。

「虫を殺して、どんな罪になる？　蚊を叩《たた》き潰して、何の悔いがあるというのか」

声を止めて、にたりと笑む。顔いっぱいに笑い皺《じわ》を刻みながら、目だけはやはり笑っていない。

この男は狂っている――その場の誰もが思い知り、お麓の背筋も粟立《あわだ》った。

「もう許せねえ！　お篠はおれの、大事な妹だ！」

激情に駆られて殴りかかろうとした糸吉を、名主と大家が必死で止める。つと前に出たのは、お修だった。

「いま、虫と言ったね？　女子供が虫だというなら、虫より他には愛《め》でることのできない殿さまは、いったい何だろうね？」

お修の放った問いは、お麓の頭に明快な解を与えた。思わず口からその解がとび出す。

「女たちが蝶《ちょう》だとしたら、それを見上げる、哀れな芋虫といったところかね」

「芋虫……」

大家の多恵蔵《たえぞう》が呟いて、名主ばかりか糸吉すら納得顔になる。

「さすがはお麓、芋虫とは言い得て妙だ。自身は決して大人になれず、狭い葉の上で這《は》いずりまわる。まさにぴったりじゃないか！」

「あれは嫌だねえ。葉をみんな穴だらけにしちまう」

お修が揶揄《やゆ》し、お菅の間の抜けた相槌《あいづち》すら、相手の怒りに火を注ぐ。

「殿に向かって、何たる無礼か！　ただでは済まさぬぞ！」

家臣が怖い顔で制したが、自分の息子くらいの侍を、お菅はとっくりと眺めて言った。

「ご家来衆だって、本当はわかっているんだろ？　殿さまが、どんな悪さをしているか。身近にいる者が、止めてやらないと。たとえ殿さまでも、ご家中ならいわば身内だろ。悪いことは悪いって叱って教えるのが、身内の役目じゃないのかい？」

悪意のないお菅の言葉に、当の侍ばかりでなく他の家臣らも、恥じ入るように下を向く。

しかし忠晃にだけは、届いていないようだ。すらりと腰の刀を抜いた。

「いますぐ瑠璃姫を渡せ。さもなくば切り捨てる」

たとえ脅しにせよ、武士が町人相手に刀を抜くなぞ、あり得ない振舞いだ。ぎらりと光る刃を前にして、誰もが思わず後退《あとずさ》る。

だがひとりだけ、前に出た者がいた。お萩、いや瑠璃姫である。

「殿にひとつだけ質《ただ》したい。殿は童《わらわ》のおる本村屋敷に、はすという側女《そばめ》をともに住まわせておった。かの娘は、いまも屋敷におるのか？」

「言うたはずだ。あれは側女ではなく盗人《ぬすっと》だと」

「どちらでもよい！　別の女子《おなご》がおる屋敷に、童に帰れというのか？」

驚いたように広がった忠晃の両目が、さも嬉《うれ》しそうに細められる。

「姫、もしや……嫉妬《しっと》か？」

「仮にも妻の立場故、側女を見過ごしにはできぬ。はすは、いまどこに？　この場で嘘偽《うそ》りなくこたえてくだされるなら、大人しく本村屋敷に戻ろうぞ」

「あの娘のことなら、これ以上思い煩うことはない。すでにこの世には、おらぬからな」

「死んだと申すか？　子供と思うて、童をたばかるおつもりか？」

「嘘ではない……他ならぬわしが、この手で切り捨てたのだからな」

皆の視線が、刀を握った忠晃の手に向けられる。生白いその手から、血の匂いがただよってきそうだ。

「屋敷に忍び込んだ盗人を切り捨てた……ただ、それだけだ。故にもう、あの娘はおらぬ……屋敷にも、この世にもな」

平坦《へいたん》な声には、罪の欠片《かけら》すら感じられない。それが何よりも恐ろしい。この男は、人の形を象《かたど》った、何か別のものだ。

「さあ、姫、戯《たわむ》れはここまでだ。ともに屋敷に帰ろうぞ」

お麓のからだに、ぶるりと武者震いが走った。怖い――。怖くてたまらない。人ではない者が、こちらに刀を向けているのだ。いますぐ切りつけられても不思議はない。

それでも、目の前にはお萩がいる。こんな小さな身で、お麓たちを背中にかばい、恐れも慄《おのの》きも見せず、水落と対峙《たいじ》する。その姿に、その勇気と真心に、応えねばならない。

「いくら殿さまでも、いまの話は聞き捨てできない。人ひとり、殺したってことだろ？」

お萩を名主と大家に預け、お麓は盾となるように前に立った。

「たとえ盗人にせよ、御上《おかみ》には届けてあるんだろうね？　それが武家のしきたりだろ？」

「よけいな差出口をきくな。町屋の老いぼれには、関わりなきこと」

相応の間合いがあるとはいえ、正面で向き合うと、改めてぞくりとする。つい怯《おび》えが顔を覗《のぞ》かせたが、お修の声が蓋をする。

「そうはいかないね！　この耳でちゃんと、きいちまったんだから」

「お萩と同じ歳《とし》頃の娘を殺《あや》めるなんて、あんまりだよ！　可哀想《かわいそう》じゃないか！」

お菅もまた、負けじと声を張る。お麓ひとりでは敵《かな》わなかった。だが三人集まれば、こうして見栄《みえ》も張れる。お萩の前で、芝居役者さながらに見得《みえ》を切る。

「きいた以上は、黙っちゃいられない。それが町人の性でね。覚悟してもらおうか」

「小賢《こざか》しい、脅しのつもりか？　呆《ぼ》けた年寄りの世迷言《よまいごと》など、誰が……」

「この長屋中、いいや、麻布中のもんがきいていたとしたら、どうだい？」

お麓の合図に、よく通るお修の声が、長屋に向かって叫んだ。

「皆、出ておいで！　どれだけの耳があるか、見せておやりな！」

全ての長屋の戸が一斉に開き、中からぞろぞろと人が出てくる。一軒につき、五、六人。おはぎ長屋は二十二軒。つまり百人は優に超える。老若男女《ろうにゃくなんにょ》入り交じっているが、子供はいない。じっと潜んでいることが、難しいためだ。子供は町内の長屋に預け、代わりに大人たちが助っ人《すけと》に駆けつけた。

名主の杢兵衛《もくべえ》が集めた、南北の日ヶ窪《ひがくぼ》町の住人だけに留まらない。お麓が通う槇椿《まきつばき》木の会の有志に、貸本屋の豆勘《まめかん》。お修は行きつけの店の手代を五人も集め、お菅のふたりの息子も顔をそろえる。糸吉の雇い主たる建具師の親方と若い弟子、医者の久安の姿もある。

ともかくできるだけ広く多くの者を巻き込んで、水落の悪事を白日のもとに晒《さら》す——。

それこそが、お麓が立てた策だった。弱い者は、いや、弱い立場の者こそが取れる手段だ。小さな水滴も集まれば流れとなり、立派な橋すら崩壊させる。いわば一揆《いっき》に近い。

ただ正直なところ、どれほどの者の助力を得られるか、お麓はことに自信がなかった。

だが蓋を開けてみれば、予想外に多くの者が集まった。お萩の身の上に同情し、水落の非道に腹を立て、ぜひ手伝わせてくれと勇んで申し出る者も少なくなかった。

人とはこうも単純で、他愛ないほど善良なものか——。疑心と用心が先に立つお麓とすれば、大丈夫かと危ぶむほどだが、義心とはそもそも、純粋でわかりやすい人の情動かもしれない。それが水落を前にして、一斉に吹き上がる。

「おれたちもきいたぞ、この耳で！　子供を慰み者にして殺すなんて、ひでえことを！」

「この人でなし！　子を持つ親としちゃ許せないよ！」

「こんな奴《やつ》、野放しにできるものか。御上に訴えてやる！」

口々に罵詈雑言《ばりぞうごん》を浴びせ、石を投げる者すらいた。そのひとつが、水落の左肩に当たる。水落の米噛《こめか》みに青筋が走り、両眼に憤怒《ふんぬ》が浮いた。

「瑠璃を渡せ！　渡さねば切る！」

水落の右手にある刀が、大きく振り上がった。一瞬のはずが、妙にゆっくりと映る。いちばん刀に近いのはお麓だ。斬られる——と心は焦《あせ》るのに、からだが張りついたように動かない。いまにも振り下ろされそうな刀を、お麓は呆けたように見詰めていた。

「待たれよ！　水落忠晃殿、刀をお収めくだされ！」

ふいに太い声が、割って入った。木戸から大股で入ってきたのは、壮年の武士だった。身なりを一瞥《いちべつ》した水落が、苛立《いらだ》たし気に吐き捨てる。

「……誰だ？　御家人風情《ふぜい》が口を出すな」

「それがしは、御目付《おめつけ》方の手の者。水落殿に不心得の由《よし》有りとの訴えにより、卒爾《そつじ》ながら行状を調べておりました」

目付ときいたとたん、水落の家臣らに動揺が走る。旗本・御家人を取り締まる役目だ。「訴《そ》えだと？　まさか町人の訴を、真に受けたとでもいうのか？」

「訴えたのは、私です」

またひとり、木戸から入ってきた。渋い色柄ながら、手の込んだ打掛を羽織り、妙齢ながら麗《うるわ》しい。その顔立ちに、お麓ははっとした。目鼻立ちが、お萩に似ていた。

「堺奉行《さかいぶぎょう》・境川筑後守《さかいがわちくごのかみ》さまが奥方、お多津の方さまなるぞ」

名乗りを務めたのは境川家の用人、蛯名《えびな》であり、その後ろから、境川家の家臣が数人続く。中のひとりが、お麓に向かってうなずいた。椿原一哉である。安堵のあまり、膝が崩れそうになる。

「水落忠晃殿、屋敷にお戻りくだされ。御目付より、追って吟味《ぎんみ》の沙汰《さた》が下りまする」

目付方に加えて境川家に出張られては、水落とてなす術がない。だらりと腕を下げ、ふり上げた刀を下したが、鞘《さや》に収めようとはしない。狂気に憎しみを宿した目は、お麓を素通りし、その背後を睨みつける。狙《ねら》いはお萩か――。

ふたたび高く掲げられた白刃が、日を受けてぎらりと光ったとき、何を考える間もなくからだが動いた。水落に背中を向けて、お萩をしっかりと抱え込む。左右から、お修とお菅が同じくとびついて、三人がかりで守りを固めた。

「婆殿！　除けよっ！」

甲高い声が叱咤《しった》したが、なおいっそうお萩を抱く腕に力を込めた。

死が目前に迫ったとき、浮かんだのは朝餉の風景だった。炊き立ての飯と、味噌汁の匂い。目尻を下げたお菅と、大口をあけて笑うお修。そして、真剣な顔でしゃもじを手に取るお萩――。

臨終の折には、ひときわ凝った辞世《じせい》の句を詠んで、今際《いまわ》を飾るつもりでいた。

それが何だってこんな、つまらない景色が浮かぶのか――。

死に瀕して、お麓は願った。できるならもう一度だけ、四人で朝餉を囲みたい――。

お麓の願いは、叶わなかった。お萩を交えて朝餉を共にすることは、その日を境に、二度となかった。

神仏はその代わりに、三人の婆と、小さなお萩の命を救い上げた。

いや、四人を助けたのは、見えぬ神仏ではなくこの世の者だ。

「この、外道がああああっ!」

刀をふり上げ、がら空きだった水落の腹を目掛けて、からだごと突っ込んでいったのは糸吉だった。ふいを食らって、水落はあっけなく仰向けに倒される。

「お篠を返せ! おれの妹を、返しやがれえええ!」

水落に馬乗りにまたがった糸吉が、その顔に強烈な拳をお見舞いする。

実はお麓は、その光景を見ていない。恐怖に固まったまま、ふり向くことすらできなかったからだ。お菅も同様で、一部始終を見届けていたのは、お修だけだった。

「あのときの糸さんときたら、まるで夜叉《やしゃ》が乗り移ったかのようで、まわりのお侍が力尽くで止めなかったら、水落を殴り殺さんばかりの勢いだったよ。妹への思いがあふれていてさ、あたしゃ惚れ直しちまったよ」

お修らしい落ちがついたものの、おかげで途切れていた記憶が繋がった。

お麓が我に返ったのは、目付に再度促され、水落の家臣たちが当主を連れて立ち去った後だ。

長屋を占拠していた町屋の衆から大きな歓声《かんせい》があがり、おかげで正気に戻った。

季節外れの祭りが訪れたかのような騒ぎっぷりで、互いの健闘を称え合い、子供を守り抜いた三人の婆と、そして糸吉に、惜しみない賛辞を送った。

しかしお多津の方が進み出て、お萩を差し招くと、ぴたりと鳴りを潜める。

「瑠璃や、久方ぶりだのう。こんなに大きゅうなって、母や眞銀によう似ておる」

「伯母上さま……」

「水落の理不尽に負けず、よう堪えた。よう戦った。したがもう憂いは去った。この先は私が後ろ盾となりますす故、何も心配は要りませぬ」

華奢《きゃしゃ》なからだを、お多津の方が抱きしめる。ふたたび歓声があがったが、そこにいるのは、お萩ではなく瑠璃姫だ。お麓の胸に、泣きたいほどの寂しさがわいた。

三十二

「きいておくれよ、お麓ちゃん。今日、茶店の客からきいたんだがね」

仕事から帰るなり、真っ先に訪ねてきては、どうでもいい噂話《うわさばなし》を披露する。お菅の常だが、今日はとっておきの話なのか、怪談噺《ばなし》のように声を潜める。

「……本村屋敷に夜な夜な、水落の幽霊《ゆうれい》が出るそうだよ」

「おや、あたしが呉服屋の手代からきいた話じゃ、夜な夜な水落の生首が、屋敷中をとび回っているそうだがね」

買物を済ませたお修もまた、長屋の内に陣取っている。鬱陶《うっとう》しいことこの上ないが、慣れこそが悟りの近道である。ふたりがしゃべるに任せ、筆をもつ手は休めない。

「生首とは、恐ろしい話だね。まさかおはぎ長屋にまで、とんできたりしなかろうね？」

「もしも現れたら、あたしゃ引っ叩《ぱた》いてやりたいね。あいつの悪行からしたら化けて出るなんて、おこがましいったらありゃしない」

水落忠晃が自害して果てたのは、長屋での騒動から、わずか数日後のことだった。

目付より呼び出し状が届き、その日のうちに自ら腹を切ったとされるが、お修はまったく信じていない。

「あの男が、潔《いさぎよ》く切腹するような玉かね。大方、家来に始末されちまったんじゃないかい？」

お修の言ったとおりのことが、行われたに違いない。お麓は半ば確信していた。

御家を守るため、主君を無理やり切腹させる。主君が承服しなくば、切り殺して切腹とする。武家には実際にあり得る顚末《てんまつ》だ。それを裏付けるように、水落家の家来ふたりが共に自害した。

しかし三人の犠牲《ぎせい》を払っても、家名断絶というもっとも厳しい罰が下された。

残った家来や親類縁者にも、相応の累《るい》がおよんだときく。

「あの人たちにも責めはあるけどさ、何だか可哀想《かわいそう》になっちまうねえ」

「口を拭《ぬぐ》うに等しいじゃないか。どうせなら罪を白状してから、腹を召すのが筋だろうに」

お菅は同情したが、お修は逆にいちゃもんをつける。

忠晃の死により、事件がうやむやになる恐れもあったが、手嶋屋筑左衛門が一切を白状した。手嶋屋は町人故に、吟味は町奉行所で行われたが、水落忠晃の命で、十歳に満たない娘を三人、本村屋敷に入れた事実を認めた。

筑左衛門が店を継いでまもなく、若気の至りで仲買人と揉《も》めたことがある。手嶋屋は塩問屋といっても実質は小売店であり、仲買人がいなければ商売もままならない。あいだに立って仲裁役を果たしてくれたのが、水落家の先代当主であった忠晃の父親だった。

その一件から水落家との縁が深まり、先代亡《な》き後も続いたが、最初は筑左衛門も、忠晃の病癖にまったく気づかなかった。

「四年前、水落家のご先代さまが亡くなられて、まもなくでした。忠晃さまには当時、最初の奥方が……はい、眞銀さまの前の奥方です。その奥方に子ができず寂しい思いをなされていると。町屋から女の子を迎えて、その子が年頃になった暁には、正式に水落家の養女として嫁がせるが、それまでは表向き、手嶋屋の里子としてほしいと請《こ》われました」

奥方の話相手となるよう、十歳に満たないくらいの女の子をとの注文だった。

しかし翌年、奥方と女の子は相次いで亡くなった。いずれも病とされるが、いまとなってはわからない。次の奥方も迎えぬうちに、ふたたび養女をと請われて、さすがにおかしいと手嶋屋も気がついた。断ろうとしたが、忠晃は許さなかった。

「応じなくば仲買人に手をまわして、塩商いを差し止めると……承知するしかありませんでした。ふたり目の里子を世話して、それからはもう、泥に浸《つ》かっているに等しい有様《ありさま》で」

手嶋屋は闕所《けっしょ》となり、財産はすべて没収の上、筑左衛門は遠島という重い刑を受け、妻子も江戸追放となった。

いわば悪者はすべて成敗されたはずなのに、お麓はどうにもすっきりしない。

「これで本当に良かったのかね……」

「糸さんも、侍を殴った廉《かど》は、別格のお計らいでお叱りで済んだし。万事めでたしじゃないか」

いったい何が不満なのかと、お修は唇を尖らせる。そういう話ではないと、お麓は顔をしかめた。

「案じているのは、お萩のことさ。あたしらのやり口は、あの子にかえって重い荷を背負わせただけじゃないのかね」

人の死にまつわる事件に、円満な結末などあり得ない。ひと月以上が過ぎても、お麓はやはり後悔に囚《とら》われていたが、お修やお菅はよくも悪くも相変わらずだ。

「まあ、たしかに。噂が広まって、いっとき境川屋敷には、物見高い見物人が詰めかけたからね。言っとくが、あれはあたしらじゃなく、お麓の立てた策だろ？」

「あまりの騒がしさに、とうとうお多津の方さまは、お萩を連れて堺《さかい》に行っちまった。ご近所だから、またすぐに会えると思っていたのに、すっかり当てが外れちまった。もとはと言えば、お麓ちゃんのせいだからね」

「どうしてそうまで薄情なのかね！　他にやりようがあったというなら、言ってごらんな」

互いに文句をぶつけていると、多少なりとも気晴らしになる。ただ、長くは続かない。

「お萩はいまごろ、どうしているかねえ……」

お菅の台詞《せりふ》に、三人そろって同じため息をこぼす。

「とっくに堺に着いただろうが、便りのひとつくらい寄越してくれてもいいのにさ」

「子供は覚えも早いが、忘れるのも早いからね。遠国に行って、あたしらのことなんか忘れちまったのかもしれないね」

ある意味、それが幸せになる唯一の方法かもしれない。だが、いくら理屈を呑み込んでも、寂しさは埋まらない。長屋での騒動から、ひと月以上が過ぎても、そんな調子だった。

待ちかねていた文が届いたのは三月、桜が咲き始めた頃だった。


「きれいな字だねえ。こんなに達者だなんて知らなかったよ」

初めて見るお菅が、目を細める。手習いより他は、お萩は一度も文字を書かなかった。

「ただ、あまりに達筆で、何て書いてあるかはさっぱりだがね」

「あたしもだよ。お麓ならわかるだろ？　ちゃっちゃと読んでおくれな」

ほのかに香《こう》の香りがする上質の紙には、十二歳とは思えぬ流麗な手蹟《しゅせき》が綴《つづ》られている。

「春暖《しゅんだん》日々候処《そうろうところ》、貴老《きろう》両三人、貴家にて御懇請《ごこんせい》に御世話《おせわ》成し下され、忝《かたじけな》く存じ奉《たてまつ》り候……」

「ちょいと、もう少しわかりやすく頼むよ。堅苦しくて、頭に入ってきやしない」

「仕方ないだろ、そう書いてあるんだから。つまりは、ここで世話したことへの礼だよ」

「そんなことより、お麓ちゃん、お萩はどうしているんだい？　達者でいるのかい？」

「ええと、漸昨日《ようやく》、無事堺着仕《さかいちゃくつかまつ》り候……堺に着いた翌日に、この文を書いたようだね」

文を届けてくれたのは、椿原一哉だった。無事に旅を終えたとの知らせが境川家に届き、その中に三人宛の文もあったという。日付からすると、十日ほど前になる。

適度に意訳しながら読み進めるうちに、自《おの》ずとお麓の口許《くちもと》に、笑みが立ち上った。

東海道の旅がよほど楽しかったらしく、あれこれと旅の思い出が語られている。富士《ふじ》の稜線《りょうせん》や、松林の続く海浜はことのほか美しかったが、宮《みや》から桑名《くわな》までの七里の渡し船ではひどい船酔いを催した。梅干を口に含んでどうにか凌《しの》いだが、おかげで桑名の焼き蛤《はまぐり》を食べ損ねたとの件《くだり》には、三人ともに声を出して笑った。

琵琶湖《びわこ》や京も見物し、大坂を経て堺に着いたが、どういうわけか江戸から遠く離れるごとに、おはぎ長屋の夢を、よく見るようになったという。

『夢で見る長屋は、いつも明るく輝いていて、その中心には三人の婆殿《ばば》がいる。飯を上手に盛れたと褒めてくれたり、着物を手ずから着付けてくれたり、共に歌を詠《よ》み合ったりしてくれるが、目覚めて夢だとわかると、にわかに寂しい心持ちに襲われる——』

お菅はぼろぼろと大粒の涙をこぼし、お修は大きくしゃくり上げる。お麓もまた、文字が涙でかすみ、先が読めなかった。

「あたしらにとっちゃ、あの子こそが夢だったたよ……」

「初めてできた娘だったのに、ずいぶんと遠くへ行っちまって……」

お修とお菅が吐露し、お萩恋しさに、しばし三人でさめざめと泣いた。

「もう二度と、会えないのかねえ……ひと目だけでも、お萩に会いたいよ」

「堺からいつ帰ってくるかしれないし、それまであたしらが永らえているかどうか」

お菅に次いで、お麓も悲観を口にしたが、ふと手紙の先に、絵が添えられていることに気づいた。黒い玉が三つ、皿に載っている絵だ。

「これは何だい？　丸薬のたぐいかね？」と、お修も目に留《とど》めて首を傾《かし》げる。

「いや、どうやら菓子のようだね。ここに書いてあるよ。『烏羽玉《うばたま》』という名の、京の菓子だとね」

黒砂糖風味の餡玉《あんだま》に、つや寒天をかけ、芥子《けし》の実《み》を載せてある。とても美味《おい》しい菓子で、名をきいたとたん、婆殿らを思い出した。できれば婆殿らにも食べてほしいが、生菓子故《ゆえ》難しいと、残念そうに書かれていた。

烏羽玉は檜扇《ひおうぎ》の種子で、射干玉《ぬばたま》ともいう。その黒さ故に、黒や夜にかかる枕詞《まくらことば》とされ、古今集にも五首がある。そのうちの一首が、書き添えられていた。

　いとせめて恋しき時はむばたまの
　　夜の衣を返してぞきる

どうにも恋しくてならぬ時は、夜の衣を裏返しにして眠る。そうすれば、夢で想《おも》い人に逢《あ》えるとの俗信があった。

巻十二にある小野小町《おののこまち》の恋歌だが、三人を恋い慕う気持ちが素直に伝わってくる。

「そうかい、お萩もあたしらに会いたいと、思ってくれているんだねえ……」

しみじみと、お麓はため息をついた。歌は心を詠むものであり、気持ちの吐露でもある。どんな美辞麗句《びじれいく》よりも、その真心が察せられる。

「だったら、会いに行こうじゃないか！」

ふいにお修が言った。念入りな化粧は、涙ですっかり剝げていたが、目だけは極上の反物を見つけたみたいに輝いている。

「あたしらの方から堺に出向けば、あの子に会えるじゃないか」

「出向くってまさか、旅をしろってことかい？」

「そうだよ、お麓。ほら、前にもそんな話をしたじゃないか。お萩を連れて京に上って、お伊勢《いせ》参《まい》りや金毘羅《こんぴら》参りをしようって」

「いいね、お修ちゃん、そうしよう！　だって堺に行けば、お萩に会えるんだろ？」

お萱までもが、あっさりと追随し、お麓はにわかに慌てた。

「婆《ばあ》さん三人で長旅なんて、危なっかしいにもほどがある。懐《ふところ》を狙《ねら》う護摩《ごま》の灰《はい》もいようし、足腰が覚束《おぼつか》なくて、途中で倒れちまうのが関の山だ。だいたい路銀だって、いくらかかることか……」

「路銀なら、あるじゃないか。ひとり五両もさ」

たしかに、境川家から贈られた、破格の礼金がある。堺までの往復に足りるかどうかはわからないが、そこはやり繰りしだいだ。むしろ不測の事態の方が気掛かりだが、お萱はすでに行く気満々だ。

「決めた！　あたしは行くよ。この先、二度とお萩に会えないなんて、死ぬより辛《つら》いじゃないか。たとえ行き倒れになったたって、悔いはないよ」

「よく言った、お菅！　そうと決まればさっそく、仕度をしないとね。ほら、お麓も、いつまでぼんやりしてるんだい。これから忙しくなるよ」

いや、何よりの危惧は、盗人《ぬすっと》でも病でもない。この能天気なふたりと同行しての旅なぞ、考えるだけでげんなりする。行く先々で宿を探すのも、駕籠《かご》賃や馬賃を交渉するのも、果ては路銀の始末まで、一切がお麓の肩にかかってくること請け合いだ。

誰がそんな苦労を背負うものか――。頭ではわかっているのに、気持ちがしだいに引きずられる。浮足立つふたりはまるで、見果てぬ夢を語る少女のようだ。

先が見えることとこそが、老いの正体かもしれない。やがて死に至る、細い一本道しか見えなくなると、老いより他に道連れがいなくなる。

お麓ひとりなら、安楽なその道を歩むはずだった。なのにこのふたりは、何が出るかわからない脇道へ、性懲りもなくいざなう。

「着物は何枚、もっていけるかねえ。長旅だから、十枚は入用かね？」

「十枚も背負っていくつもりかい？　せいぜい浴衣《ゆかた》一枚にしておくれ」

「伊豆《いず》の下田に従妹《いとこ》がいてね。かれこれ三十年はご無沙汰《ぶさた》だから、顔を出してやりたいね」

「東海道から、どれだけ逸《そ》れると思ってんだい。天城峠《あまぎとうげ》で力尽きちまうよ」

「まったくお麓ときたら、人の楽しみにケチをつけるしか、能がないのかね」

「好きに言っとくれ。あんたらに任せたら、箱根の関すら越えられないからね」

嫌味を吐きながらも、旅へと飛び立とうとする気持ちを、すでに止められない。

なにせ生まれて初めての旅だ。行く先々で歌を詠み、それをお萩に見せてやりたい。同じ東海道を往ったのだから、きっと歌を通して、同じ景色や思い出を語り合える。

想像するだけで、年甲斐《としがい》もなく胸が高鳴る。

騒々しい同行ふたりをながめて、お麓は口ずさんだ。

姥玉《うばたま》のかしましき声
東風《こち》に乗せ
夜着返す子の夢に届けむ

完

本書は月刊「パンプキン」二〇二一年二月号〜二〇二三年九月号の連載に加筆・修正を加えた作品です。

時代考証
大石学（東京学芸大学名誉教授）

西條奈加　さいじょう・なか

1964年、北海道生れ。都内英語専門学校卒業。2005年『金春屋ゴメス』で日本ファンタジーノベル大賞を受賞。12年『涅槃の雪』で中山義秀文学賞、15年『まるまるの毬』で吉川英治文学新人賞、21年『心淋し川』で直木賞を受賞。著書に『曲亭の家』『隠居おてだま』『とりどりみどり』『わかれ縁　狸穴屋お始末日記』『首取物語』『よろずを引くもの　お蔦さんの神楽坂日記』『雨上がり月霞む夜』『婿どの相逢席』『六つの村を越えて髭をなびかせる者』などがある。

姥玉《うばたま》みっつ

二〇二四年　三月二十日　初版発行
二〇二四年　四月　五　日　二刷発行

著　者——西條奈加
発行者——南　晋三
発行所——株式会社　潮出版社
〒一〇二-八一一〇
東京都千代田区一番町六　一番町SQUARE
〇三-三二三〇-〇七八一（編集）
〇三-三二三〇-〇七四一（営業）
振替口座　〇〇一五〇-五-六一〇九〇

印刷・製本——中央精版印刷株式会社

ISBN978-4-267-02416-0 C0093
www.usio.co.jp